徳間文庫

医療捜査官 一柳《ひとつやなぎ》清《さや》香《か》

六道 慧

徳間書店

目次

〈主な登場人物〉

＊**浦島孝太郎《うらしまこうたろう》**

本編の主人公、苦労性で貧乏性な二十七歳。犯罪心理学の知識を武器に、趣味のフィギュア作りを活かして、事件現場のジオラマを作製。３Ｄ捜査として役立てている。オタクで彼女いない歴二十七年。そのせいなのか、モヤモヤ、ムラムラとイケナイ妄想をしてしまい、上司や同僚にからかわれる。前任者の上條麗子に見出されて、新行動科学課に引き抜かれた。

＊**一柳《ひとつやなぎ》　清香《さやか》**

自称・日本一の医者、三十八歳。日本で唯一メディカル・イグザミナー——医療捜査官の資格を持っている。父親は警視総監、母親は美容関係の会社を経営するセレブという恵まれた環境だったが、一転、清香が言うところの天中殺と大殺界を合わせたようなダブル厄災に見舞われた。美人検屍官の運命やいかに？

＊**細川雄司《ほそかわゆうじ》**

優男《やさおとこ》の印象があるが、じつは空手の有段者。五十歳になって、課長に昇進した。前シマメ男の本領発揮、甲斐がいしく清香の世話をして、相変わらず尽くしている。

リーズでは目立たない存在だったが、新シリーズでは意外にも渋い雰囲気を持つ『おじさん』ぶりを発揮。愛しい清香との新婚生活は間近か？

＊本間優美《ほんまゆみ》

三十歳になったが、年齢の話はご法度。活躍を評価されて係長に昇進した。たとえ地下の穴蔵オフィスに追いやられようとも、有能ぶりに変化はない。「今年あたり結婚したいな」というのが本人の弁である。

＊浦島真奈美《うらしままなみ》

孝太郎の妹で、驚異的な知能指数の持ち主。ミーハーであるため、昔、流行った法曹《ほうそう》ドラマに心酔《しんすい》し、四月に有名大学の法学部へ入学した。密かに思いを寄せる先輩は何度も落第して、彼女と同学年になっている。頭の回転が早く、悪態をつく反面、兄の孝太郎に的確なアドバイスを与えたりもする。じつはブラコンで、すらりとした長身だが、胸は、ない。

第1章　新しい相棒

1

警視庁行動科学課のオフィスに入った瞬間、

「あ」

浦島孝太郎《うらしまこうたろう》は小さな声をあげた。芳《かぐわ》しい薔薇《ばら》の薫りが、鼻腔《びこう》をくすぐったのである。

机や左右の壁に設置された棚は、シャープでスタイリッシュなデザインのものに統一されており、照明なども機能的でありながら、それぞれがさりげなく自己主張していた。モノトーンの室内に飾られた淡いピンクや深紅《しんく》の薔薇は、イミテーションなのだろうか。

（でも、この薫り）

孝太郎はもう一度、素晴らしい芳香を胸いっぱいに吸い込んだ。いったい、何本あるのだろう。大きな花瓶《かびん》が小さく感じられるほどに薔薇が咲き誇っていた。

造り付けの家具なのかもしれない。左右の壁には天井まで棚や抽出《ひきだし》が設けられていた。右側には大型テレビやオーディオセットが組み込まれていたが、棚に並んでいるぶ厚い医学書や法律関係の本が重厚な雰囲気をさらに高めている。正面のガラス窓はおそらく相当高価な特注品だろう。継ぎ目のない一枚ガラスから、朝の光がやわらかく室内に射《さ》し込んでいた。

「あの、すみません」

小声で呼び掛けたが、答える者はいなかった。安物の腕時計の針は、午前七時半を指している。初日に遅刻してはいけないと思い、早く来たのだが、さすがにオフィスの主は来ていないようだった。

ぐるりと室内を見まわしたとき、

「う」

思わず声を詰まらせた。ソファセットが置かれている一隅は、ワインや日本酒の瓶、缶ビール、さまざまな種類の空《から》のペットボトル、コンビニ弁当や総菜の容器といったゴミで埋めつくされていた。美しく調《ととの》えられたオフィスの中で、そこだけ異質な空間と化していた。

そして、ゴミの山のソファに、長い髪の女が横たわっていた。髪の長さだけでは性別を判断できないが、プラスチックの容器やペットボトルの隙間《すきま》にほっそりとした足が見えていることから、おそらく女性だろうと思った。茶色く染めた長い髪の先には、総菜の値札らしきものが貼りついている。

(広がった髪の毛が、ワカメみたいだ)

海から採《と》れたばかりの茶色いワカメと同じような色合いの髪だった。勝手に『ワカメ女』と命名する。

ゴミを毛布代わりにしているのだろうか。あるいは快適な空調のお陰なのか。十月の声を聞き、夜は肌寒く感じる日もあるが、女性は熟睡しているらしく、ぴくりとも動かなかった。

「失礼ですが、うわっ、酒臭い」

異空間のような一隅に立ちのぼる酒の匂いに顔をそむけた。呼びかけたものの、さて、二人のうちのどちらなのだろう。オフィスの主は、一柳清香《ひとつやなぎさやか》、三十八歳。一柳警視総監の愛娘《まなむすめ》で、醜聞《スキャンダル》には事欠かない美人検屍官だ。

もうひとりは、一柳検屍官の下で働く有能という評判の高い本間優美《ほんまゆみ》、三十歳。調査や事務は言うに及ばず、気むずかしくて我儘《わがまま》な上司の扱いにも長《た》けているとのことだった。しかし、いくらなんでも、一柳検屍官がこんな姿を曝《さら》すとは思えない。

「本間優美さんですか」

遠慮がちな呼び掛けに、長い髪がわずかに動いた。髪の先に載っていた容器が音もなく落ちる。動いたのが答えなのだろうと判断した。

「う、うーん」

苦しげな声が聞こえた。

「水、み、水を」

ゴミの山から細くて小さな白い手が伸びる。またしても毛布代わりの容器やペットボトルが落ちた。心なしか、生ゴミの異臭も漂ってくる。

「水？」

孝太郎は素早く周囲を見たが、ソファや床には、空のペットボトルしかない。廊下の自動販売機まで行くしかなかった。

「ちょっと待っていてください。すぐに買って来ます」

「冷蔵庫」

白い手が、机の方を指した。

「え、冷蔵庫？」

そんなものがあっただろうか。二十畳ほどのオフィスをあらためて確かめたが、壁に並んでいるのはガラスや木製の扉がついた棚だけだ。孝太郎が知る形状の冷蔵庫は見当たらなかった。

「左側の棚の左下」

次の指示がとんだ。言われるまま、棚の左下の扉にふれてみる。棚にしか見えなかったが、一部に冷蔵庫が組み込まれていた。

「へえ、これが冷蔵庫なんですか。お洒落《しゃれ》ですね」

開けてみると、飲み物や値札がついたままの総菜類が雑然と詰め込まれていた。高級感あふれる冷蔵庫に、コンビニの総菜はいささか不釣り合いだと思ったが、ついでに隣の扉も開けてみる。

ワインや冷酒の瓶が、ずらりと並んでいた。ワインは横だが冷酒は縦に置けるようになっていた。何本かの空きスペースは、床に転がっている瓶のものに違いない。

「高そうなお酒ばかりですね」

つい見惚《みと》れていたが、

「水！」

すぐに催促の声がひびいた。

「あ。そ、そうでした。すみません」

冷蔵庫から水のペットボトルを出して、ゴミに埋もれたワカメ女に届ける。が、すぐに突き返された。

「蓋《ふた》」

開けろというお達しのようだ。調査係にしては女王様気質だと思ったが、上に倣《なら》えで似るのかもしれない。蓋を開けて、ふたたび白い手に握らせた。すぐにゴクゴクと喉《のど》を鳴らす音がひびいたものの、孝太郎は気が気ではなかった。

「本間さん。横になったまま飲むのは、よくないですよ。起きあがって飲んだ方がいいと思います」

忠告は聞き流されたが、とにかく、このゴミの山をなんとかしなければならなかった。苦労性と貧乏性に加えて几帳面《きちょうめん》な性格ゆえ、散らかったオフィスは我慢できない。床に置かれていたゴミ袋を広げて、プラスチックの容器やペットボトルを次々に拾いあげては、入れていった。

ゴミの匂いに薔薇の薫りが交じっていた。彼女のオーデコロンか香水だろうか。飾られている薔薇の芳香も加わり、ゴミの悪臭と相まって、なんとも言えない匂いになっていた。

「ストレスがたまるんですね。わかります。あくまでも噂ですが、一柳検屍官は男癖が悪いと聞きました。父親は警視総監、母親は美容関係の会社を経営する大金持ち。かなりの数の不動産を所有しているようですね。恐《こわ》いものなしの七光《ななひかり》検屍官でしょう。七光清香と言うやつもいますよ。うまい異名だなと思いましたが」

自分の言葉に自分で笑い、続けた。

「おまけに性格は最悪だとも聞きました。自分勝手で権高《けんだか》、男と見れば片っ端から夜のお付き合いをさせる。『殿方は寝てみないとわかりませんから』が口癖らしいですが、本当ですかね。ここに配属が決まったと言ったら先輩に、『喰われないようにしろよ』と真顔で忠告されました。あの真剣な顔、思い出す度に笑っちゃうんですよ」

ふたたび独《ひと》り笑いしていた。あっという間に一つ目のゴミ袋はいっぱいになる。二つ目のゴミ袋を広げ、淡々とゴミ拾いを続けた。

「それにしても、よく食べましたね。もしかしたら、土日はここに籠《こ》もっていたんですか。冷蔵庫にまだ総菜が入っていましたよ。一柳検屍官はファストフードやジャンクフードがお好きだと聞きましたが、本間さんもそうなんですか」

答えはなかったが、床のゴミを片付けた後は、ソファに積みあげられたゴミを袋に入れていく。横たわっている女性の足から脛《すね》にかけてが、あらわになってきた。服のまま寝たらしく、ベージュピンクのスカートがゴミの下から出現する。

（これって、なんだか悩ましいかも）

最初はゴミしか見ていなかったため、なにも感じなかったが、女らしい腰の線に胸が高鳴るのを覚えた。孝太郎にはもうひとつ厄介な性癖がある。ムラムラ、モヤモヤとイケナイ妄想《もうそう》が湧いてしまうのだ。

思わず唾を呑み込んでいる。

（ワカメ女に欲情するなんて）

必死に自分を戒《いまし》めた。

「あ、いえ、あの、自己紹介が遅れました」

気を逸《そ》らそうとして告げる。

「浦島孝太郎、二十七歳。本日付けで行動科学課に配属されました。今までは所轄の捜査三課に籍をおいていました。小さい頃は『やーい、浦島太郎。いつ爺《じじい》になるんだ』と苛《いじ》められたものですが」

これ以上はいけない、相手は女性だから失礼だ。と思っているのにゴミを片付ける手は止まらない。スカートに続き、今度は白いブラウスが現れた。豊かな胸のふくらみに目が釘付けになる。一気に顔のゴミをどけたいところだが、孝太郎は最後に大好物を食べるタイプだ。

頭の方のゴミを袋に放り込む。

「あ、髪に容器がくっついています」

出た声は掠《かす》れていた。頰《ほお》が異様に火照《ほて》っている。長い茶髪に付いていた値札は、容器ごと髪に貼りついていた。また、寝てしまったのだろうか。本間優美と思《おぼ》しき女性はだらりと四肢を伸ばして横たわっている。

その無防備な姿がまた、男の好色心《すき》をそそるのだった。

「髪に容器の値札の部分が、くっついています。つまり、容器ごと髪に貼りついている状態なんですが」

遠慮がちな言葉に、相手は取れという仕草で応えた。許しを得て、孝太郎は髪の毛を一本一本、慎重に剝《は》がし始める。なにか話していないと、イケナイことばかり考えてしまいそうだった。

「ぼ、ぼくの趣味は、フィギュア作りなんです。父が造形製作作家、造形師という環境で育ちましたので、ごく自然に好きになりました。父は怪獣専門ですが、ぼくはごく普通の人たち、市井《しせい》で暮らす人々を作るのが好きです」

口の中がカラカラに乾いていた。

「最初に配属された交番では、交通事故の現場を中心にして、作りました。ご存じのように事故現場は車や人が早く通れるようにしなければなりません。まあ、そのために写真を撮るわけですが、やはり、立体的な方がいいと思いまして、人物のフィギュアや車を入れたジオラマを作るようになったんです。3D捜査とでも言うのでしょうか」

舌で唇を湿らせようとしたが、うまくいかなかった。横臥した女性の手にあるペットボトルには、水が少しだけ残っている。奪い取りたい衝動に駆られたが、懸命にこらえた。

「じ、自慢話に聞こえたらお許しください。頼まれて、捜査一課の現場を仕上げたこともあります。他の部署に頼まれて、よく3Dのジオラマ現場を作りました」

仕事の話を出したことによって、好色心はどうにか抑えられていた。だが、容器の値札が綺麗に剝がれてしまったのは、ちょっと残念に思えた。できればもっと髪の毛を剝がしていたかったのだが、と、そこまで考えて慌てた。

（どうかしているぞ、浦島孝太郎）

またもや、自分を戒める。横臥している女性は、ゴミと髪で顔が隠れていた。コンビニ弁当の容器の下には、どんな顔があるのだろうか。わけもなく、ドキドキしていた。

「顔の容器を……」

手を伸ばすのと同時に、オフィスの扉が開いた。

「おはようございます」

元気のいい大声とともに黒っぽいパンツスーツ姿の女性が入って来る。孝太郎は慌てて立ちあがった。

「おは、おはようございます」

直立不動の姿勢を取っていた。

「一柳検屍官ですね。本日付けで行動科学課に配属された浦島孝太郎です。若輩者《じゃくはいもの》ですが、よろしくお願いいたします」

「こちらこそ、よろしくお願いします。でも、わたしは検屍官ではありません。調査係兼なんでも係の本間優美です」

優美は言い、こちらに来た。

「一柳先生。土日はここで独り《ひと》宴《うたげ》ですか。このゴミの量を見ると、金曜日の夜から泊まりこんでいたんですね。上條《かみじょう》警視がいなくて寂しいのはわかりますが、いいかげんにしてください。早くシャワーを浴びて、着替えましょう」

「え」

孝太郎は頭が真っ白になる。聞き間違えたに違いない。まさか、ソファに横臥していたのが、一柳検屍官だなどということは……。

(いや、落ち着いて考えれば、おかしな点はあった)

遅ればせながら疑問が湧いた。ファストフードやジャンクフードが大好き、ゴミの山はまさにそれを証明していたではないか。部下にしては女王様気質と思った時点で気づくべきだったと後悔したが時すでに遅し。清香の情報は、前任者の上條麗子《れいこ》から渡された清香手帖に記されていたのだが、役に立たなかった。

「よろしくお願いします、浦島孝太郎巡査長。配属が決まった時点で、巡査長に昇進したと伺いました」

後ろで鼻声まじりの挨拶がひびいた。おそるおそる孝太郎は肩越しに見やる。ワカメのような長い髪で顔を隠したまま、一柳清香が立ちあがっていた。

「七光清香です」

どんな表情をしているのか、まったくわからない。が、髪の毛の隙間から覗《のぞ》く目には、殺気が込められているように感じた。

2

「……あの、一柳検屍官」

孝太郎は三十分待って、切り出した。

「やはり、運転はぼくがします。『どこの馬の骨ともわからない警察官に、わたくしの命は預けられません』という言い分は理解できますが、三十分経《た》っても覆面パトカーはエンジンがかかりません。いまだに駐車場を出られていない状況です」

信じられないことだが事実だった。清香は腕時計を見て、小さな溜息《ためいき》をついた。

「忍耐力は中程度ですね」

「えっ、忍耐力のテストだったんですか？」

「はい。自慢じゃありませんけれど、わたくし、ペーパードライバーですの。不本意ですが仕方ありません。運転をお願いしますわ」

「………」

自慢しないでください。という訴えを呑み込み、孝太郎は助手席から外に出た。駐車場には、何台かのパトカーと面パトが停車している。片隅にはひっそりと、オリーブ色のポルシェ９１１カレラが停められていた。

運転席から出た清香は、じっとポルシェを見つめている。そして、孝太郎は驚きとともに、あらためて清香を見つめていた。

(あの妖怪のような『ワカメ女』がこうなるとは)

朝のお支度に二時間半を要したが、使用前、使用後のごとく、一柳清香は変身していた。シックな色合いのスーツはもちろんのこと、アクセサリー類や靴、バッグにいたるまでブランド品であるのは間違いない。透きとおるような白い肌に、控えめな色合いの口紅がよく似合っていた。

値札付きのコンビニ弁当の蓋が、アクセサリー代わりだった長い髪は、綺麗にカールされている。動く度に揺れるさまがまた、可愛らしかった。

(女は恐い)

心の声の代わりに、ポルシェの感想を口にする。

「あれが有名な覆面ポルシェですか。素晴らしい色合いですね。ぼくも色々なフィギュアを作るとき、立体感を出すために何色もの色を重ねるんです。人間のフィギュアは特にむずかしいんですが、あのポルシェの色もむずかしい色だと思います」

「上條警視が戻って来るまで、あの覆面パトカーの運転席にはだれも座らせません。繋《つな》ぎの面パトで充分です」

答えて、清香は助手席の方へ来る。「あなたも繋ぎなのよ」と言われたように感じたが、考えすぎだろうか。ハイヒールの靴音が、無機質な駐車場にひびいていた。孝太郎もぐるりとまわって、運転席に乗り込む。

「未熟者ではありますが、浦島孝太郎。運転を務めたいと思います」

エンジンがかかるかどうか不安だったが、何事もなくエンジンはかかり、面パトはなめらかに走り出した。駐車場内にいた警察官たちは会釈《えしゃく》や敬礼で見送っている。清香は鷹揚《おうよう》に左右を見ながら会釈していた。

「どこに行くんですか」

孝太郎の質問に答えた。

「足慣らしとでも言いますか。とりあえずはパトロールをいたしましょう。両国橋を渡る道順で、錦糸町に向かってください」

錦糸町のタワーマンションには、清香の豪華な住まいがあるという話だった。忘れ物でも取りに行くのだろうか。最上階のフロアすべてが、居住空間や犬猫などのペット類、さらに水棲動物の水槽として使われていると聞いた憶《おぼ》えがある。

「わかりました。そういえば、行動科学課の責任者——細川雄司《ほそかわゆうじ》課長補佐は姿を見せませんでしたね。なにかあったのでしょうか」

　細川雄司は清香の恋人という話も聞いていたが、個人的な関係には口をはさまないのが信条のひとつだ。気にならないと言えば嘘になるが質問は控えた。

「細川さんは、細川課長補佐あらため、今月付けで細川課長に昇進しました。ちなみに優美ちゃんは係長に昇進です。彼は昇進後初の会議に出席したようですね。後できちんと挨拶をするのではないかと思います」

「そうですか」

　駐車場を出たが、今にも雨が降り出しそうな曇天だった。清香は憂鬱《ゆううつ》そうな表情で空を見上げた。

「鬱陶《うっとう》しい天気ですこと。十月に入ってからは雨ばかりです。持病が悪くなりやすい気候ですわね。そういえば」

　と、清香は孝太郎に目を向ける。

「先程、フィギュアを作るのが趣味と聞いた憶えがあります。お父様も造形師であるとか。具体的にはどのようなお仕事ですの？」

　お父様の表現に苦笑が浮滲《にじ》んだ。作業服姿でぼーっとしているところしか浮かんでこない。お父様と呼びかけても自分のことではないと思い、振り向かないだろう。

「一番わかりやすいのは、お菓子のおまけですね。チョコレートやキャラメルのおまけに、動物のフィギュアをつけて売り上げに貢献《こうけん》しました。社長の考えなんですが、どうせなら珍しい動物をとマニアックにしたのが受けたようです」

「ああ、憶えていますわ。わたくしもおまけ欲しさに買いました。スナメリ、ヤマネ、イリオモテヤマネコ、ラブカだったかしら。変わった動物のフィギュアを手に入れては、本で確認したりしました」

清香は公的な「わたくし」を使っていた。上條麗子の清香手帖によれば、私的には「わたし」を使うと載っていた。検屍官にしてみれば、新参者の孝太郎は公的な場だけの関わりなのだろう。多少寂しく感じたが、まだ始まったばかりだと自分に言い聞かせた。

「検屍官もファンでしたか。マニアックな社長の思惑が、食玩《しょくがん》ブームを巻き起こしたんです。触れて学べる模型がコンセプトらしいのですが、クォリティの高さには唸《うな》るばかりですよ。完璧主義の仕事ぶりが評価されたのでしょう。大英博物館やニューヨークの自然史博物館からも依頼が来たようです」

「もしや」

清香は言った。

「日本の博物館で販売した仏像のフィギュアもそうなのですか。わたくしは、早朝から並んで阿修羅像のフィギュアを買い求めましたけれど」

「そうです、父が勤める会社の製品です」

嬉しくて声が大きくなる。

「大河ドラマの兜《かぶと》のレプリカも製造したんですよ。もはや、アートということで、アートプラとも呼ばれたりもします」

「そうですか。驚いたのは、仏像のフィギュアの首や手足が動くことです」

「あれは関節部分に特殊なジョイントを使っているんですよ。映画で使われる模型も製作しているようですが、自由に形を変えられるフィギュアのことは、アクションフィギュアとも言います」

「さきほどの話によりますと、あなたは3D捜査で活躍していたようですね」

清香は携帯を操作して、孝太郎の略歴を検索しているようだった。事前に確認しておくべきだが、独り宴状態ではむずかしかったかもしれない。遅ればせながら孝太郎の略歴に関心を持ったという感じがした。

「活躍していたかどうかはわかりませんが、配属前に所属していたのは窃盗犯を取り締まる所轄の捜査三課です。ぼくは大学で犯罪心理学を専攻していたんですよ。マッピングして常習犯を捕まえました」

「円仮説でしたか」

少し自信なさそうな問いを受けた。

「はい」

簡単に説明する。

円仮説とは、連続犯行の犯行地点を地図上にプロットして、その中のもっとも離れた二点を結ぶ円を描くやり方だ。この円の中に犯人の拠点——自宅や職場などがあるという説である。

「先程、話に出た殺人事件ですが、解決にも一役買ったとか。自慢話にしか聞こえませんでしたが、どんな事件だったのですか」

皮肉まじりの質問に背筋が伸びた。

「妻が夫を殺害した事件です。刺殺した後、火を放って火事になったのですが、被疑者は殺しは認めたものの、絶対に火は点《つ》けていないと否認したんですね。しかし、現実には火災が起きている。それで被疑者や身内の証言をもとに、火災前の室内をフィギュアで再現してみました」

「被害者を殺害したうえ、放火したとなると罪が重くなります。被疑者は、嘘をついたのかもしれない。あるいは真実なのか。いずれにしても、責任重大な仕事でしたね」

「仰《おっしゃ》るとおりです。事件が起きたのは夜だったのですが、近所の主婦から火事の通報があったのは翌日の午前十時頃でした。犯人である妻は、殺害した後すぐにマンションを出ています。室内にはだれも人がいなかった」

「なるほど。室内にいたのは死体だけですか」

清香は言い、続けた。

「妻が朝戻って、火を点けたのかもしれません」

反論には頭《かぶり》を振る。

「マンションに設置された防犯カメラや、周辺の防犯カメラを確認しました。殺害後に出て行く姿は確認されたのですが、戻って来た姿は映っていませんでした。亡骸《なきがら》は一晩、そのままだったと思われます」

「それでは、だれが殺害現場に火を放ったのか」

清香の呟《つぶや》きと同時に、ちょうど赤信号で停止する。

「意外なものが犯人でした」

「もの？」

検屍官は一部を訊《き》き返した。

「人間ではなかったのですか」

「結果的にはそうなりますね」

ふたたび面パトをスタートさせる。

「ぼくはマンション内の部屋を見て、同じ造りの部屋をまず再現しました。被疑者や身内の供述はもちろんですが、焼け残った品物の写真から家具を甦《よみがえ》らせたんです。あとは、光ですね」

そう告げると、少し考えるような時間が空いた。火事の通報時刻を考えていたのかもしれない。

「朝陽《あさひ》ですか」

清香の問いに頷《うなず》き返した。

「はい。事件現場の部屋は、東南の角部屋でした。朝陽が燦々《さんさん》と降り注ぐ出窓に、昔ながらの金魚鉢を飾っていたんです。二匹の出目金が主だったのですが、この金魚鉢が虫眼鏡の役目をはたしてしまったんでしょう」

「レンズ代わりの金魚鉢によって、一点に集約された朝陽が、絨毯《じゅうたん》もしくは燃えやすいタオルかなにかを燃えあがらせた」

「さすがは検屍官。ご名答です。事件が起きたのは空気が乾燥する二月。さらに火事が起きたときは約ひと月もの間、雨らしい雨が降らなかったんです。カラカラに乾いていた室内に射し込む金魚鉢に集約された朝陽。絨毯が燃え上がって、あっという間に炎が広がったと考えられます」

「ですが、それでも疑問が残ります。金魚鉢がずっと出窓に置かれていたのであれば、もっと早く火事が起きてもおかしくないように思いますが」

「鋭いご指摘、いたみいります。妻によりますと、一週間ほど前に買い求めたらしいんですね。はじめは別の場所に置いていたようですが、明るい窓際の方がいいだろうと言って、夫が出窓に移したそうです」

「本当でしょうか？」

疑いを含んだ声に、孝太郎はつい目を向けそうになる。

「え」

「脇見運転、事故のもと」

すかさず清香が警告を発した。

「すみません。検屍官の疑惑に、どきりとしました。金魚鉢を窓際に移したのは、犯人である妻かもしれませんね。朝陽を集約すると知っていたからこそ、窓際に置いたのかもしれない。証拠隠滅をはかったのかも……いや、それならば犯行自体を認めないと思います。いや、待てよ」

いや、いやの連続になっていた。また赤で信号停止したのをこれ幸いと、面パトを停めて記憶を探る。

「確か妻は、DV夫が包丁を取り出した後のことはよく憶えていないと言っていました。揉《も》み合っているうちに誤って刺さってしまった、と」

助手席の清香に助けを求めるような視線を向けていた。じつは計画殺人だったのではないか。DV夫を始末するために妻が仕掛けた罠《わな》だったのでは……。

「青です」

清香の声ではっとした。

3

「すみません」

孝太郎はスタートさせる。もしかしたら、いや、そんなはずはない。死んだ夫はたまたま自分が取り出した包丁に刺さっただけ、金魚鉢はたまたまレンズの役目をはたしただけだ。よもや、妻が完全犯罪を目論《もくろ》んだわけではない、はずだ。

「女の辞書に『嘘』という文字はありません」

清香はきっぱり言い切った。つまり、被疑者の妻は嘘をついていると言いたいのだろうか。孝太郎の脳裏には、上條麗子から渡された清香手帖の一部が甦《よみが》っていた。

〝検屍官は自分がよく嘘をつくため、他者には真《まこと》を求める。下手《へた》な嘘はつかない方がいい。正直者は救われる〟

最後の一文がおかしくて、くすりと笑った。

「なにがおかしいのですか」

清香の問いには「なんでもありません」と答えた。

「上條警視は、あらたな技を学ぶため、アメリカのＦＢＩに行ったとか。若い頃にもプロファイリングを学ぶために、当時特別に設けられた警視庁の特待生制度を利用して、留学しましたよね」

「ええ。制度を利用するには、超難問の試験を受けなければなりませんでした。上條警視はトップの成績を取って、制度の利用を許可されたんです」

自分のことのように誇らしげだった。孝太郎に向けた表情は、どこか得意そうな感じに見えた。

「上條警視の優秀さは、所轄にも広がっていました。今回はなにを学ぶために留学したんですか」

「色々あるのではないでしょうか。昨夜の電話では、イノセンスプロジェクトを実践している団体に同行して、刑務所へ行ったとのことでした」

ご存じかしら、というような含みが感じられた。孝太郎の力量を試しているのかもしれない。

「刑務所に収監されている無実の人を見つけるというプロジェクトですね。記憶に間違いがなければ、一九九二年に開始されたのでは……」

「停めてください」

清香の鋭い声がひびいた。孝太郎は面パトを路肩にゆっくり停車させた。停めたとき初めて、歩道にうずくまる男性に気づいた。場所は四谷に差しかかったところで、皇居ランナーと呼ばれる大勢の人たちが好んで走る区域だ。

「救急要請をお願いします」

清香は言い置いて、素早くおりる。大きな鞄を忘れることなく抱えていた。孝太郎は救急要請をして運転席から出る。

「どうしました、大丈夫ですか」

訊《たず》ねる検屍官の表情は引き締まっていた。ワカメ女から美人検屍官、さらに仕事のできる女医へと変貌を遂げている。男性の傍《かたわ》らに膝をつき、大きな鞄から血圧計を取り出していた。孝太郎も隣に行って、顔を覗き込んだ。

「しっかりしてください。我々は警察官です。具合が悪いのですか」

「き、急に苦しくなって」

男性は胸を押さえて訴えた。顔は青ざめて、額にはうっすら汗が滲《にじ》んでいる。姓名、年齢、住所と清香が訊き、孝太郎が書き留めた。年齢は六十八、ジョギング中という恰好《かっこう》をしていた。

血圧が高かったのだろう。

「少し血圧が高いですね。持病はありませんか」

清香の質問に首を傾《かし》げた。

「特にありません。ですが、三、四日前から足にむくみを感じていました。ジョギングは趣味のひとつなので、いつものように走り出したんですが」

自宅は皇居近くの高級マンションだった。身内が近くにいないかと思っているのだろうか。焦点の定まらない目が、だれかを探すように彷徨《さまよ》っていた。

「近いから、い、家に、帰ります」

立ち上がろうとしたが、清香は大きく頭を振る。

「だめです。話をするのも苦しそうじゃありませんか。心筋梗塞や脳梗塞はもちろんですが、足のむくみを考慮すると、肺塞栓症《はいそくせんしょう》の疑いもあります。足の静脈にできた血の塊《かたまり》が剝がれて肺の血管が詰まり、呼吸困難などを引き起こす病気です。念のために検査をしてもらいましょう」

説明しながら男性の足に触れた。軽く押しただけだろうが、その圧だけで脛の部分に凹《へこ》みが生じた。かなり浮腫《むく》んでいる。

「あんた、は」

焦点の定まらなかった目が、清香にとまる。

「わたくしはＭＥ、メディカル・イグザミナーの資格を持つ警視庁の検屍官です。ＭＥは死因を調査したり、決定したりする権限を持つ医者のことですが、アメリカでは医療調査官、または監察医調査官と呼ばれています」

その説明を聞いたとたん、

「死人しか見ない医者か」

侮蔑《ぶべつ》の口調に変化した。冷ややかな目になっていた。

「見るのは死人だけではありません。今のように生きている方も診察いたします。ご存じかもしれませんが、監察医制度は東京二十三区と大阪などの三市に敷かれている制度です。法医学者や監察医が検死、解剖をして死因を明確にし、死者の生前の人権を擁護《ようご》すると同時に、社会秩序を維持しています」

「縁起でもない話はやめてくれ」

立ち上がろうとした男性を、孝太郎は素早く支えた。

「救急車が来るまでは、動かない方がいいと思います」

清香を見ながらの提言になっていた。

「大丈夫だ、タクシーを停めてくれないか。かかりつけ医がいる病院に行く。日常的に死体をさわる女医には診てほしくない。あんたらも知っている有名病院だが、持病を持つ妻の御用達病院でね。わたしも定期健診を受けている。なにかあったときには来てくださいと、いつも言われているんだ」

おぼつかない手でジャージのズボンのポケットから携帯を出した。画面が見えづらいのか、かなり離した状態で目を細めながら、かろうじてナンバーを押した。病院に繋がったのだろう。内科の担当医らしき名前を告げた。

「あ、いつもお世話に……」

そう言いかけた男性の手から、清香は強引に携帯を奪い取る。

（速い）

驚くのと同時に、またもや清香手帖の一文を思い出している。

〝ふだんは運動神経ゼロの運痴だが、彼女自身が『やりたい』と思った事柄に関しては、恐るべき速さを発揮する〟

男性から携帯を奪い取ったのは、身体《からだ》を慮《おもんぱか》るがゆえではないだろうか。医者としての責務を持つ清香は輝いて見えた。

「はじめまして、医療捜査官の一柳清香です」

電話の相手に挨拶した。

「ええ、はい、日本一偉い医者であるうえ、美人の誉《ほま》れ高い医者ですわ。あら、パーティでわたくしを見かけたことがおありになるのですか。いやだ、先生、お世辞がお上手。でも、美しいのは本当のことですので否定はいたしません」

一気にまくしたてる。

「それでですね、先生。今ここにヤン爺《ジイ》、やんちゃなシニア男性がいるんです。ジョギング中に具合が悪くなっていたところに、たまたま通りかかったのですが、救急車はすでに要請いたしました。心筋梗塞や脳溢血、脳梗塞、くも膜下出血、肺塞栓症などの疑いがあると思います。そちらの病院で診察していただけますか。足がかなり浮腫《むく》んでいるのが目につきました。ご迷惑かもしれませんが、そちらの病院で診察していただけますか」

言い終わらないうちに救急車のサイレンが聞こえてきた。孝太郎は男性を支えたまま手を挙げる。気づいた救急車が路肩に停車した。

「オーケーです。かかりつけ医のいる有名病院で受け入れてくださるとのことでした。わたくしのことをご存じだったのには驚きましたけれど」

清香は明るく言った。

驚いたというのは言葉だけであり、実際は知っていて当然という感じだった。清香は男性に携帯を返して、救急隊員に詳細を告げる。ヤン爺と名指しされた男性は、ばつが悪かったに違いない。検屍官とは目を合わせないようにして乗り込んだ。

「お見事でした。あれ以上、話をさせるのは危険と判断したがゆえに、男性から携帯を奪い取ったのですね。一柳検屍官の深いお心に感じ入った次第です」

孝太郎の称賛に冷笑を返した。

「あまり買いかぶらないでくださいな。女性を馬鹿にするような言動を取ったので、強硬手段を取っただけです。わたくしは、野性の勘で動く女。あなたが理想とする医師や女性には、なれませんので」

「い、いや、自分はそんなつもりでは……」

「まいりましょうか」

清香は告げたが、両目は向かい側の牛丼店にとまっていた。

「そういえば、朝からなにも食べていません。牛丼と考えただけで、お腹《なか》が鳴りました。少し早いですが、お昼にしましょうか」

「わかりました。車を近くの駐車場に停めて来ます」

孝太郎も突然、空腹を覚えた。今朝は緊張して食事が喉を通らず、お茶しか飲んでいなかったことを思い出していた。

「先に行っていますから」

そう告げた清香に手を挙げて、面パトの運転席に戻る。

「ふう」

我知らず、大きな溜息をついていた。

4

「先程のような手合いが多いのです」

清香は独り言のように呟いた。

「女医を頭から否定して、認めようとしない。彼にとっての女性とは、おそらく専業主婦の奥様なのでしょう。会社勤めをしていたときも偏見《へんけん》を持っていたでしょうが、引退後も決して考えをあらためようとはしない。一生、気づくことなく、お墓の下に行くのでしょうね」

二人は牛丼店のカウンター席に並んで座っていた。検屍官は牛丼に入っている玉葱《たまねぎ》を、せっせと孝太郎の丼に移している。野菜嫌いの一文も清香手帖に載っていたため、特に驚きはしなかった。

「視野が狭いと思います。医者や弁護士、教員、そして、警察官。かつて聖職と言われた職業に就き、素晴らしい活躍をしている女性は大勢います。自分の母は教員ですが、やはり、よく嘆いていましたよ。『これだから女はという台詞《せりふ》を、保護者から何度言われたことか』と」

「お母様は、教員なのですか」

「はい」

「では、共働きという環境に慣れていらっしゃるわけですね」

「そうなりますかね。寂しく感じたことがないと言えば嘘になりますが、放課後は児童館の学童クラブで宿題をやったり、友達と遊んだりして、それなりに楽しい時間を過ごせたと思います。母親が教師だったことについては、いい面もありましたし、悪い面もありました。宿題をやらないなどというのは以《もっ》ての外。勉強に関しては、うるさく言われましたから」

「うちも共働きでした。父は警察官、母は結婚当初は化粧品会社の美容部員として百貨店、すでに死語ですわね。デパートのことですが、派遣されていました」

「へえ。派遣会社に籍を置いていたわけじゃないんですか」

「今とはシステムが違ったのでしょう。元々美容のことが好きだったのだと思います。起業したのが、三十歳のときだったかしら。わたしは幼稚園のときから祖母に預けられていましたが、祖母が溺愛《できあい》してくれたので幸せでしたわ」

私的な「わたし」になったうえ、遠い目をしていた。しんみりした口調には理由がある。清香の祖母は、八月に急死していた。そういった事情も上條麗子から引き継いでいたが、敢《あ》えて口にするつもりはなかった。

「ご存じ？」

不意に清香が訊いた。持参したマイ箸で、優雅に牛丼を食している。同じものを食べているのに高級な食べ物に思えた。検屍官の周囲にだけは料亭の空気が漂っていた。

「え」

質問の意味がわからなくて、孝太郎は怪訝《けげん》な目を返した。

「祖母です。上條警視に聞いているのかと思いましたが、八月に亡くなったんです。くも膜下出血でした。向島で料亭を営んでいたので、通報したのは店の仲居さんでしたが、検死はわたしがしましたの。上條警視は留学を二週間遅らせて、そばにいてくれました」

なにか思い出したのか、くすっと笑った。

「上條警視とは、幼稚園で出逢ったんです。隣り合った瞬間、目が合ってバチバチッと火花が散りましたわ。いきなり取っ組み合いの大喧嘩。でも、喧嘩が終わった後には大親友になっていました」

以来、三十数年のお付き合いですか、と、相槌《あいづち》を打ちそうになって思いとどまる。女性に年を想起させる話はご法度だった。

「大盛りを見事に平らげましたわね」

清香は空っぽになった丼を見る。

「気持ちのいい食べっぷりですこと。今日は奢《おご》りますわ。お代わりはいかがですか」

「いいんですか」

「どうぞ」

「それじゃ、お言葉に甘えさせていただきます」

さすがに大盛りは無理だと思い、並みの牛丼を頼んだ。清香はまだ半分も食べ終わっていなかった。

「ご飯は、ホカホカ状態で食べるよりも、冷めた状態で食べた方が、太りにくいということが近年わかってきたんです」

　言い訳するような話が出た。

「なぜなら、ご飯が冷めると一部のデンプンが変化して、レジスタントスターチができるからなんです。難消化性澱粉《でんぷん》のことですが、消化吸収されにくく、整腸作用を持つ食物繊維と同じような働きをするんです」

「理屈はわかりますが、ぼくはアツアツ、ホカホカがいいですね」

カウンターに置かれた牛丼を、さっそく食べ始める。清香は苦笑して、続けた。

「わたくしは、日本に検屍局を設けたいのです」

公的な口調になって告げた。

「もちろん上條警視も協力を申し出てくれています。異状死はすべて解剖し、臓器や血液を保管しておく制度が整っていれば、そのときはわからなくても、後になって判明する場合が出てくる。危険ドラッグのデータを揃えることにも、一役買うのは間違いありませんから」

「自分の記憶違いかもしれませんが」

　孝太郎は前置きして、続けた。

「あきらかな病死以外はすべて異状死と呼ぶが、警察は異状死の中でも犯罪性が疑われるものを『変死』と呼ぶ。そうですよね」

「ええ。記憶違いではありません。変死体は基本的に司法解剖もしくは、行政解剖をしますが、地方では守られているかどうか。東京二十三区内でも監察医が足りなくて警察医を頼むことが珍しくない状況なのです」

警察医とは、警察署の近くで内科や外科を開業している医師が嘱託されたものだ。警察嘱託医と呼ばれる彼らは、法医学者でもなければ監察医でもない。言うなれば死者の専門医ではない医者が、検死を執《と》り行っていることになる。

「ちなみに、東京二十三区や三市に監察医を置くのを定めたのは、GHQ、これまた、もはや死語でしょうが、連合国軍最高指令官総司令部の指示だそうですわ」

もはや死語という言葉が何度目かになっていた。祖母に育てられたからなのか、いい意味で臈長《ろうた》けた古風な女性という印象を受ける。が、これまた、褒め言葉には取られないかもしれないと思い、口にするのは控えた。

「第二次世界大戦後に遡《さかのぼ》るわけですか」

記憶を探りつつ相槌を打つ。改憲が選挙のスローガンに掲げられるのは、そういったこともあるのかもしれない。清香は携帯の画面から目を上げた。

「浦島巡査長のご出身はどちらですか」

「父の出身は秋田県なんですが、今は台東区の小さな家に、母や妹と住んでいます。父は会社が大阪にあるため、週末だけ帰って来るんです。半別居生活ですが、それが却《かえ》ってよかったのかもしれません。けっこう仲がいいんですよ」

　水を飲み、続ける。

「父は三男坊だったので高校卒業後、すぐに上京して今の仕事に就きました。話を少し戻しますが、秋田県の村の診療所にいた医者は、今で言うところの総合診療医だったとか。内科や外科はもちろんのこと、助産師の役目や歯痛の治療までしていたと聞きました」

「赤ひげ先生ですね。ある意味、医師の理想像かもしれません。総合診療医を育てるべく、色々やっていますが、現実にはなかなかむずかしいようです。まだまだ数が足りません」

「医者の話が出たついでに」

　孝太郎は切り出した。

「最近の医療費は、どうして、あんなに高いんでしょうか。二年前に父が肺ガンの手術をしたのですが、今も定期検診に通いながら薬を処方されているんです。毎月、驚くほど高額な医療費を支払っているんですよ。他にも似たような話を耳にするようになりました。なぜ、なんですかね」

「新薬の開発に費用がかかるというのが、製薬会社の言い分です。だから薬の値段が高くなるのだと、あたりまえのように言い放ちます。このままでいくと日本自慢の皆《かい》保険制度がくずれる可能性がなきにしもあらず」

一拍置いて、告げた。

「国民の求める医療を、いつでも好きなところで、お金の心配をせずに、自由に受けられるようにする」

顎《あご》を上げ、胸を張っている。職業や生き方に対する自信が、浮かびあがっているように見えた。

「初めて聞きました。それが皆保険制度の理念なんですか」

「そうです」

「ドラマだったかな。ありましたよね、なんとかの誓いという話が出てくるやつが」

うろ憶えの知識を、清香がすぐに補足する。

「『ヒポクラテスの誓い』ですね。西洋医学の伝統的な倫理規範とされているものです。必要があれば私財をなげうってでも患者を救い、生涯純粋かつ神聖な気持ちで医業を営むなどといった奉仕の精神にあふれる高邁《こうまい》な内容になっています」

「それが、どこで、どうおかしくなったのか」

「日本の医療は、医学の進歩に追いつけない『ガラパゴス現象』をきたしていると言われています。わたくしは、金儲けを優先させた銭ゲバ医療だと思っていますわ。アメリカでは『スターク法』という法律がありますの。ひと言で表現すると『医者が銭勘定に関わってはいけない』という定めですわね」

「今までのお話でよくわかりました。自分も検屍局設立には賛成です。およばずながら、お手伝いしたいと思います。ついでに伺いますが、検屍官ご自身も理念をお持ちなのですか」

「わたくしの理念は……」

携帯がヴァイブレーションしたのかもしれない。

「ちょっと失礼します」

清香は言い、店の外に出て行った。ちょうど食べ終わった孝太郎は、丼をカウンターに載せ、外に出る。

「行動科学課に臨場要請がありました。墨田区のスーパー銭湯で、変死体が発見されたそうです」

「………」

変死体と聞いて、鳥肌が立った。なるべく考えないようにしていたが、孝太郎は死体や血が大の苦手である。失神しないようにと母が持たせてくれた上着の内ポケットの御守りと数珠《じゅず》を、きつく握りしめていた。

5

スーパー銭湯の広い駐車場には、救急車や覆面パトカーと思しき車が何台か停まっていた。敷地面積はどれぐらいあるのだろう。二階建てのスーパー銭湯は、さまざまな効能を謳《うた》った一階の大浴場と食事処だけではなく、二階には休み処、宿泊処も設けられている。平日の昼前後とあって、駐車場は三分の一も埋まっていなかった。

「知り合いがお待ちだったようです」

清香は、面パトらしき車の近くに立つ二人を目で指した。年嵩《としかさ》と若手の私服警官コンビで、孝太郎は若手の誘導に従い、かれらの車の後ろに停めた。清香が助手席の鍵を開けるのと同時に、年嵩の方が扉を開けた。

「ご無沙汰《ぶさた》続きでしたな、検屍官殿」

がっちりした体軀《たいく》の男は、錆《さ》びた声で歓迎の意を示した。多少、皮肉っぽい含みが感じられた。

「噂では、相棒がアメリカに留学して以来、しおたれた青菜のごとき有様だったとか。毎晩、豪華なオフィスで独り宴を繰り広げているらしいじゃないですか。オフィスの棚を改装して、高価なワインや日本酒を置いてあるとも聞きました。いけませんよ、オフィスを私物化しては」

登山ナイフで荒削りしたような風貌に、あるのかないのかわからない点のような目とぶ厚い唇が特徴的だ。猪首の持ち主の身長は、百七十センチ前後ではないだろうか。そして、一緒にいる若い相棒は、濃い顔立ちの上司とは違い、ひょろりとした体軀同様、顔も草食系のそれだった。

「猪俣順平《いのまたじゅんぺい》警部、五十五歳。機動捜査隊の班長を務めています。相棒は野々宮遼介《ののみやりょうすけ》巡査長、確か二十八になったのではないかしら。上司はこってこてタイプ、部下はあっさりタイプの濃淡コンビですわね。野々宮さんもあなた同様、ご遺体が苦手のようですので、心配することはありませんわ」

清香は艶然《えんぜん》と微笑《ほほえ》み、先に面パトをおりた。見抜かれていたかと内心、自分がなさけなくなったが、慣れるしかないと開き直る。

「はじめまして。本日付けで行動科学課へ配属された浦島孝太郎です」

孝太郎も運転席からおりて、挨拶した。現場でいつも使う小型のデジタルカメラや、備品を入れた鞄を片手に持っていた。

「爽やかな様子を見る限り、男狩《マンハント》りや男喰いを生き甲斐にしている検屍官殿の洗礼は、まだ受けていないようだな。もっとも、いつまで無事に過ごせるやら、だろうがね」

猪俣の言葉を、野々宮が笑顔で受ける。

「気にしないでください。先輩は口と顔はこんな感じですが、心根はやさしい男なんです。一柳先生のことを心配して、何度も臨場要請をしたんですよ。ところが、なしのつぶて状態が続いたものですから、柄にもなく気分を害していたんですね。ようやく応じていただきまして恐悦至極《きょうえつしごく》に存じます」

「よけいなことは言わんでいい」

相棒を軽く蹴りつけようとしたが、野々宮は巧みに避けた。猪俣は悔しそうに睨《にら》みつける。少し離れた場所にいた私服警官が、辞儀をしながら近寄って来た。

「本庁の池内《いけうち》です。かねてより、ご高名は耳にしておりました。いつ臨場なさるのかと心待ちにしていたんですよ」

差し出した名刺には、警視庁捜査一課の池内範夫《のりお》課長という肩書きが記されていた。年は猪俣と同じぐらいではないだろうか。唇では笑いを形作っているが、目は笑っていないように見えた。長身で痩《や》せぎすの容姿は、鎌を振り上げた蟷螂《かまきり》を思い起こさせる。四十前後であろう相棒は、影のようにひっそりと池内の後ろに控えていた。

(なぜ、本庁の刑事課長が来ているのか。本庁から特別な指示を受けているのか)

疑問は胸に秘める。猪俣が猪刑事ならば、池内はさしずめ蟷螂刑事か。陰湿な昏《くら》い目が、じっと清香に向けられていた。

同じ印象を受けたのかもしれない。

「猪俣刑事。現場に案内していただけますか」

清香は申し出た。

「承知いたしました。検屍官殿の死体検案書は、丁寧でわかりやすいという評判ですからな。じきに所轄の鑑識も来るでしょうが、まずは現場をご覧ください」

猪俣は課長に笑みを投げて、野々宮ともども建物に向かって歩き始めた。池内課長の薄い唇には、作り笑いが張りついたままだった。

「まずいですよ、先輩。わざわざ反感を買うような態度をとらなくてもいいじゃないですか。先月の不祥事以来、機捜には世の中の厳しい目が向けられています。本庁の課長が姿を見せたのは、そのあたりが原因なのかもしれませんから」

野々宮が囁《ささや》き声で窘《たしな》める。

彼が言う不祥事とは、機動捜査隊の若い男性隊員が、女性被害者にメールを送ったという騒ぎである。事件現場で一目惚《ぼ》れしたらしいが、なかば強引に会う約束を取り付けたことから騒ぎが大きくなっていた。警視庁の幹部が記者会見を開いて、謝罪する事態にいたっている。

「だが、おれたちにお目付役はいらない」

「それはそうですが」

「池内課長は最初から、いたのですか」

清香の質問に、野々宮は小さく頭を振る。

「いえ、検屍官たちが着く少し前に来ました。突然だったので吃驚《びっくり》しましたよ。あの調子でなにも言わないんですが、もしかすると、事件性があるという連絡が他から入ったのかもしれませんね」

話しながら建物に入った。明るい色で統一されたフロントは、いかにも癒《いや》しの場という感じでゆったりしていた。まずはここで受付をした後、ロッカー番号が記されたリストバンドを受け取って、浴衣《ゆかた》を借りる。

その後、男女別の更衣室に向かい、借りた浴衣に着替えて、服や持ち物をロッカーに入れるシステムだ。浴衣を脱ぐ脱衣所は、大浴場に隣接して設けられている。

貴重品はフロントに預けられるが、孝太郎は面倒なのでいつもロッカーに入れる。もっとも銭湯に行くとき、盗まれると困るような大金は持っていかないようにしていた。終電に乗り遅れたり、安く泊まれると聞いた外国人観光客などが、手軽な宿泊施設として利用するようにもなっていた。

四人はビニール製の靴カバーや手袋を着けたが、清香はハイヒールからローヒールに履き替えたうえで、靴カバーを着けていた。

（小柄なんだな）

孝太郎は、清香の身長が低くなったことに新鮮な驚きを覚えた。ハイヒールは十センチ近い高さがあるに違いない。そういえば、ゴミを片付けていたときに見た手足も子供のように小さくて可愛らしかったことを、遅ればせながら思い出していた。

「そちらが通報した支配人で、第一発見者は隣の男性従業員です」

猪俣は、二人の男を紹介した。ほとんど同時に二人は会釈する。支配人は四十なかば前後の端正な顔立ちの持ち主で、従業員は二十代後半ぐらいだろうか。寝起きのような腫れぼったい目と小太りな身体が特徴的だった。

「後で従業員全員に話を聞きますが、まずは現場にまいりましょう。案内してください」

清香の要請を受け、ふたたび猪俣が案内役を買って出た。

「承知しました」

大浴場や二階の休み処はもちろん男女別々だが、一階の食事処では男女の別なく楽しむことができた。デパートで言えばレストラン街といった場所を通り過ぎた左側の奥に、露天風呂や大浴場が設けられている。

廊下を歩いているときに会った何人かの従業員は、例外なく緊張した顔をしている。孝太郎も同じだった。

「苦手ですか？」

野々宮が小声で訊いた。顔色や表情から察したのかもしれない。

「はい。今までは所轄の捜査三課にいたので、ご遺体とはあまり縁がありませんでした。じつは亡くなったばかりのご遺体に会うのは今日が初めてなんです。写真では何度も見ていますが」

「自分もだめなんですよ。先輩はじきに慣れると言いますが、無理ですね。いつまでたっても身体が強張《こわば》ってしまうんです。そうそう、浦島さんの名前をどこかで聞いたことがあるなと思い、引っかかっていたんですよ。もしや、フィギュアを使った3D捜査の浦島さんですか」

恐怖感ゆえ饒舌《じょうぜつ》になるのか。これまでの言動から判断すると、彼はいつもこんな感じなのではないだろうかと思った。

「そうですが、3D捜査などという大袈裟《おおげさ》なものではありません。現場の様子をミニチュア版に仕立ててみただけなんですよ。たまたま、うまくいっただけなんです」

「ご謙遜《けんそん》を」

「野々宮。早く来い」

猪俣に促されて、二人の若手は脱衣所に入った。そこで浴衣を脱ぎ、タオルを借りて大浴場に入る。後ろにはもちろん支配人と従業員が続いていた。大浴場の風呂はサウナも含めて六種類あるらしく、脱衣所に簡単な風呂マップが貼られていた。最初の大浴場に二つの風呂があり、そこから外の露天風呂に出て、さらにサウナや別の風呂がある場所に行くようだ。脱衣所の壁際には自動販売機が二台、据え付けられている。アルコールの類《たぐい》は販売されていなかった。孝太郎は小型のデジタルカメラで素早く脱衣所を撮影する。

自動販売機の間に、二つのゴミ箱が置かれており、その奥に水色のタオルが落ちていた。所轄の鑑識が来るまで現場の物にはふれないのが定め、写真だけ撮っておいた。

「それでは、まいります」

清香の言葉で、三人は後に続いた。孝太郎は心臓が飛び出しそうだったが、現場に一歩、足を踏み出した。

大浴場に、男が仰向《あおむ》けの状態で横たわっていた。

年齢は六十代以上ぐらいとしか、わからなかった。老人斑が顔中にあるのを見ると、七十代以上かもしれない。髪は短めで顔の老人斑とは対照的に、がっしりした体軀の持ち主だった。

青白い顔を想像していたのだが、亡くなったばかりなのか、意外にも顔色はそれほど悪くなかった。手足の皮膚もふやけたような感じにはなっていないうえ、身体や顔はピンク色がかっているようにさえ見えた。

大きな湯船が、手前と奥にひとつずつ設けられており、男性は手前の湯船の傍らに倒れていた。薬湯でも入れているのか、奥の湯船に張られた湯は薄茶色だった。大きめの窓は通風のため、ガラス扉は外の露天風呂に行くためのものだろう。曇天で外は薄暗く、大きな窓はあまり役に立っていないようだ。照明がなければ、かなり暗いかもしれなかった。

（死亡時は湯船に浸かっていたのか。あるいは、この状態で倒れていたのか）

孝太郎は遺体や現場の写真を撮って、手帳にメモする。遺体との対面は初めてだが、気を失うような愚は犯すまいと集中していた。支配人と従業員は、青ざめた顔で風呂場の入り口付近に立っていた。

清香と猪俣は、遺体の傍らに屈み込んでいる。

「この状態で亡くなっていたのですか」

検屍官の問いに、猪俣は大きく頭を振った。

「いや、湯船に俯《うつぶ》せの状態で浮いていました。息があるようには見えませんでしたが、もしやと思い、救急隊員に引き上げてもらった次第です」

顎で後ろに立つ野々宮を指した。

「警部が言うとおりです」

「確認になりますが、通報したのは、あなたですね」

検屍官は淡々と質問を続けた。落ち着いたシックな色合いのスーツが、理知的な雰囲気を高めているように見えた。

「はい。気が動転していて、一一〇番に通報してしまいましたが、見つけたのは彼です」

と、支配人は従業員をちらりと見やる。

「警部への質問と同じ内容になりますが、発見時、俯せの状態で浮いていたのですか」

「は、はい」

小太りの従業員は、ごくりと唾を呑んだ。

「『お客さん、大丈夫ですか』と呼びかけたんですが、答えはありませんでした。その後のことはよく憶えていません。とにかく支配人に知らせなければと思って、受付に急ぎました。受付に行けば、だれかいると思ったので」

ふたたび唾を呑んでいる。緊張感で喉がカラカラなのだろう。その様子を見て、孝太郎も喉が渇いていることに気づいた。浴場は当然だが、熱と湿気が満ちている。蒸し暑さを覚えて、ワイシャツの衿《えり》もとをゆるめていた。

「そして、猪俣警部たちが訪れた」

清香の視線が、猪俣に戻る。

「そうです」

「姓名や年齢、住所などは？」

「現時点では不明です。この施設は、いちおう受付で名前と住所を書き込み、リストバンドを受け取るのですが、リストバンドが見当たらないんですよ。おまけに受付で書いたはずの名前や住所を記したはずの台帳も不明だとか」

猪俣は支配人を睨みつけるようにしていた。

「申し訳ありません。台帳は今、探しているところです。利用客が少なかったため、受付でお渡ししたリストバンドはわかりましたので、ロッカーにご案内しました」

青ざめた顔で謝罪する。

「ロッカーにあった服や荷物を調べましたが、免許証や携帯電話といった身分を証明するものは発見されませんでした。ついでに言いますと財布も消えています。支配人に常連客かどうかを確かめましたが、何度か見かけたことはあるものの、名前までは憶えていないという返事だったため、すぐに亡骸の顔写真を本庁に送った次第です」

猪俣が告げた。犯罪者データに載っていれば、顔認証システムで身許《みもと》がわかるかもしれない。駄目だった場合は指紋を採取して照合すれば、あるいはとなるかもしれなかった。

「今は名無しさんですか」

清香の呟きを、猪俣が継いだ。

「状況から見て、おそらく違うと思いますが、溺死ではありませんよね」

ベテランらしい推測が出る。

「浮いていた点を考慮すると、溺死ではありません。ご存じだと思いますが、溺死の場合は湯船の底に沈みます。彼は肺に空気が入っていた状態、つまり、俯せの状態で浮く前に亡くなっていたと思われます。この特徴的なピンク色の皮膚」

小さな手が、遺体にふれた。

「おそらく、毒物を摂取したために命を落としたと思われます」

「えっ」

孝太郎は思わず声を上げていた。

「すみません。続けてください」

仕草でも「どうぞ」と促した。

6

清香は、支配人と従業員を交互に見た。

「当時、他にお客はいなかったのですか。第一発見者のあなた。お答えください」

「あ、はい。ぼくが来たときは、だれもいませんでした。空いていたので、露天風呂や他の風呂にも人は少なかったと思います」

「男性は何時頃、ここに来たのでしょうか」

孝太郎の問いには、支配人が答えた。

「入館したのは、朝の六時十五分です。先程、更衣室のロッカーに刑事さんを案内したとき、中にあった服を見て思い出したのですが、この男性はジャージの上下という軽装でした」

「検屍官。死亡時刻はわかりますか」

熱心にメモしていた猪俣が訊いた。

「直腸温度はまだ高いですね。湯に浸かっていたため、身体が温まっていましたので、正確な温度ではないかもしれません。亡くなったのは一時間から二時間ぐらい前ではないかと思います」

検屍官は目を上げて、告げる。

「身体全体がピンク色に染まるのは、青酸中毒死特有の症状です。薬品名までは特定できませんが、まず青酸中毒死と考えて間違いないでしょう。行動科学課の研究室で司法解剖します」

病死や事故の可能性はきわめて低いが、自殺なのか、他殺なのかもまた、断定できなかった。

「彼は脱衣所でなにか飲んだのでしょうか。その飲み物に毒物を混入しておいた、もしくは毒物が混入されていた可能性はいかがですか」

孝太郎が投げた問いに、清香は頷き返した。

「考えられますね」

「ちょっと失礼します」

猪俣は立ち上がって携帯を受けたが、聞こえにくかったに違いない。奥の湯船の方へ歩き、窓のそばへ行った。

短いやりとりの後、電話を終わらせて、告げた。

「顔認証システムでは、身許は判明しなかったようです。あとは指紋ですな」

「脱衣所のゴミ箱を調べてみます」

孝太郎は言い、脱衣所に戻りかける。ふと右足の底に違和感を覚えた。ビニール製の靴カバーの底を確かめてみる。照明に反射して、きらりと光ったそれは、大きさは五ミリ程度のものだった。

「ガラスの欠片《かけら》、ですかね」

野々宮が証拠品用の小さなビニール袋を広げている。孝太郎を補佐するべく、気を利かせてくれたのだろう。

「そうかもしれません」

同意して、ビニール袋に入れた欠片を、孝太郎はさらにポケットに入れた。野々宮と一緒に脱衣所に戻る。二台の自動販売機の間に置かれた二つのゴミ箱は、缶用とペットボトル用だが、中は空っぽでなにも入っていなかった。

「中にあった空き缶やペットボトルは？」

少し口調がきつくなったかもしれない。

「あ」

支配人はさっと顔を強張らせる。

「清掃係の女性が集めて、ゴミを出したんだと思います。申し訳ありません。すぐに確かめてみますので」

脱衣所を飛び出した後ろに、孝太郎も続いた。二台の自動販売機では、缶とペットボトルしか売られていなかったのを確認している。落ちていたガラス片らしきものは、自動販売機でよく見る栄養ドリンクの類ではないかと思ったが、亡くなった男性がなにを飲んだのか判明していない以上、ゴミ箱のものはすべて証拠品だった。

支配人は裏口から外に出て、ゴミ置き場に直行する。屋根付きのゴミ置き場では、本庁の池内課長コンビが、清掃係の女性に話を聞いていた。

「ゴミ類はすべて警察で回収する旨、すでに申し渡しておいた。先に手配りしておくべきことだと思うがね。危うく収集車に持って行かれるところだったよ」

池内が言った。またしても作り笑いを浮かべている。孝太郎は人見知りの傾向が強いからなのかもしれないが、あまり好感が持てなかった。

「申し訳ありませんでした。次からは気をつけます」

深々と一礼する。

「検屍官が来る前に遺体をちらりと見たが、死因は？」

池内に訊かれたが、答えていいものかどうかと躊躇《ちゅうちょ》した。

「死因は……」

「毒物による中毒死です。おそらく青酸化合物と思われますが、断定はできません」

背後で凛《りん》とした声がひびいた。清香が笑顔で歩み寄って来たが、池内同様、作り笑いにしか見えなかった。前門の蟷螂と後門の魔女が、孝太郎を挟んで作り笑いの戦いを繰り広げている。

（う、動けない）

金縛りに遭ったようになっていた。

「そうですか。高名な検屍官の見立てに間違いはないでしょう。彼はなにかを飲むか食べるかして、死にいたった。そういうことですね」

「はい。口の奥にこれといった異常は見られないように思いますので、毒物が飲み物に混入していた可能性は低いかもしれません」

「飲み物のことでひとつ気になっているんです。脱衣所の自動販売機では栄養ドリンクは売っていませんでした。他に設置された販売機ではどうですか」

孝太郎は、清掃係の年配女性に目を向ける。

「栄養ドリンクは、ここでは売っていません。瓶は割れたりして危ないから扱わないようにしていると、以前、支配人さんに聞いたことがあります。栄養ドリンクの会社とは、契約していないと思いますよ」

「今の質問の意味は？」

すかさず池内が割り込んできた。

「これです」

孝太郎はポケットから小さなビニール袋を出して、眼前に掲げた。

「大浴場の床に落ちていたんです。小さくてわかりにくいのですが、茶色っぽい感じがするんです。そうなると、栄養ドリンクの瓶類かと思いまして」

フィギュアオタクの孝太郎は、小さな物フリークでもある。通常では欠片から色を判別するのはむずかしいかもしれないが、スモールフリークの経験から、栄養ドリンクではないかという推論を導き出していた。

「割れた瓶の欠片か」

池内が取る前に、清香がいち早く取り上げていた。

「わたくしが調べます」

清香手帖に記されたとおりの素早さだった。池内は冷ややかに一瞥《いちべつ》したが、検屍官の後ろにちらつく警視総監のことを考えたのかもしれない。

「現場の様子で気づいたことは？」

別の問いを投げた。

「毒を摂取した後、あまり時間を置かずに嘔吐《おうと》し、絶命したものと思われます。早く飲んでいれば、もっと早く倒れていたはずなので、脱衣所で飲んだ可能性が高いように思います。風呂に入ろうとしたものの、気分が悪くなってしまい、湯船の縁に腰掛けたのかもしれません」

清香が答えた。

「立ち上がろうとしたのか、苦しくてもがいたのか。いずれにしても、これを調べるしかありませんな」

池内はゴミ袋に入った空き缶やペットボトルを見やる。今日はつくづくゴミに縁がある日のようだ。

「従業員の方にお話を伺いましょう」

検屍官はくるりと踵《きびす》を返した。ゴミは池内におまかせという態度だったが、蟷螂コンビは特に表情を変えなかった。

（不気味だ）

孝太郎は、清香の隣に並ぶ。

「自分だけでも、ゴミ探しの手伝いをしましょうか」

小声で言った。

「缶やペットボトルの青酸反応を確認するには、鑑識係や科捜研でなければできません。ゴミ置き場でやれるのは缶とペットボトルの仕分けをするぐらいです。行動科学課の仕事ではありません」

毅然《きぜん》と顎を上げて、孝太郎を見上げる。

「浦島巡査長には、後でご遺体の解剖を手伝っていただきます。大変かもしれませんが、うちの課は常に人手不足ですので、なんでもやっていただかないと」

「え……」

と言ったきり、足を止めていた。

ご遺体の解剖という厳しい言葉が、ぐるぐるまわっている。遺体にメスを入れるなど絶対に……。

(無理だぁっ!)

心の中で絶叫していた。

浦島孝太郎の一番長い日は、まだまだ終わらない。

第２章　３Ｄ捜査

1

しかし、孝太郎がご遺体の解剖を手伝うことはなかった。

メスが胸部にすっと滑り込んだのを見たとたん、幸いなことに失神したからである。気づいたのは翌朝だったが、今日は帰っていいと言われて自宅に戻っていた。

台東区の一角にある古い一戸建ては、四ＤＫの造りで、一階にキッチンと和室の居間、庭に面した場所に父の作業場が設けられている。六畳程度の広さだが、一通りの道具は揃っており、フィギュアを作るには充分だった。

「昨日の失態をなんとかしないとな」

せめて事件現場のジオラマだけでも早くと思い、さっそく『スーパー銭湯変死事件』のミニチュア版の製作に取りかかっていた。

「一柳検屍官の説明では、男性の年齢は六十代以上、顔の老人斑から見て、七十代後半か八十前後かもしれない。顔の老け具合に比べて身体はがっちり系、栄養状態は非常に良好だったと思われる」

今までの経験からジオラマを早く完成させるため、フィギュアは男女別に痩せ型、中肉中背、小太り、太め、小柄、長身痩軀、長身で太めといった胴体や手足のパーツを、時間のあるときに作っておくことを心がけていた。今回は名無し男性の顔だけ新しく作り、がっちりした胴体や、胴体の重量とは反対にやや細めの手足を用意してある。

しかし、頭の中に広がっているのは、衝撃的な昨日の出来事だ。クールでスタイリッシュなオフィスの一隅に出現したゴミの山。埋もれていたのは、美しい検屍官であり、彼女の手足は子供のように小さかった。

「にもかかわらず、胸は豊か」

ぼんやり呟いた。家に帰った後、脇目もふらず一心不乱に、変死男性のフィギュアと事件現場となった大浴場の現場作りに勤《いそ》しんでいる。用意したがっちり系の胴体には豊かな胸があるのだが、特におかしいと思わなかったのは、やはり、美人検屍官の毒気にあてられたからかもしれない。

「青酸中毒死と思われる年配男性の遺体は、綺麗なピンク色だった。まだ解剖結果は発表されていないものの、その皮膚の色から見て、青酸化合物を摂取したのは、間違いないと思われる」

「ふーん。で、その青酸中毒死した変死体は、豊かなオッパイを持つ年配男性だったわけか。若い頃に性転換手術をした人かな。ピンク色の皮膚が、なんとも言えず色っぽいね」

「うん。そう……」

孝太郎は、はっとした。

ぼくは今、だれと話をしているのか⁉

「ま、真奈美《まなみ》っ」

椅子を蹴飛ばすようにして立ち上がる。

「はーい、お兄ちゃん。お疲れ様です」

妹の真奈美が、作業台に頬杖を突いたまま、上目遣いに見上げた。今年、有名大学の法学部に通い始めたばかりなのだが、頭の回転が早く口が達者で、孝太郎はいつも言い負かされている。立った勢いでさがりかけた眼鏡を上げ、憤然と座り直した。

「黙ってここに入るなと、いつも言っているだろう。なぜ、ぼくの言うことを守らないんだよ」

「眼鏡」

真奈美はふだんどおりに、孝太郎の訴えを無視した。

「美人検屍官を意識して昨日は、コンタクトに伊達《だて》眼鏡で行ったのに、やっぱり、いつもの度付きの眼鏡に戻したんだ。それとも家では眼鏡を使うことに……ああ、そうか。失神しちゃったんだっけ」

ひとりごちて、妙な間を空ける。

「コンタクトをしたまま、朝まで気づかなかったあれが原因か。疲労困憊《こんぱい》して失神したまま寝ちゃうのが、お兄ちゃんらしいというかなんというか。目が痛くなったんでしょ？」

チクチクといたぶり始めた。これまた、いつものことなのだが、最近では受け流せるようになっていた。

「今度の部署は、今まで以上に過酷なんだよ。だから、眼鏡に戻したんだ。課長を含めても総勢四人しかいないからな。今日は特別に早退させてもらったが、明日からはそんな甘いことは許されない状況なんだから」

冷静に答えられたと本人だけは思っている。

「そう。で？」

真奈美は、視線でオッパイ付きの年配男性フィギュアを指した。

「これはお兄ちゃんの願望なのかな。男性は、心の底では女性に変身したいという願望があるとか。それが無意識のうちに、こういうフィギュアを作らせた」

「い、いや、こ、これはだな。単に間違えただけであって、美人検屍官を思い浮かべていたというわけじゃ……」

「お母さーん。お兄ちゃん、とうとうおかしくなっちゃったよ」

立ち上がってキッチンの母に呼び掛ける。大きな声では言わないであげる、という感じだったが、孝太郎は慌てて妹の口を塞《ふさ》いだ。

「馬鹿、よせ、母さんが心配するだろ。そうでなくても、失神騒ぎで『あんたには無理な部署じゃないのかしらねえ』なんて言ってたのに」

「うん、無理だよ」

あっさり言われてしまい、がくっと力がぬけた。

「おまえは」

反論しようとして、やめる。倍返しどころか、十倍返しぐらいの猛攻がたやすく想像できたからだ。

「本当に美人だよね、一柳検屍官」

真奈美はプリントアウトした用紙を作業台に載せた。行動科学課のホームページに掲載されているものだが、にっこりと微笑《ほほえ》む清香は、女性の目から見ても美しいのだろう。

「実際はどうなのかな。綺麗だった？」

「うん。まあ」

ワカメ女を思い出して、つい笑みを浮かべていた。

「あ、なに、今のそれ。自分だけが知っている、みたいな優越感が滲み出てたよ。気になるなあ」

「仕事の話はできません。だいたいが、なんの用なんだよ。そっと入って来るだけでも、ルール違反なんだぞ。ここはぼくと親父の聖域なんだからな。足を踏み入れるのはご法度と申し渡してあるだろ」

「ご飯だって。あとは、これ」

今度は夕刊を胸の前に広げた。

「なになに、スーパー銭湯で男性の変死体発見。年齢は六十代から八十前後、姓名や住所は不明、か」

孝太郎は見出しを読みあげる。自分が失神していた間に、似顔絵を作成したらしく、それも掲載されていた。作業に没頭していたため、夜になったことにすら気づかなかったが、時計の針は午後七時を指していた。

「ねえねえ、初めてのナマ遺体対面はどうだった？　遺体に対面したとたん、失神したわけじゃないんでしょ？　司法解剖の助手役を命じられたんだよね。美人検屍官のメスが胸部にするりと滑り込んだ瞬間……」

「やめろ」

孝太郎は止めた。

「また、気持ちが悪くなってきた。医学のことや科学捜査を覚えるには、最適な部署だと思っていたけど、まさか、司法解剖を手伝わされるとは思わなかったんだよ」

「それって、お兄ちゃんが認識不足なだけじゃないの。監察医が書いた本によると、事件現場の所轄の警察官たちも解剖に立ち会うって載ってたよ。解剖を行う美人検屍官の部下なら、あたりまえだと思うけどな」

きつい言葉が胸に突き刺さる。真奈美は棚にあった本の頁を、これ見よがしに開いていた。

「いちいち美人をつけるのはよせ。それから本棚の本を勝手にさわるな。読んだ場合はもとに戻しておくこと。言われたことは守れよ」

素早く本を取り上げる。小さい頃は可愛かったのに、最近はタメ口をきくようになってしまい、手に負えなくなっていた。

「ほら、メシ、メシ。行くぞ」

背中を押したが、真奈美の目は作業台に向いていた。

「それ。要《い》らないなら、ちょうだい」

オッパイフィギュアに手が伸びかける。孝太郎はその手を軽く叩いて、フィギュアを素早く仕舞い込んだ。

「あげられないよ。材料は無駄にできないからな」

「ケチ。新しく作ればいいじゃない。それは失神記念として……」

不意に真奈美は言葉を止めた。客が来たらしく、母親の少し高い声が聞こえてきた。よそゆきの対応のときは、ふだんよりもやや声が高くなる。

「今頃、だれだろうな」

孝太郎の呟きに、母の呼び掛けが重なった。

「お客様よ、孝太郎」

「はい」

その返事より早く、真奈美が居間に行っていた。不吉な予感を覚えた孝太郎は、急いで後を追いかける。

「こんばんは、浦島巡査長」

一柳清香が玄関からキッチンに来た。

「一柳検屍官」

なぜ、ここに来たのか。質問する前に、清香が口を開いた。

「先程、終わりまして、家に帰るところなのです。気になったので、立ち寄ってみました。具合はいかがですか」

「ナマ検屍官」

囁いた真奈美の足を軽く蹴りつける。

「大丈夫です。失神などという、警察官としてはありえない失態を曝してしまい、本当に申し訳なく思っています。徐々に馴《な》らしていきますので」

「解剖の助手は、代わりがいくらでもおります。ですが、3D捜査ができるのは、浦島巡査長だけ。細かいことは気にしないでください」

清香は笑って、続けた。

「その眼鏡。似合いますわね」

だからふだんどおりでいいのよ。と言わんばかりに、今度は真奈美が孝太郎の足を蹴りつけた。軽くではなく、かなり強かったが、無理に笑みを押し上げる。

「今も妹にからかわれていたんです。明日からは、眼鏡で行くようにしますので」

「妹さん」

清香の視線に、真奈美が答えた。

「浦島真奈美、大学一年生です。趣味は兄をオタクの世界から引っ張り出すこと。厳しい世の中に対応できるように鍛えているつもりなのですが、妹の心、兄知らず。時々本気で怒り出すので、いやになってしまいます」

「……………」

目顔で黙れと示したが、

「大学一年生ですか」

検屍官は小さな溜息をつき、テーブルに目を向けた。

「美味《おい》しそう」

「は？」

真奈美は訊き返したが、清香の視線は妹を素通りしていた。キッチンのテーブルには、鯵《あじ》の干物、肉じゃが、漬物といった質素な夕餉《ゆうげ》が調えられている。検屍官が寝食を忘れがちな点もまた、上條麗子の清香手帖に記されていた。

「夕飯がまだでしたら、ご一緒にいかがですか」

母が促した。

「いえ、でも……そうですか。申し訳ありません。夕飯をあてにして来たように思われてしまうのではないかと心配ですが」

遠慮がちな清香を、真奈美が受けた。

「あてにして来たんですね」

「こら、真奈美」

孝太郎は小声で叱りつけ、キッチンの椅子を勧める。

「どうぞ」

「すみません」

「素敵なスーツですね。羨《うらや》ましいです。ご覧のように、我が家は質素倹約を旨としているので、ブランド品には縁がないんですよ。服は量販店のしか、着たことがありません。大学へ入学するときに買ってもらったスーツも、安い店のバーゲン品でした」

真奈美は座った清香の後ろから離れない。物欲しげな顔つきで、スーツの埃《ほこり》などを払い落としている。

「一度着た服でよろしければ、差し上げましょうか」

清香は太っ腹なところを見せた。孝太郎は清香手帖の一文を思い出している。

〝気に入った相手には、物をあげる癖あり。あげるのは、自分が気に入らなかった物なので遠慮しないで貰うがよし〟

貰っても大丈夫なようだが、いやでもサイズを比べていた。

「えっ、ほんとですか？」

目を輝かせた真奈美に素早く囁いた。

「胸を見ろ」

そして、悠然と清香の前に座る。真奈美はまず清香の胸元を見てから、自分の胸を見た。サイズの違いを察した彼女は、母の指示に従い、おとなしくご飯をよそい始める。

「ひとつお願いがあるのです」

清香が小声で切り出した。突然の訪問理由が、あきらかになるかもしれない。

「なんでしょうか」

「わたしと上條警視のフィギュアを作ってもらえないでしょうか。もちろん料金は支払います。場所は警視庁のオフィスで、わたしたち二人が話をしているような場面がいいのではないかと思います」

「兄のフィギュアは要らないんですね」

真奈美がご飯茶碗を置きながら、得意の皮肉たっぷり口撃を仕掛ける。兄だけ仲間外れですかという意味を込めているに違いない。

「ええ、今回は二人だけのジオラマにしてください。本間さんや細川課長も、ご遠慮いただきたいと思います」

「少しお時間をいただけますか」

「もちろんです。まずは行動科学課に慣れていただき、3D捜査の腕前を発揮していただくのが先ですから」

清香の前に味噌汁も用意されて、ささやかな夕餉となる。

「いいですね。こういう雰囲気って」

検屍官は、嬉しそうな笑顔を見せていた。

2

翌朝。

墨田区の所轄で『スーパー銭湯変死事件』の会議が執り行われた。なぜなのかはわからないが、本庁の池内課長コンビも出席していた。池内が事件の概略《がいりゃく》を報告した後、清香の番になる。

「事前にお配りした死体検案書をご覧ください。解剖所見も入れてあります」

前に立って、告げた。孝太郎はボードを書く役目を務め、細川雄司課長は検屍官の後ろに控えている。昨夜、清香が帰った後、スーパー銭湯の事件現場を仕上げたため、孝太郎は仮眠しか取れていなかった。妙に頭が冴えていた。

新参者が気になるのか、今日が初対面の細川課長は時々、孝太郎に目を走らせている。

「男性からは、シェーンバイン反応、いわゆる青酸反応ですね。これが出ました。青酸ナトリウム——正式にはシアン化ナトリウム、俗に青酸ソーダとも呼ばれる毒です。人間の致死量は、〇・一五～〇・二グラム。非常に毒性が強いとされます。金銀・亜鉛などの冶金《やきん》やメッキには欠かせない薬品ですね」

所轄の警察官は、死体検案書を見ながらメモを取っている。池内も前列に座っていたが、さっそく手を挙げて、訊いた。

「年齢はわかりますか」

「歯の磨《す》り減り具合や、骨の状態から見て、七十代後半から八十前後だと思われます。慢性アルコール中毒や動脈硬化の症状もありました。一番重要なのは、肝臓ですね。おそらくは肝臓ガンになって手術をしたのではないかと思います。肝臓は三分の一程度の大きさしかありませんでした」

「その肝臓の様子から手術した病院を割り出すことは？」

池内が意地の悪い質問を投げた。気づかないほど鈍くはないだろう。孝太郎は後ろにいるので表情まではわからないが、おそらく清香は唇の端を吊りあげて笑みを返したのではないだろうか。

「非常にいい質問をいただきました」

余裕たっぷりに答えた。

「名無しさんは、右膝の関節を手術しており、チタン製の人工関節が使われておりました。ご存じだと思いますが、チタン製の人工関節には製造番号があります。死亡者の身許を特定できるのでは……」

「わかったのか？」

池内が腰を浮かせる。せっかちな性格なのかもしれない。さらに初対面のときからそうだが、言動が横柄だった。

「はい。ですが」

清香は、立ち上がった池内を右手で制した。

「病院に問い合わせたところ、守秘義務を持ち出して拒否されました。後で直接、行ってみます」

「メディカル・イグザミナーのお力をもってすれば大病院も平伏して従う、か」

池内は、わざとらしく音をたてて座る。さすがに腹に据《す》えかねたのか、細川が一歩、前に出た。

「一柳検屍官が順を追って説明いたします。まずは解剖結果と調査結果を聞いてから、質問していただきたいと思います」

神経質そうに細い指で縁なし眼鏡を上げ、もとの位置に戻った。池内は苛立《いらだ》ちを示すように、激しい貧乏揺すりを始めている。

「貧乏揺すりは、股関節をゆるめるのに役立つそうです」

すかさず清香が言った。

「最近では意識的に貧乏揺すりをした方がいいと言う整形外科医もいるほどなんですよ。池内課長は最先端の治療を、仕事をしながら実施していらっしゃるわけですね。さすがだと思います」

小さな笑いが広がる。似たような不愉快さを感じていたのだろうか。池内の後ろに座していた二人の女性警察官が、下を向いて笑いをこらえていた。

「現場の大浴場では、確か小さなガラスの欠片らしきものが発見されていますよね。これはどうなっていますか」

所轄の若手が立ち上がった。死体検案書と一緒に渡した行動科学課の調査報告書を掲げていた。

「まだ、調査結果が出ておりません。ですが、おそらくは栄養ドリンクの瓶の欠片ではないかと思います。スーパー銭湯内では販売されていないため、被害者は途中で買ったのかもしれません」

「でも、ゴミの中に、栄養ドリンクの蓋や瓶はありませんでした。探したうちのひとりですので断言できます。瓶関係であったのは、調理場から出た醤油や味醂《みりん》、酒、ワインなどです。清掃係の女性に確認したのですが、ふだんは持ち込まれた栄養ドリンクの蓋や瓶があるらしいのですが、あの日はたまたま出なかったと聞きました」

若いながらも優秀なようだった。

「ゴミ箱からは発見されていないわけです。そうなると、だれかが意図的に持ち去ったことになりますよね」

続けて出た問いかけには、他殺の疑い濃厚という含みが感じられた。自殺の線も捨てきれないが、名無し男性が自死に用いた飲み物の瓶を自分で片付けるのは不可能だ。

「考えられることだと思います」

清香は答えた。

「所轄では防犯カメラの映像を確認していると思いますが、男性は明け方、スーパー銭湯へ行きました。入所後から遺体発見までの映像を中心にして、不審人物を絞り込んでください。まあ、わたくしがわざわざ言う話ではないと思いますが、念のためということでご理解いただければと思います」

細かい点まであれこれ言うと、後で批判が出るのだろうか。清香の発言には気遣いが表れていた。

「防犯カメラの映像を調べている者です」

女性警察官のひとりが、遠慮がちに手を挙げた。

「どうぞ」

清香の指名を受け、立ち上がる。

「今、検屍官が仰った時間帯を調べましたが、訪れる客は少なくても帰る客はけっこういたんですよ。宿泊施設や休み処に泊まっていたのでしょう。泊まり客のうちのだれかが、瓶や蓋を荷物に入れて持ち帰った可能性もあると思います。瓶の欠片の線から追うのは、ちょっと厳しいかもしれません」

自分なりの意見を述べて座った。たかが欠片、されど欠片となるには、いささか無理があるのではないか。そんな感じがした。また、欠片に固執していた池内への消極的な答えのようにも思えた。

気にさわったのかもしれない、

「貴重なご意見を賜りまして恐悦至極、感謝感激ですな」

蟷螂刑事が毒を吐きながら立ち上がった。隣の相棒もそれに倣い、机の書類を纏《まと》め始める。戸口に歩きかけた二人に、孝太郎は思わず声をかけていた。

「この後、現場のジオラマを見ていただく予定なのですが」

あらかじめ運び込んでおいた傍らのジオラマを目で指した。外部の力が加わらないように、段ボールで蓋をしている。池内はふんと鼻を鳴らしたように見えた。

「勝手にやってくれ。玩具《おもちゃ》に興味はない」

告げて、相棒と廊下に出て行った。すぐに細川が扉を閉める。

「なぜ、担当でもない池内課長が、会議に出席したのでしょうか。しかも最初は指揮権を持っているような振る舞いをしていました。細川課長がなにも言わなかったので控えましたが、聞いていたのですか」

清香の問いに、細川は渋面を返した。

「本庁から池内課長が参加する旨、直前に連絡が来ました。会議が始まるまではなにも聞いておらず、お知らせする前に現れまして、いきなり事件の概要を告げ始めたのです。驚きました」

縁なし眼鏡をかけた顔は真剣そのものだった。まっすぐ清香に向けられた双《ふた》つの目には、清香への想いも見え隠れしているように思えた。会釈しながら所轄の福井《ふくい》課長が、細川の隣に来る。年は五十代なかば、特徴のない顔立ちをしているが、両目にベテラン刑事の鋭さが浮かび上がっているように思えた。

「わたしも本庁の課長が来たことには驚きましたが、行動科学課は納得しているのだと思いまして、口をはさみませんでした。池内課長が指揮を執ることになったのかと考えた次第です。あるいは、今回の事件について本庁から特別な指示を受けているのか。そのへんの話はいっさいありませんでしたが」

事件当日の孝太郎と同じことを思ったらしい。所轄は蚊帳《かや》の外に置かれているのではないかと、探るような目を清香や細川に走らせていた。

「池内課長の言動は理解できません。以前、機動捜査隊の知り合いが会議に参加したことはあるのですが、担当ではないはずの本庁の課長クラスが参加したのは初めてです。名無しさんは、重要事件に関わっているのでしょうか」

清香は自問のような言葉を口にする。

「後で本庁に確認してみます」

細川の申し出によって、池内の問題はいったん終わりを告げた。先程、意見を述べた女性警察官のひとりが、孝太郎の傍らに置かれた箱を視線で指した。

「それが現場のジオラマですか。３Ｄ捜査の噂は聞いています。是非、拝見したいのですが、まだ完成していないのでしょうか」

二十名ほどいた他の警察官も、興味津々の表情で集まって来た。

「大雑把《おおざっぱ》なものですが、いちおう完成させました」

答えて箱を持ち上げたとき、細川が手伝い役を買って出る。二人で長机の上に運び、孝太郎が天井部分にあたる蓋を取った。

3

おお、と、小さなどよめきが起きる。

土台に壁を設けた内部に出現したのは、スーパー銭湯の脱衣所と事件現場の大浴場だった。時間がなかったため、風呂場のタイルなどは手描きで間に合わせたが、ふだんだったらタイルを細かく砕いて貼りつけるだろう。脱衣所のロッカーやタオルの貸出場、体重計、二台の自動販売機とその間に置かれた二つのゴミ箱にいたるまで、実物のミニチュア版を再現させていた。大浴場は壁の窓が、湯気でくもったところまで表していた。

そして、名無し男性は、水を張ったように見せた湯船に、わざと俯せで浮いた状態にしていた。猪首やほとんど白髪になった頭髪、がっちりした体躯を覆う皮膚は青酸中毒死特有のピンク色だ。

「この名無しさんは、動かせるんです」

清香が俯せ状態のフィギュアを持ち、タイルを描いた床に仰向ける。湯船にはフィギュアの形そのままに凹んだ痕が残っていた。水の代わりにゼリーや寒天のような素材を使う場合もあるが、今回はそこまで凝《こ》った作りにはしていない。

俯せで収まる形に刳《く》りぬいただけだが、それでも二度目の歓声が上がった。

「すごいですね。まさに現場そのままです」

件《くだん》の女性警察官が、代表するように告げた。

「さわってみてもいいですか」

問いかけに頷き返した。

「もちろんです。どうぞ」

何人かが現場の雰囲気を再体験するように、ジオラマに手を伸ばした。俯瞰《ふかん》で見る面白さに、警察官たちは目を輝かせていた。

「あれ？」

若手のひとりが、突然素《す》っ頓狂《とんきょう》な声を上げた。脱衣所の自動販売機の一台を持ち上げて、しみじみその精巧さを堪能していたようだが、彼はジオラマの脱衣所を見おろしていた。脱衣所には、もう一台の自動販売機と二つのゴミ箱が残されており、水色のタオルがゴミ箱の奥に落ちていた。

「これは……タオルですか？」

若手がそっと指先で持ち上げつつ訊いた。

「そうです。客のだれかが、落としたタオルを忘れていったのではないでしょうか。鑑識係が来る前に動かしてはいけないと思い、写真に収めました」

「証拠品に水色のタオルなんか、ありましたか」

若手は、同僚たちに問いかける。警察官たちは互いに顔を見合わせていたが、ふたたび代表するように女性警察官が答えた。

「わたしは見た憶えはありません」

「自分もです」

若手が続くと、見憶えがないという答えが伝言ゲームのように続いた。互いを見やっていた目が、いつしか孝太郎に集まっていた。

「え？」

当惑を返した横で、検屍官が言った。

「写真を見せてください。小型のデジタルカメラで撮影していましたでしょう。所轄のみなさんは、それを見たいとの仰せです」

「あ、はい。すぐに」

ボードの近くに置いた鞄から小型カメラを取り出した。スイッチを入れて言われた場面に切り替える。

「これです」

福井課長を含む何人かがそばに来て覗き込んだ。

「本当にありますね、水色のタオルが」

女性警察官が目を上げる。

「でも、わたしたちが脱衣所を見たときには、落ちていませんでした」

奇妙な話だと、だれもが思っていた。犯人が落としていったタオルであれば、汗などの遺留物からＤＮＡ型を採取できる。現代の科学捜査を知る犯人が、タオルを落としたことに気づき、現場に戻って持ち去ったのだろうか。

「念のために証拠品保管所や、鑑識係のカメラに映っていたかどうかを確認に行かせました。わたしも見た憶えがないので」

福井課長の言葉を、清香が受けた。

「わたくしたちが大浴場にいたとき、脱衣所にいたのは、銭湯の男性支配人と男性従業員でした。浦島巡査長がゴミ置き場に行ったため、わたくしも後を追いかけたのです。入れ替わるようにして、所轄の鑑識係が脱衣所に入って来ました」

「つまり」

今度は課長が受ける。

「水色のタオルを持ち去った、もしくは単に片付けたという軽い気持ちかもしれませんが、それができたのはあの二人だけということになりますね」

「はい」

清香が受け答え役を引き受けていた。本来は上條麗子が行っていたであろう役割を、検屍官が担《にな》っている。気持ちは逸《はや》るが、今は現場のやり方を覚えていくしかなかった。

「鑑識からカメラを借りて来ました」

男性警察官のひとりが戻って来た。証拠品保管所に行ったひとりはまだだが、少し時間がかかるだろう。

「確かめましたが、水色のタオルはないと思います。鑑識係も見た憶えはないとのことでした」

「カメラを」

課長はカメラを受け取って、確認作業をする。入り口付近にいた細川が、清香に近づいて来た。

「検屍官はこの後、名無し男性の右膝の手術をした病院に行く予定でしたよね」

「ええ。守秘義務を持ち出して教えようとしない頭の堅い関係者と戦う予定です。必ず答えを持ち帰ってまいります」

「わたしはいったんオフィスに戻ります。担当ではないはずの池内課長が、なぜ、会議にまで出張《でば》って来たのか。上に確かめてみますので」

「わかりました。水色のタオルやその他のことは、優美ちゃんに連絡します。伺う病院に連絡を入れておいてくれますか」

「承知しました」

細川は会釈して立ち去った。少しの間、清香は見送っていたが、福井課長に呼ばれて孝太郎と一緒に輪の中へ戻る。

「やはり、水色のタオルは写っていませんでした」

鑑識係が撮影した何枚かを見せた。タオルは二つ置かれていたゴミ箱の、さらに奥の隅に落ちていたのだが、二台の自動販売機の間に残されていたのは、缶とペットボトル用のゴミ箱だけだった。

「こうなってくると、名無し男性がロッカーのリストバンドを持っていなかった件も、やはり、だれかが盗《と》った可能性が高くなりますね。そのうえでロッカーにあった財布や免許証、携帯といった身分を証明するものを持ち去ったのではないか」

女性警察官が自問のような言葉を告げた。

「殺人事件の様相を呈してきたように思います。とにかく、もう一度、支配人と従業員を聴取してみますよ。現場のジオラマは」

福井課長の目が、孝太郎にとまる。

「置いていってもらえますか」

特に解散とは告げていないが、警察官たちは三々五々散って行った。清香と孝太郎に会釈して廊下に出て行く。

「そのつもりで持って来ました。水色のタオル以外におかしな点はないと思いますが、少しでもお役に立てば」

「精巧さにはもちろん驚きましたが、なんというのか、雰囲気が現場のそれなんですよね。窓がくもっているあたりに、湿気がこもった浴場の感じが出ていると思いました。遺体の色がまた、秀逸《しゅういつ》ですね。仮に殺されたのだとしたら」

課長は言葉を切る。

「被害者の無念を晴らすのが、我々の役目です。栄養ドリンクに入っていた毒のせいで死んだのか。ロッカーの鍵はだれが抜き取ったのか。水色のタオルの持ち主が、瓶と蓋を持ち去ったのか。さらに水色のタオルはどこに消えたのか」

あらためて現在の捜査状況を口にした。

「わたくしたちは、名無し男性の身許を確認するため、病院にまいります。結果がわかり次第、連絡いたしますので」

「お願いします」

一礼した福井課長に辞儀をして、二人は廊下に出る。まっすぐ駐車場へ向かった。

4

「細川課長の辞書には」

清香は、ぽつりと言った。孝太郎は面パトの運転席、彼女は助手席に座っている。まだ所轄の駐車場を出てはいなかった。

「『嘘』という言葉が、あふれているようです」

すぐには意味が理解できなかった。検屍官はどの話を指しているのだろうか。捜査内容なのか、それとも違う話なのか。

「あの」

口ごもった孝太郎に言った。

「本庁の池内課長の件です。会議が始まる直前に連絡が来ました、と言っていましたが、あれは嘘だと思います」

それでようやく、やりとりの様子が頭に浮かんだ。確かに細川はそう言っていたが、とても嘘をついたようには思えない。

「課長は、まっすぐ検屍官の目を見ていました。真実を告げていたように、自分は感じましたが」

「だから嘘だと言っているのです」

即座に反論して、続ける。

「細川課長は非常にシャイな性格なのです。わたくしと目を合わせても、それは一瞬の出来事。すぐに目を逸らすのが常なんですよ。にもかかわらず、あのときはあなたが言ったように、彼は目を逸らさなかった」

こちらを見た清香と、孝太郎はいやでも目を合わせていた。細川は池内コンビが会議に出席した理由を知っているのだろうか。たとえそうだったとしても、今は話せないだけではないのか。

「とりあえず、車を出しましょうか」

清香に促されて、面パトをスタートさせた。近くにいた制服警官が、なぜ、出発しないのかというような不審な目を投げていたのである。走り出すと辞儀をしながら見送っていた。

「あなたは、大学で犯罪心理学を学んだと言っていました。嘘を見破る方法も習ったのではありませんか。わたくしの記憶違いかもしれませんが、ポール某《なにがし》という方が嘘を見破るのは可能だと言っていたように思います」

清香が話を再開させる。

「ポール・エクマンですね。アメリカの有名な心理学者です。彼は嘘をつく場合、人は注意とコントロールを言葉に集中するため、緊張を示す身体的な動作や不自然な動作が漏れ出すと言っています」

孝太郎は答えて、話を進めた。

「『漏れ』を示す動作としては、口ごもり、言い間違い、話の早さ、声のピッチの変化、質問から返答までの時間の増加、例示動作――これは手などで話の内容を動作として示すことです」

「わかります。続けてください」

清香は、助手席でメモを取っていた。ベテラン検屍官が真剣に耳を傾けてくれていることに、少なからず喜びを覚えている。

「続けます。『漏れ』を示す動作の続きですが、表象上の漏洩《ろうえい》、肩をすくめるなど無意識的な身体の反応のことですね。さらにマニピュレーター――自分の身体に触れたり、いじったりすること、発汗、唾の呑み込み、まばたき、顔の表面温度の上昇などがあります。そういえば」

不意に思い出していた。

「スーパー銭湯の男性従業員は、何度か唾を呑み込んでいました。自分は喉が渇いていたため、あのときは不自然だと思いませんでしたが」

「じつは『漏れ』を示す動作だったかもしれない？」

継いだ清香に頷き返した。

「はい」

「一番疑われやすい人物でしょうね。名無しさんが持ち込んだ栄養ドリンクに、毒が混入されていたとします。飲んだ瞬間、口腔内や喉に焼けるような痛みを覚えて、名無しさんは瓶をタイルの床に落とした。そのときに一部が割れて、欠片が飛び散ったのかもしれません」

「でも、検屍官は検死のとき、名無しさんの口腔内に異常はなかったと仰いました」

孝太郎の反論に微笑を浮かべる。

「そのとおりです。もしかしたら、薬やサプリメントのカプセルに毒を仕込まれたのかもしれません。あるいは自ら毒入りカプセルを飲んだのか。話を戻しますが、結局、嘘を見破るのは可能なのか否か」

「多くの研究を総合してみると、やはり、嘘をつくときに一貫して増加したり減少したりするような『ピノキオの鼻』型のわかりやすい特徴については、見出《みいだ》されていないようです。また、嘘を見破るのがうまい人物といったものもいないと」

信号で停まったので、孝太郎はちらりと清香に目を走らせた。

「親しい間柄の場合、ふだんとは逆の言動を取れば引っかかります。でも、仮に細川課長が嘘をついていたとしても、なにか理由があってのことだと思いますよ。一柳検屍官のことを考えるがゆえではないでしょうか」

ふたたび車をスタートさせる。電話がかかってきたのだろう、清香は携帯で五分ほど話した。

「所轄の女性警察官でした。証拠品保管所を調べてみたが、水色のタオルは発見されなかったとのことです。あなたのジオラマや現場写真が役に立ちましたね」

「ありがとうございます」

「一柳先生。面パトにおられますか」

無線から優美の声がひびいた。

「はい、おります」

「これから行く病院へは、連絡を入れておきました。先生がお支度をなさっているときに、ニュースで流れたのですが、早朝の高速道路で玉突き事故が発生したようです。話をしたのは外科部長だったのですが、院長自ら陣頭指揮を取って、手術を行ったとのことでした。病院内はまだ、混乱しているかもしれません」

優美は、有能さを発揮する。待たされるかもしれないと婉曲《えんきょく》に告げていた。

「わかりました。細川課長はオフィスに戻ったのですか」

「いえ、電話で病院への連絡を指示されました。また、喧嘩でもしたんですか。今朝の課長は、いつにも増して深刻そうな表情をしていましたけど」

辛辣《しんらつ》な物言いは今まで付き合いがあればこそ、清香も特に気分を害した様子はなかった。

「細川さんは、いつもああいう顔をしているのです。恰好いいと思っているのではないかしら。眉間《みけん》の皺《しわ》に紙がはさめそうですわ」

小さく含み笑いをしていた。

「言いたい放題ですね。でも、元気が出てきたようなので、ほっとしました。悪態は先生の元気度を表しますから。ああ、そうそう。細川課長から浦島巡査長への伝言も頼まれていたんです。『可愛いと思った瞬間、蟻地獄《ありじごく》』。意味はおわかりですよね」

孝太郎が返事をする前に、清香は朗《ほが》らかに笑い出していた。どう対応したらいいのかわからずに、曖昧《あいまい》な笑みを浮かべた。

「細川さんらしいですね。浦島巡査長への歓迎の意なのでしょう」

「浦島巡査長は、なんといっても上條警視のご推薦ですからね。かなり無理を言って行動科学課へ引き抜いたと聞きました。３Ｄ捜査の噂が出た時点で、それとなく調べていたらしいですから」

「麗子が？」

清香の表情が変わる。

「本当ですか」

確かめるように訊いたが、孝太郎は即座に頭を振った。

「さあ、自分はなにも聞いていません。今月から異動になるという話しか知りませんでした。直接、上條警視と話したことはないんですよ」

嘘をついた。上條麗子とは何度か会っている。自由奔放な検屍官を心の底から案じていたのが、強く印象に残っていた。そのときに清香手帖も渡されていた。

「嘘をつくのが下手ですね」

清香は言い、無線に向かって呼びかけた。

「優美ちゃん。申し訳ないのですが、行動科学課が解決した事件記録、そうですね。初めての事件から五、六番目までの記録を揃えておいてください」

「わかりました」

答えた声が緊張したのがわかる。これが有能と言われる所以《ゆえん》だろう。緩急《かんきゅう》うまく使い分けて、ともすれば暴走しがちな検屍官をコントロールしていた。もっとも優美にその自覚があるかどうかはわからないが……。

「また、後で連絡します」

東華《とうか》大学病院の駐車場に着いたのを見て、清香は無線を終わらせた。大学病院はどこも混雑しているが、駐車場は満車という知らせが出ている。

「検屍官はここで降りてください。自分は近くの駐車場に車を入れて来ます」

「わかりました」

清香は、大きな二つのバッグを持って降りる。ふだんは一つだったが、いったい、なにが入っているのだろう。

（愛《いと》しい男だったりして）

その想像に笑った後で、慌てて清香の方を見た。ひとり笑いに検屍官は気づくことなく、病院のエントランスホールに向かっていた。ほっとする自分の気の弱さを実感しつつ、携帯で近くの駐車場を検索した。

5

大学病院のエントランスホールは、大勢の患者であふれ返っていた。

「いつでも満員御礼状態だな、大病院は」

思わず皮肉が口をついて出た。孝太郎の胸には、父の入院によって生まれた病院に対する根強い不信感がある。主治医から思うような説明がえられず、家族が不安になったのは一度や二度ではない。

整形外科や外科、膠原病リウマチ内科といった人気の外来が、エントランスホールから近い場所に設けられているのは、患者様のためなのだろう。待合室の椅子は空きがないほどに混《こ》み合っていた。

「あ」

携帯のヴァイブレーションを感じて画面を見る。清香からのメールで、医療ソーシャルワーカーの相談所にいるとのことだった。エントランスホールに戻り、右奥の相談所に行こうとしたが、そこには行列が出現していた。

「なんの行列なんですか」

孝太郎は、最後尾の中年女性に訊いた。

「一柳先生が来ていらっしゃるらしいんです。先生は、インターネットで『医学に関するお困り相談所』を開設しているんですよ。とにかく日本一のお医者様でしょう。わたしはこの病院の外科に通院しているのですが、一度、一柳先生にお話を伺ってみたいと思っていたんです」

その答えに納得すると同時に、清香の企みを読み取っていた。来院をアピールするのにこれ以上の策はない。策士は上條麗子だと思っていたが、なかなかどうして検屍官もしたたかだった。

「浦島さん」

行列の先頭付近で呼び掛けがひびいた。白衣にマスクを着けた清香が、早く来いと手招きしている。孝太郎は「すみません」と詫《わ》びながら、相談所に入った。

「これを配ってください。終わったらカルテ作りを手伝ってくださいね」

「了解しました」

渡された整理券を、ずらりと並んだ老若男女に手際よく配った。それにしても、と、驚いている。

（日々の仕事に忙殺される中、インターネットで相談所を開設しているとは）

上條麗子の清香手帖によると、醜聞《スキャンダル》まみれの魔女は、庇護《ひご》すべき患者という弱い存在に出会った瞬間、聖女に変わると載っていた。この行列が証《あかし》のように思えた。

「配り終わりました。すでに四十一人の方が並んでいます」

報告した孝太郎に、清香はタブレットを差し出した。

「姓名や性別、年齢、職業はもちろんのこと、病名と病状、処方されている薬も記録を取ります。次に相談されたとき、すぐ対応できるようにしておきたいので」

「わかりました」

「でも、一柳先生」

医療ソーシャルワーカーの女性が、言いにくそうに切り出した。

「勝手な真似をされるのは困ります。院長の許可を得たうえでないと、患者様の相談に応じることはできません。後でなんと言われるか」

年は四十前後、強い口調ではないが、目つきに冷ややかさが浮かびあがっているように見えた。

「わたくしはメディカル・イグザミナーです。日本で一番偉い医者なんですよ。わたくしの言葉は厚生労働省の言葉だと思ってください。あなたには、厚生労働省と戦う勇気がおありですか」

清香は得意の日本一で切り返した。ソーシャルワーカーの女性はぐっと言葉に詰まる。勝負ありと思ったに違いない。

「では、まず最初の方、どうぞ」

促して、検屍官は机の前に腰をおろした。一番目の患者は、五十三歳の男性で、病名は皮膚が盛り上がり赤く腫れて剝がれ落ちる『乾癬《かんせん》』だった。

「主治医には新しい治療を勧められているのですが、非常に不安を覚えています。費用が高いうえ、効果は個人差があると聞きました。お金をかけるだけの価値があるのでしょうか。主治医はただ『試してみるべき』と繰り返すばかりなので」

男性の言葉には孝太郎同様、不信感が見え隠れしていた。ろくに説明もしないのは、大病院に共通することなのだろうか。

「まず最初に三点、確認させてください。食事はきちんと摂《と》れていますか。お通じは大丈夫ですか。睡眠はいかがでしょうか」

この三点を聞いたとき、孝太郎は昔、浦島家で通っていたクリニックを思い出していた。かかりつけ医でもあった老医師が、必ず確認する事項だった。

（そういえば、親父の主治医の口から、この質問が出たことは一度もないな）

たまたまなのかもしれない。いや、たまたまであってほしかった。ふだんは確認しているのだが、孝太郎が付き添って行ったときは、口にしなかっただけだろう。ともすれば身内に向きがちな気持ちを仕事に戻した。

三点の答えを聞き終えて、清香は話を進める。

「今はどのような症状が出ているのですか」

その質問に男性は、痒《かゆ》みだけでなく、二十代後半からは激しい関節痛に悩まされてしまい、股関節を人工関節に置き換える手術を受けたと告白する。税理士のようだが、痒みと痛みで仕事をするのが大変だとも付け加えた。

「あぁ、それはお辛《つら》いですね」

吃驚《びっくり》するほど、やさしい声だった。

「ご存じだと思いますが、乾癬は身体を守るべき免疫の異常で起きる病気です。主治医が勧めているのは、おそらく生物学的製剤でしょう。関節リウマチの治療薬として開発された薬なのですが、二〇〇七年に名古屋市立大学病院で治験が始まりました」

「二〇〇七年」

緊張していた男性の表情が、ふっとゆるんだように思えた。

「そうですか。もうそんな前から治験が行われていたんですね」

安心させるための情報が不足していたに違いない。ノルマでもあるのかと勘繰りたくなるぐらいに、医者はろくな説明をしないまま、新薬を使わせようとする。いや、下手をすると医者自身が、よく理解できていないのではないだろうか。次から次へと出る新薬に、現場が追いついていないような印象を受けた。

「わたくしは、試してみることをお勧めしますが、もし、どうしても不安が消えないようであれば、患者会に参加してみるというのはいかがですか。同じ病気に苦しむ人や、すでに新薬を使い始めている方の話を聞けますよ」

「患者会はあまり気乗りしなかったのですが……そうですね。一度、参加してみます。新薬につきましては、そのうえで決めようかと」

「インターネットでしか相談には乗れませんが、お仕事柄、パソコンは使い慣れていらっしゃると思います。なにかありましたら、いつでもどうぞ」

「はい」

立ち上がった男性の表情は、心なしか、明るくなったように感じられた。二番目は四十五歳の女性で、病名は胃食道逆流症。逆流性食道炎と、食道炎がなくても逆流で起きる胸焼けなどの症状をまとめて『胃食道逆流症』と呼ぶことが多い。

「かかりつけのクリニックで、おそらく逆流性食道炎ではないかと言われました。紹介状を書いていただきまして、今日、初めて検査を受けるんです。ネットや本で調べましたが、とにかく不安なんですよ」

女性の訴えを、清香はじっと聞いていた。むろん最初に食事、便通、睡眠の三点を確認したのは言うまでもない。

「今はどんな症状が出ていますか」

静かに訊いた。

「咳《せき》と胸の痛みです。気管支や心臓も悪いんじゃないかと、すごく恐くて」

「おそらく今日は心臓の検査や、内視鏡検査で食道の状態を調べるのではないかと思います。まず食道ガンや心筋症といった他の病気と区別する必要があるんですよ。それを終えた後、胃酸の逆流が起きる原因を調べるんです」

「あ、そうです。食道の内視鏡検査をやる予定です。やりたくなかったのですが、やはり、必要な検査なんですね」

「はい。その検査を終えないと治療に入れません。大丈夫ですよ。この病院のスタッフは優秀ですから」

日本一の医者のご託宣《たくせん》だからだろうか。抵抗感なく受け止められるような気がした。患者が求めているのは、医者が寄り添ってくれる気持ちなのかもしれない。あくまでも他人事《ひとごと》とばかりに突き放されることが多いのかもしれなかった。

「ありがとうございます。頑張って検査を受けます」

女性の答えに、清香は「頑張って！」というように右手の拳《こぶし》を握りしめた。そんな仕草にも彼女の想いが表れる。やさしい人なのだと思った。

刹那《せつな》、

〝可愛いと思った瞬間、蟻地獄〟

という細川の警告が頭に浮かんだ。要は「可愛い」が「やさしい」に替わっただけの話である。危ない、危ないと己を戒めた。

「次の方、どうぞ」

清香の声で前に出たのは、先日、四谷近くで救急搬送されたジョギング男性だった。入院患者に配布される病衣《びょうい》姿で、清香の前に座る。整理券を配ったときに気づかなかったのは、孝太郎自身、緊張しているからだろう。

「具合はいかがですか」

清香は訊いた。マスクをしているのでわかりにくいが、目にはやわらかな微笑が滲んでいるように見えた。

「先生が言ったとおり、肺塞栓症でした。救急隊員に的確なアドバイスをしてくれたお陰だと思います。待ち構えていた医師が、すぐに血液を固まりにくくする薬、ええと、名前は忘れましたが」

　男性の言葉をすぐに補足する。

「ヘパリンですね」

「ああ、そう、そんな名前の薬を点滴で受けました。その後、なんとかという薬を一日二錠、飲んでいます。今はかなり落ち着きました」

「よかった」

　清香は言った。心から安堵《あんど》したようなひびきがあった。

「わたくしは、大好きな祖母を八月に亡くしたばかりなんです。医者としてなにかできたのではないか、助けられたのではないか。今も後悔の念に苛《さいな》まれています。だからでしょうね。ひとりでも多くの人を助けたいという気持ちがより強くなっているのです。叶《かな》えられて、ほっとしました」

「失礼な言動をお詫びいたします」

　男性は立ち上がって、深々と一礼する。

「ひと言、お礼が言いたかったんです。ありがとうございました」

　踵《きびす》を返したとき、

「よろしいですか、一柳先生」

　恰幅《かっぷく》のいい医師が姿を見せた。会ったことはないが、おそらく院長ではないだろうか。清香は座ったまま、目を上げた。

「どちらさま？」

不快感をあらわにして問いかける。礼を失した問いかけだったが、まずは名乗りなさいと示したに違いない。

6

「院長の斉木《さいき》です」

斉木もまた、不快感を隠そうとはしなかった。

「患者には予約どおりに診察を受けていただきたいんですよ。業務に支障が出るのは困ります。この相談所を提供しますので、先生に相談したい患者は、午後からにしていただけませんかね」

院長の申し出を断れる患者はいないだろう。

「少しお待ちいただけますか」

清香は怯《ひる》まなかった。

「ご覧になるとおわかりのように、わたくしは貴重な時間を割《さ》いて、患者さんの相談を受けております。こちらの病院では、心のケアにまでは手がまわらないのでしょうか。あっという間に四十一人の患者さんが並びました。医師のひとりとして、放り出すわけにはまいりません」

きっぱりと言い切った。啖呵《たんか》を切ったわけではないが、胸がすっとするような爽快感があった。

気まずい空気を感じ取ったのか、

「いいですよ、一柳先生。先に斉木院長と話をしてください」

ひとりの男性が上げた言葉に、並んでいた女性患者が続いた。

「そうですよ。ナマの一柳先生だと思って、つい並んでしまいましたが、わたしは午前中の診察なんです。そろそろ知らせが流れる頃ではないかと……あ、今、来ました」

診察状況や精算を知らせる呼出器《よびだしき》を見て言った。患者はエントランスホールでこの呼出器を受け取り、それぞれの診察室に足を向ける。もっとも待合室で二時間待たされるのは、常のことだが……。

「わたしも診察時間なので後にします」

「午後から来ますよ」

他の患者たちも列から離れて行った。清香対院長の前哨戦は、院長側の勝利だろうか。清香は立ち上がって、大きなバッグを持った。

「別室にまいりましょうか、斉木院長。訊くまでもないと思いますが、わたくしが来た理由はご存じですよね」

「先程、秘書の方から連絡をいただきました。変死を遂げた年配男性の姓名や住所が知りたいと聞いております」

斉木が告げた秘書とは、本間優美のことだろう。秘書、助手、調査係と、優美はいくつもの顔を持っている。

「しかし、先生もおわかりのように、医者には守秘義務が……」

「この期《ご》に及んでもなお守秘義務を持ち出すのですか。男性は殺害されたかもしれないのですよ。身許がわからないことには、調べようがありません。即刻、カルテを見せてください。捜査関係事項の照会書が必要であれば、後でお持ちしますので。これはお願いではなく、医療捜査官としての命令です」

一歩も退《ひ》かない様子を見て、さすがにまずいと思ったのかもしれない。

「わかりました。すぐに用意させます」

不承不承という感じで答えた。

「わざわざお持ちいただくことはありません。外科に案内してください。ついでに病院内の様子を見たいと思います」

清香は先に立って、相談室から廊下へ出る。動こうとしない斉木に向かって、行きましょうというように顎を動かした。なるほど、と、孝太郎は納得している。

(清香手帖には、ブランドずくめの姿は戦闘服なのだと載っていた。まさにそうだな。検屍官はさまざまなものと戦っている)

代表格の敵は、男社会だろうか。気持ち同様、足も重い斉木を促すようにして、孝太郎は廊下に出た。連絡が入ったに違いない。

「失礼します」

斉木は言い置いて、携帯を受けた。二言、三言、話して終わらせる。

「三十代の女性患者が運ばれて来るようです。なにかを誤飲したらしいのですが、詳細についてはわかりません。じつはつい先程、建築現場の四階から落下した男性も運び込まれていましてね。手術の準備をしているところなんですよ」

「まいりましょう。お手伝いできることがあればいたします」

清香は、院長を置いて走り出している。ハイヒールを履いているとは思えないほどのスピードで救急救命室に向かっていた。待合室の一角から続く自動扉の向こうが、ERの緊迫した戦場だ。

非常口から入って来たストレッチャーは、救急隊員が運んでいる。女性は顔が土気《つちけ》色《いろ》で意識はないように思えた。両親と思しき六十代の男女が、傍らに付き添っている。斉木は状態を訊きながら、ストレッチャーと一緒に処置室へ入りかけたが、

「一柳先生は、そこでお待ちください」

早口で告げて中へ入った。

「わたくしも……」

「検屍官」

孝太郎は穏やかに止めた。現場は一分一秒を争う状態ではないだろうか。ここでメディカル・イグザミナーや厚生労働省を持ち出すのは、医療捜査官にとってはもちろんだが、行動科学課にとっても得策ではないように思えた。

「差し出た真似をしました。すみません」

謝罪に清香は頭を振る。

「いいえ。現場の邪魔をするのは、本意ではありません。あなたが止めてくれたのは、むしろよかったと思います」

素直に謝られると急に気恥ずかしくなる。

「検屍官相談室を設けたのは、さすがですね。院長は無視できなくて、必ず姿を見せます。一柳先生ならではの策だと思いました」

褒め言葉でごまかそうとしたが、清香は「ふふん」と鼻を鳴らした。

「院長を呼び出す策ではありません。職務怠慢な医療ソーシャルワーカーを見過ごせなかっただけです。患者さんにお困り事があれば解決するのが彼女の役目。それなのに、閑古鳥《かんこどり》が鳴いていたじゃありませんか。わたくしは税金の無駄遣いを諫《いさ》めただけです」

「あ、そ、そうでしたか」

「あの、すみません」

不意に女性が話しかけて来た。年は六十代なかば、顔色の悪さが目立っていた。女性は処置室を目で指して、続ける。

「息子が運び込まれたんです。建築現場で働いているんですが、マンションの四階から地面に落ちて……骨折したんです。おそらく手術になるだろうと言われました」

白衣姿の清香を見て、この病院の医師だと勘違いしたのかもしれない。

「CT検査はしましたか」

検屍官は平然と応じた。

「今、行っているところです。さっき看護師さんが言っていたんですよ。息子はAB型なんですが、血液が手に入らないかもしれないと慌てていました。玉突き事故があったじゃないですか。あの事故の患者さん、二人だったか、三人だったかは忘れましたが、AB型だったらしいんです。どうなっているんでしょう。大丈夫でしょうか」

「とりあえず座りましょうか」

清香は、廊下に置かれたソファに女性を導いた。孝太郎は渡された検屍官の鞄を持ち、ソファのそばに立った。

「わたしもAB型なんですよ。すぐに血を採《と》って息子にと言ったのですが、お医者様も看護師さんも聞いてくれなくて」

不満そうな訴えを聞き、清香はまず女性の手を握り締めた。

「お気持ち、お察しいたします」

「ありがとうございます」

涙ぐんだ女性に、ポケットティッシュを差し出した。

「看護師が話を聞かなかったのには理由があります。近年、肉親間の輸血は非常に危険だということがわかってきたんですよ」

「まさか、そんなこと」

否定しかけたそれを、清香は素早く遮る。

「いえ、そのまさかなんです。肉親間の輸血は、移植片対宿主病――GVHDを起こしやすいことがわかってきました。これは輸血した血液中のリンパ球が増殖して、患者、つまり宿主ですね。今回の場合は、あなたの息子さんです。息子さんのリンパ球や細胞内皮系、簡単に言いますと免疫細胞です。ここまではいかがでしょう。おわかりになりますか」

嚙《か》み砕いた説明に、女性は真剣な目を返した。

「ええ、わかります」

「続けます。リンパ球が増殖して、息子さんのリンパ球や免疫細胞を攻撃したときに起きるのが、先程申し上げた移植片対宿主病なんですよ。発症すると百パーセント、助かりません」

「……………」

元々青ざめていた顔色が、さらに白っぽくなる。血の気《け》が失せたようだった。

「GVHDのGはグラフトで移植を意味し、Vはヴァーサスで対、日本語ではこういう字を書きます」

清香は手帳を出して、漢字を書き、見せた。

「Hはホストで宿主、最後のDはディジーズで病気や反応という意味です。説明が長くなりましたが、要するに肉親間の輸血は危険なため、避けるべきであるとご理解ください。看護師は説明する時間がなかったのだと思います」

「でも、それじゃ、どうすればいいんですか。血液が手に入らない場合、息子は手術ができません。このままでは……」

「職員に献血を呼び掛けられないですかね」

孝太郎は提案する。

「これだけ大きな病院です。手術に必要な量ぐらいは、集まるんじゃないでしょうか。ちなみに自分もAB型です。喜んで提供しますよ」

「本当ですか？」

立ち上がった女性は、孝太郎の手を握り締める。清香に握り締められていた手が、今度は握り締める側になっていた。慰められていた存在が、あらたな一歩を踏み出したように感じられた。

「この病院には、医師だけで約三百名、職員にいたっては、わたくしも何名いるか存じあげません。叶えられるかどうかは不明ですが、院長に話してみましょう。いえ、それよりも厚生労働省に掛け合った方が早いかもしれませんね。もしかするとAB型の血液製剤のストックが、あるかもしれませんから」

失礼、と言い置いて、清香はERの廊下から待合室に戻って行った。ここは気密性を高めている分、携帯の電波が届きにくくなる。

「親切な先生ですね。まともに相手をしてもらえなかったので、少し安心しました。息子の状況がわからなくて」

不安は無理からぬことだと思った。こういうときこそ、ソーシャルワーカーの出番ではないのか。清香が取った職務怠慢を諫める行動の意味が、はっきりと理解できた。相談室にでんと構えているだけでは、患者やその家族を支えることはできない。

処置室の扉が開き、院長が姿を見せた。孝太郎たちには目もくれず、運び込まれたばかりの女性の家族のもとに行った。

話を聞いたとたん、わっと母親が泣き伏した。ＥＲの廊下は沈鬱な空気に覆われる。

息子を案じる女性が、ふたたび孝太郎の手を強く握り締めた。

まるで我が子の温《ぬく》もりを確かめるかのように……。

きつく握り締めていた。

第3章　水色のタオル

1

墨田区のスーパー銭湯で変死した男性の名は、江崎富男《えざきとみお》、年は八十二歳。住まいがあるのも墨田区で、悠々自適のひとり暮らしを満喫していた老人だった。

「父が自殺するなんて、ありえません」

五十歳の娘は、きっぱり否定した。連絡がつかなくなった江崎を案じて、江崎が住む高級マンションを訪ねたとき、所轄の警察官と出会い、そのまま取調室で聴取を受ける流れになっていた。

孝太郎と清香は、取調室に入って聴取の様子を見守っている。質問があればしてくれと福井課長の許しをえていた。

「区役所を定年退職した後、知り合いの事務所に経理として七十歳まで勤めたんです。母は五年前に亡くなりましたが、家事は一通りできますし、持病もなくて健康でした。

わたしは月に二度ぐらい、マンションへ行っていました。携帯での定期的な連絡は、週に一、二度でしょうか。その定期連絡に応じなかったので行ってみたんです」

彼女の兄もまた、二十三区内に住んでいるが、盆暮れに会うのがせいぜいとのことだった。警察が連絡するまで知らなかった点にも、父親との薄い付き合いが表れているのではないだろうか。

「男は役に立ちませんよ」

娘は言った。

「義姉《あね》の言いなりなんです。父が生きているときは疎遠《そえん》でも、亡くなったと聞いたとたんに大騒ぎ。貰うものはもらうとばかりに義姉が連絡して来ました。もう本当になさけないったらありません」

ここからは家族間の争いになりそうだったが、警察が知りたいのは江崎の今までだ。だれと付き合い、出かけたりしていたか。女性関係はなかったのか。財産目当ての殺人事件ではないのだろうか。

「江崎さんは、出歩くときに携帯や財布を持っていましたか」

聴取役の福井課長が訊いた。

「あたりまえじゃないですか。あのスーパー銭湯は、父のお気に入りのひとつだったんです。どこかへ行くときはお金と携帯を忘れないようにしてね、と、口うるさく言っていました。連絡がつかなくなるのは困りますから」

「当日はなにを利用して銭湯へ行ったのでしょうか。タクシーですか」

「いえ、ふだん利用するのはバスでした。銭湯が混んでいる時間帯はいやだったんでしょうね。それで朝早く行くようにしていたんだと思います。昼間、お風呂に入ったり、食事をしたりして、のんびり過ごし、夜は錦糸町に出て行きつけの飲み屋で一杯飲《や》る。そんな感じだったと思います」

まだ父の死を実感できないのかもしれない。淡々と答えていた。

「少しお話を聞きたいのですが、よろしいですか」

清香が遠慮がちに口を開いた。

「あ、どうぞ」

聴取していた福井が立ち上がる。

「検屍官の先生なんです。江崎さんの司法解剖を執り行ってくださいました。もし、お訊きになりたいことがあれば、どうぞ」

譲られた席に、清香が座る。孝太郎は福井ともども後ろに控えていた。

簡単な自己紹介の後、

「先程、持病もなくて健康でしたと仰いましたが、江崎さんは肝臓ガンや右膝の関節を手術していますよね」

医師らしい問いが出た。

「ええ。右膝の関節手術は十年ほど前でしたか。肝臓ガンもその前後だったと思います。七、八年前だったかもしれません。母は父の看病で疲れていたんでしょうね。くも膜下出血で呆気《あっけ》ないほど簡単に旅立ってしまったんです」

答えて、素早く言い添えた。

「今は健康だったと言うべきでした。すみません」

「いいえ。できるだけ正確な話を知りたいと思いまして、確認した次第です。江崎さんが右膝の関節手術をしていたお陰で、お名前や住所がわかりました。本当になにが幸いするか、わかりませんね」

手術したときは辛苦《しんく》のただ中にあり、恨めしく思うこともあったのではないだろうか。

しかし、それが身許確認にひと役買ったのだから、人生というのはわからないと、清香は言いたかったのだろう。

「父は手術をいやがっていたんです」

娘はふっと遠くを見やる。

「それをわたしが説き伏せて……手術後もリハビリで病院通いでしたから、わたしと母はけっこう大変でした。父に不満を訴えられる度に、ああ、よけいなことを言わなければよかったと後悔したんですが」

急に思い出したのかもしれない。目にうっすら涙が滲んだ。

「すみません」

詫びて、バッグから取り出したハンカチで目頭を拭《ぬぐ》った。

「お気遣いなく。思いきり哀しんであげてください。あなたの涙をお父上も天国で見ていらっしゃいます」

「だれが毒なんか飲ませたんですかねえ」

娘は悔しそうに呟いた。

「他の刑事さんに訊かれたんですが、父は栄養ドリンクが大好きでした。犯人はそれを知っていたんでしょうか。だから栄養ドリンクに毒を混ぜたんでしょうか」

目を上げて、問いかける。清香は小さく頭を振った。

「今はまだ、わかりません。自死の可能性は低くなりましたが、他殺とまでは断定できていない状況なのです。話を戻しますが、サプリメントなどはどうでしょう。なにか飲んでいましたか」

「飲んでいたような気はしますが、よくわかりません。栄養ドリンクが好きだったということぐらいしか、記憶にないんです」

「お父上は裕福なシニアでした。財産目当て、もしくは持ち去られたと思しき財布の中身が目当てだったのか」

清香の言葉を、孝太郎が問いに変えた。

「財布には、いつもどれぐらいの現金を入れていましたか」

「そう、ですね。七、八万は入れていたんじゃないでしょうか。十万前後かもしれません。年寄りですから、カードよりも現金なんですよ。危ないからカードにしなさいと言っていたんですけどね。だれかに現金を見られたら狙われるから、と」

毒入りカプセルを用意していた場合、流しの犯行は考えにくかった。財布を持ち去ったのは、おそらく現金欲しさだろう。では、なぜ、携帯まで持って行ったのか。詐欺事件にでも使うつもりなのだろうか。

(あるいは、身許を知られないようにするためか。身許が判明するのを遅らせるためか)

丸印をつけておいた。

「失礼な質問かもしれませんが、お許しください。江崎さんには交際している女性はいましたか」

清香は非礼を詫びつつ訊いた。

「女性、ですか?」

娘はあきらかに当惑していた。眉《まゆ》をひそめたあたりに、不愉快さが浮かびあがっている。八十二歳の年寄りが、恋愛沙汰に巻き込まれて殺されたとでもいうのか。そんな反論の気配が色濃く滲み出ていた。

「はい。今は年配の方専用のお見合いもあります。江崎さんは裕福なシニアでしたから、狙われる可能性が高いと思うんですよ。もしかすると、本気の恋に出逢ってしまったかもしれません。元気ですからね、七十代から八十代は。嫉妬したライバルに一服盛られた可能性も捨てきれないと思います」

「それなんですが……父は本当に毒を飲んだんですか」

今更ながらの質問には、疑問点が含まれているように思えた。青酸化合物による中毒死という説明を受けているはずだが、殺人などは遠い世界の出来事。どうやって受け入れればいいのか、これまた、当惑しているように思えた。

「繰り返しになりますが、お許しください。自分で毒物を摂取したか、他者に飲まされたのか。現時点ではどちらとも言えませんが、江崎さんが青酸化合物を飲み、死にいたったのは事実です。胃に糜爛《びらん》の様子が見られることから、毒入りカプセルを飲んだのではないかと、わたくしは考えています。とにかく普通の病死ではありません」

「そう、ですか」

大きな溜息が出た。

「人生というのは、思いもかけないことが起きるものですね。八十二歳で大往生だったら、なんの問題もなかったのに」

「もう一度、同じ質問をさせてください」

清香はくいさがった。

「江崎さんのマンションに、出入りしている女性はいませんでしたか。家事ヘルパー、理容店、マッサージのお店などなど、マンションに来たり、江崎さんが足を運んでいた店がありますよね」

具体的な例をあげて、迫る。やけにこだわっているように思えた。

「あ、ええ、あります。女性の家事ヘルパーさんが、週に三回、来ていました。あとは行きつけの理容店、肩凝りや足の痛みをほぐすため、マッサージ店も利用していましたが、どちらの店も担当していたのは男性だったと思います」

「家事ヘルパーさんには、別の取調室で話を聞いています。行きつけの店には、警察官が聞き込みに行っています」

福井課長が小声で囁いた。

「わかりました」

清香は受けて、視線を娘に戻した。

「死亡診断書は、わたくしの死体検案書がその役目をはたします。あとでお渡ししますので、保険会社にはそれを提出してください。万が一、通らなかった場合はすぐにご連絡くだされば、わたくしが直接、保険会社に伺って説明いたします」

「心強いです。ありがとうございました」

立ち上がった娘に会釈して、孝太郎は清香と廊下に出る。福井課長もついてきた。入れ替わるようにして、二人の私服警官が中に入る。

2

「ひとつ伺いたいのですが」

福井課長が切り出した。

「一柳検屍官は、江崎さんには交際していた女性がいると考えているんですか」

廊下に置かれた座り心地の悪そうな長椅子を仕草で勧めている。聴取のやりとりから、福井なりに引き出した疑問点だろう。孝太郎も訊こうと思っていたため、手帳を広げた。

「いるとまでは断定できませんが、女性がいたかどうかが気になるのです。他にも少し気になることがありまして……思い過ごしならば、いいのですけれど」

清香にしては、はっきりしない答えになっていた。憂悶《ゆうもん》の表情が晴れることはない、ように思えた。

「銭湯の男性従業員」

孝太郎は手帳で名前を見て、続けた。

「花本達也《はなもとたつや》についてはどうですか。聴取中ですか」

「はい。支配人も聴取中ですが、花本は怪しいですね。あたりさわりのない話には相《あい》槌《づち》を打つんですが、江崎さんの話になると黙り込んでしまうんです。犯人とまでは言えませんが、なんらかの関わりがあるのではないかと」

福井は視線を清香に向ける。

「検屍官が気になっている件についてですが、千代田区で起きた変死事件も絡んでいるんですか」

鋭い質問を投げた。孝太郎と清香が大学病院を訪れたとき、運び込まれた三十代の女性は、なんらかの毒物を摂取して死んだのではないかと推測されていた。さすがに清香が司法解剖を続けて行うのはきつかったため、監察医が執り行っている。

検屍官の杞憂《きゆう》の原因を、あらたな変死事件に結びつけたのはさすがといえた。

「気になっていることのひとつではありますね」

清香は、否定しなかった。孝太郎も亡くなった女性の詳細については聞いていない。女性は介護ヘルパーだったのだが、勤め先の介護施設では体調をくずす職員が続出していた。飲み物に毒物を混入されたのではないかと、所轄が職員への聴取を行い、防犯カメラの映像を解析しているところだった。

「連続殺人事件の可能性あり、ですか」

福井は呟いた。自問のひびきがあった。

「ゴミ箱の奥に落ちていた水色のタオルは、どうなったのか。だれが持ち去ったのか。これも気になっているんですが、花本達也は知らないと言っています。他はだんまりを決めこむんですが、この件に関してはきっぱり断言するんですよ。だから本当に知らないのかも……」

「課長」

部下に呼ばれて、福井は会釈する。

「失礼します」

後ろ姿を見送りながら、孝太郎は清香の隣に腰をおろした。

「なにが引っかかっているんですか」

あらためて訊いた。千代田区の病院に運び込まれた女性の、変死事件が起きた後、清香は考え込むことが多くなっていた。話しかけても上の空で、とんちんかんな返事をすることも珍しくない。

「司法解剖の結果が出た後、お話しします。今はまだ、推測の段階ですから言うべきではないと思いますので」

「一柳検屍官」

福井が戻って来た。

「水色のタオルが見つかりました。来てください」

踵を返した課長に、二人も続いた。案内されたのは警察署の玄関で、そこにはスーパー銭湯の清掃係の女性が来ていた。

「あ、どうも」

ぺこりと辞儀をする。

「彼女のタオルらしいんです。どこかに落としたと思い、脱衣所へ戻ったらしいんですよ。ちょうど検屍官や支配人たちが出て行き、制服警官が見張りに就くまでの間に、ふっと無人時間が生まれたんでしょう。まあ、うちの怠慢《たいまん》と言われれば、面目ないと言うしかありません。すみませんでした」

福井も深々と頭をさげた。孝太郎と清香は、問いかけの眼差《まなざ》しを女性に投げる。まだ必要な答えがえられていなかった。

察したのだろう、

「このタオルを警察が探しているらしいって、今朝、出勤したとき支配人さんに聞いたんです。ビニール袋に入れて警察へ持って行けと言われたので持って来ました」

女性は言い、ビニール袋に入れた水色のタオルを掲げた。清香は受け取って、袋を開けた。刹那、隣にいた孝太郎も漂白剤の強い匂いを感じた。

「洗いましたね」

検屍官の問いに頷き返した。

「はい。汗を拭くタオルなので、持ち帰ったその夜に洗いました。このタオルを使っているのは、わたしだけなんです。ＤＮＡでしたっけ？」

ローマ字の部分では、たどたどしくなっていた。

「はい」

清香は答えて、福井にビニール袋ごと渡した。

「漂白剤を使っているため、ＤＮＡは採取できないと思いますが、念のために鑑識で調べてください。採取できたとしても、こちらの女性のＤＮＡ型だと思いますが」

「わかりました」

「あの」

清掃係の女性が言った。

「花本さんは、どうしたんですか。やっぱり、彼がお金を盗んでいたんですか。それで取り調べが続いているんですか。支配人さんは表沙汰にはしたくないとか言っているんですが、とにかくあそこはお金の管理がいいかげんで……わたしも一万二千円ぐらい盗まれたんですよ」

的外れな質問だったが、無視できないものだった。

「お金を盗む？」

福井が訊き返した。

「どういうことですか。店の売り上げ金が、盗まれるような騒ぎが起きているんですか」

「店のお金じゃなくて、従業員のお金です。携帯やお財布は貴重品を入れる金庫に預けるんですが、そこからお金がなくなっていたんですよ」

孝太郎と清香、そして、福井は、互いに顔を見合わせていた。花本達也が現場検証のときにたびたび唾を呑んだり、事情聴取に曖昧な返事をしているのは、盗みが原因なのだろうか。福井はタオルの入ったビニール袋を近くにいた部下に渡した。

「鑑識に持って行け」

言い置いて、清掃係の女性に視線を戻した。

「少しお待ちいただけますか。後でまた、お話を伺いたいんですよ」

「あ、ええ。それじゃ、待っています」

「お願いします」

福井は、出入り口付近の長椅子に女性が座るのを見た後、花本達也の取調室に足を向けた。孝太郎と清香も追いかける。福井は聴取中の警察官に告げ、聴取役を代わる。あたりまえのような顔をして、二人も中へ入った。

「な、なんですか」

花本は、吃驚したように目をみひらいた。

「いや、なんでもない、なんでもないんです」

福井は落ち着かせるように告げる。

「ひとつだけ、確認させてほしいことがあったので来たんですよ。今、あなたの職場近辺の防犯カメラを調べているんですけどね。職場では今回の事件以外にも、問題が起きていたらしいじゃないですか。同僚たちの話では、貴重品を入れておいた金庫からお金が消えているとか」

ベテランらしく上手《うま》いカマをかけた。付近の防犯カメラを調べているのは事実だし、職場内で問題が起きている点やお金が盗まれた話も嘘ではない。ゆさぶりをかけて、自白を引き出そうとしている印象を受けた。

「あ」

花本は言葉に詰まった後、

「すみませんでした！」

立ち上がって頭をさげた。

「自分が盗みました。従業員たちが貴重品を入れる金庫の鍵を作って、財布から金を抜き取りました。パチンコで借金がどんどん増えちゃって、二進《にっち》も三進《さっち》もいかなくなったんです。いつ、ばれるかと気が気じゃなくて」

目が宙を泳いでいる。嘘なのか、真実なのか。見極めるのは非常にむずかしかった。

「客用の貴重品金庫からも盗んだんじゃないんですか」

すかさず孝太郎は問いかけた。

「亡くなった江崎富男さんの財布や携帯は発見されていません。面倒がってフロントに預けない客もいるようですが、ご存じのように、フロントには客用の貴重品を入れる金庫が置かれています。あの銭湯は、どうも管理が杜撰《ずさん》なようですからね。鍵を盗み出して、もうひとつの鍵を作るのは、そんなにむずかしいことではなかったのではありませんか」

大きな悪事を隠すために、小さな悪事を自白した可能性もある。窃盗事件の裏には、本当になにもないのだろうか。

「い、いや、フロントの金庫からは盗んでいません」

花本は立ったまま大きく頭を振った。

「本当です。調べてください。そうすればわかりますよ」

音をたてて座る。苛立ちなのか、怒りなのか。自分に向けるべき感情が、外に噴き出しかけているように思えた。

「本間さんに連絡したいのですが」

孝太郎は清香の耳元に囁いた。警察官のこういうやりとりが、花本に与える影響力を知るがゆえのことだった。

「わかりました」

清香の許しをえて、孝太郎は廊下に出た。

3

「スーパー銭湯の男性従業員、花本達也の身上調査をお願いします。あとは清掃係の女性、名前は後藤玉枝《ごとうたまえ》、六十四歳」

二人の現住所も告げて、孝太郎は調査を頼んだ。

「了解しました。わかり次第、連絡します。ああ、次からは名前だけ言ってくれれば大丈夫ですよ。一柳先生がこまめに捜査状況を送ってくれますので」

優美は手間を省くための助言を口にする。孝太郎は彼女だけでなく、清香の有能さも実感していた。これだけの忙しさの中で検屍官は、インターネットでは『医学に関するお困り相談所』を運営している。二人ともスーパーウーマンだと思った。

「次からは、そうさせてもらいます」

電話を終わらせたとき、他の取調室から銭湯の支配人が出て来た。孝太郎は彼の話を聞くために走り寄る。

「ちょっと話を聞かせてください。職場では、財布から金品が盗まれる事件が続いていたんですか」

「今もその話をしたところです」

支配人は、出て来たばかりの取調室を目で指した。また同じ話をするのかと、いささか、うんざりしている様子に見えた。

「何度もすみません。つい今し方、花本が自白したんですよ。確認作業中なんです。すぐに終わらせますから」

手帳を出して会釈する。廊下に立ったままでの話となった。

「他になにか問題は起きていないかと訊かれたので、金品が盗まれていると言いました。うちは水に濡れる仕事が多いため、仕事中は邪魔になる時計や指輪は外す人が多いんですよ。あとは、お金ですね。先月のなかば頃から今月にかけて、二回、騒ぎが起きました」

「清掃係の女性、後藤玉枝さんの話では、支配人は警察に届け出るのを渋ったと言っていましたが」

「施設の評判が落ちますからね」

否定しなかった。

「警察に届け出ないとまずいなとは思いましたよ。ですが、オープン五周年で盛り上がってきたところなんです。新聞や週刊誌にでも載ると、客足が落ちるんじゃないかと思いまして」

「花本達也が怪しいと感じたことは？」

「ありますが、わたし自身、疑心暗鬼に陥ってしまいましてね。従業員全員が怪しいように見えました。金庫の管理が甘かったのではないかと言われれば、そうだったかもしれません」

疲れたように重い吐息をついた。

「正直に言いますが、毎日、仕事をこなすだけで精一杯だったんですよ。ほとんど泊まりがけで仕事をしていましたので、甘い部分が出てきたんだろうと思います。仮眠だけだと疲れがぬけないんですよ」

顔色が悪く、不精髭《ぶしょうひげ》の生えた様子は、傍目《はため》にも疲労の度合いが見て取れた。完全にブラック企業だろう。金品盗難事件で届け出ていれば、変死事件の現場にはならなかったかもしれない。殺人事件だった場合、経営や管理のゆるさに目をつけた犯人が、ここならやりやすいと思い、選んだのかもしれなかった。

「他にはどうですか。なにか気づいたことはありませんか。クレームをつけてばかりいる客がいた、女性施設を覗いた不届き者がいる、などなど、なんでもかまいません。気づいたことがあれば、教えてください」

なのだろうか。

孝太郎は、すぐには解放しなかった。花本達也は盗みを認めたが、本当にそれだけ

「他に気づいたこと」

繰り返して、遠い目になる。疲労困憊《ひろうこんぱい》状態になると集中力が続かず、考えがまとまりにくくなるのは、孝太郎も経験済みだった。警察官の仕事も忙しいが、さらに事件現場のジオラマ作りも加わって、徹夜は日常的になっている。若さでこなしているが、四十を過ぎた支配人には、こたえるのかもしれない。

「花本を連れて来たのは、後藤さんだったんです。従業員の紹介というのは、珍しいことじゃないんですね。花本は浴場の掃除や後片付けが中心だったんですが、仕事は客の少ない夜になるため、昼夜逆転生活にならざるをえないんです」

告げた声が疲れのためか、かすれていた。花本を連れて来たのが後藤玉枝だった点に、孝太郎は二重丸をつけた。

「二人は知り合いなんですか」

「さあ、そこまでは……昼夜逆転がいやで、すぐに辞めるやつが多いんです。急いで次の従業員を補塡《ほてん》しなければならないときは、古株の従業員の縁故を頼るしかない場合もありますからね。いちいち身許を調べてはいられません。うるさいことを言ったら、みんな辞めちゃいますよ」

苦しい本音を吐露した。大型施設やチェーン店の支配人クラスは、同じ悩みを持っているのではないだろうか。

「もういいですか。仕事がたまっているんです」

問われて、孝太郎は頷き返した。

「お時間を取らせてしまい、申し訳ありませんでした。また、なにか思い出したときは、すぐに連絡してください」

それには答えずに、支配人は玄関へ足を向けた。タイミング良く、優美からメールが流れる。清香が取調室から出て来た。

「わたくしの携帯にも流れました。花本達也は、後藤玉枝の甥《おい》なんですね。実の妹の息子だと流れたので、福井課長には伝えておきました。もちろん花本に気づかれないようにしましたが」

ちらりと目を上げた。

「二人の関係に、よく気がつきましたね」

「後藤玉枝の言動が、少し引っかかったんです。水色のタオルは洗濯してありましたが、ちょっと漂白剤が強すぎるんじゃないかと思いました。昨今はネットや警察ドラマの影響で、素人《しろうと》も色々な知識を持っていますからね。もしかしたら、水色のタオルは、花本のものであり、彼が毒入りドリンク剤の空き瓶を始末したのかもしれません」

「後藤玉枝の可能性もあります」

　異論には、すぐに同意する。

「ありうると思います。殺害についてはわかりませんが、ドリンク剤の空き瓶を始末した件と水色のタオルについては、二人が怪しいかもしれないと思っています。タオルは支配人の隙を見て花本が拾い、後藤玉枝に渡したのかもしれません」

「なんのために？」

　清香は、短い問いを発した。だれかに命じられたのか。そのだれかとは犯人なのか。おとなしく従った理由はなんなのか。犯人に弱みでも握られているのか、などなど、さまざまな質問を省いた問いになっていた。

「わかりません」

　今はそれしか答えられなかった。

「所轄の捜査にケチをつけるわけじゃないですが、二人と江崎富男さんの関係を調べ直してみるべきかもしれませんね。花本は銭湯に勤め出して約一年、か」

　孝太郎は手帳を見直している。

「常連客だった江崎さんと顔馴染《なじ》みだった可能性もあります。もしかすると」

　止めた言葉を、清香が継いだ。

「江崎さんの財布の中身を抜き取ったかもしれない」

現に花本は従業員の財布から金を盗っている。財布や携帯は始末するように犯人に言われたか、もしくは犯人に渡したのかもしれないが、金を抜き取った件については、充分、考えられることだった。

「はい」

答えて、玄関に足を向ける。

「後藤玉枝の話を聞きましょう」

「そうですね。でも、二人の関係に目を向けたのは、さすがです」

歩きながら清香が言った。

「所轄の警察官も気づいていたと思います。おそらく支配人から、花本の紹介者は後藤だと聞いているはずですので」

玄関に出た瞬間、はっとした。出入り口付近の長椅子に腰掛けていた後藤玉枝の姿が見えない。

「あそこに座っていた女性は？」

孝太郎の質問に、受付の若い男性警察官は目を上げた。

「さっき出て行きましたよ。見張っていなきゃいけなかったんですか。それなら言ってくれないと……」

「言い訳だけは一人前ですか」

清香は睨みつけた。

「あなたは先程、わたくしや福井課長が後藤玉枝と話していたのを、知っていたはずです。後でお話を伺いたいと、福井課長は彼女に言いました。それとなく見張っているのは、あたりまえではありませんか。言われなければ動けない人間は、警察官には向いていません。即刻、転職なさった方がよろしいと存じます」

たったひと言で場を凍りつかせるフリーズ女。

上條麗子の清香手帖が浮かんだものの、ひと言どころではない。完全に論破《ろんぱ》してしまった。

「……………」

若い警察官は、顔を強張らせる。

「一柳検屍官」

孝太郎は清香を促して、警察署の外に出た。そのまま駐車場へ行き、停めておいた面パトの運転席に乗る。清香も助手席に座った。

「さっきのあれは」

孝太郎が言いかけると、

「わかっています。言い過ぎました。上條警視には、昨今、女性の暴言問題が多くなっているから気をつけるように言われていたのですが」

清香が謝罪した。

「いや、気にしない方がいいですと言おうとしたんです。自分も検屍官と同じ意見を持ちました。見張れと言われなければ駄目な人間は、警察官には向いていないと思います」

告げて、孝太郎は言った。

「後藤玉枝の家に行きます」

その言葉に検屍官は、無言で頷いた。

4

後藤玉枝の家は、寺の裏手の古い集合住宅だった。

二階の一室に同い年の夫と二人暮らしで、三人の子供はすでに結婚し、独立している。ここに来る途中で福井課長に連絡して応援部隊を要請したため、四人の制服警官が自転車やパトカーで駆けつけていた。逃げられたかと思ったが、どこか懐かしい音を出す呼び鈴を押すと、本人が出て来た。

「あ」

双つの目が、検屍官コンビや後ろに控えた警察官を行き来する。物々しい様子を見

て、自分の迂闊《うかつ》さに気づいたのだろう、

「すみません。洗濯物を取り込んだり、ご飯の支度をしなきゃと思ったんです。受付の人に断ってくればよかったですね」

素早く背後を見やっている。

「はい。まだ、お話を伺っていませんから」

答えた孝太郎の横から、清香が中を覗き込んだ。いつものように医者の七つ道具が入ったブランド品の大きなバッグを抱えている。

「どなたかいらっしゃるのですか」

「夫です。タクシーの運転手をしていたんですが、二年ほど前に事故で怪我をしましてね。脊髄《せきずい》を損傷してしまい、今はほとんど寝たきりの生活なんです。車椅子は恰好が悪いとか言って、乗らないんですよ」

「障害者手帳は交付されているんですか」

清香の質問に、玉枝は苦笑いで頭を振る。

「それも恰好が悪いって」

「よろしければ診察しましょうか。理学療法士のリハビリを受ければ、歩けるようになるかもしれません。しばらくは車椅子生活になるかもしれませんが、歩くのは夢ではないですよ」

話しながら、すでに玄関先に入っていた。

「失礼します」

検屍官は言い、ハイヒールを脱いで上がる。入ってすぐがキッチン、右手に風呂やトイレ、ベランダに面して和室が二部屋という感じだった。呼び鈴が示すように築年数は四十年以上だろう。下水のような匂いが漂っている。

「玉枝。話をするなら玄関先で……」

右側の部屋で寝ていた夫は、清香を見たとたん、口を閉ざした。両目と口が大きく開いたままなのは、彼女の美しさと華やかさに気押《けお》されているためかもしれない。古い畳やあまり清潔とは言えない寝具の傍らに、検屍官は膝を突いた。

簡単な自己紹介をした後、

「血圧を計らせてください」

その申し出に、夫は小さく頷いた。

「あ、ああ、はい」

「浦島巡査長は、玉枝さんの聴取をお願いします。応援部隊の警察官たちには、二人だけ残っていただいてください」

指示を受け、孝太郎は通路に立つ四人に告げた。二人が扉の左右に立つのを確認して、玄関扉を閉める。

「すみませんが、キッチンで話を聞かせてください」

「どうぞ」

玉枝はキッチンテーブルの椅子を引き、座るように勧めた。夫婦の結婚年数と同じぐらいに古びた薬缶《やかん》で湯を沸かし始める。手早く茶の支度をして、湯飲み茶碗を孝太郎の前に置いた。

「空茶《からちゃ》で、すみませんけど」

「いいえ。いただきます」

ひと口飲み、聴取を始めた。

「まず最初に確認させてください。花本達也は後藤さんの甥なんですよね」

「そうです」

「なぜ、警察に言わなかったんですか」

「訊かれませんでしたから」

玉枝は、気がぬけるような答えを返した。事情聴取のむずかしさを実感する瞬間だった。いかに早く簡潔に、必要な話を得るか。孝太郎は気持ちを引き締めた。

「後藤さんの甥の花本達也は、同僚の財布から金を抜き取ったのを認めました。後藤さんが持って来た水色のタオルですが、もしかしたら、あれは花本のタオルですか」

「いいえ、あれは、わたしの」

と言いかけて、やめた。

「ここで嘘をついても仕方ないですね。達也のタオルなのかもしれませんが、よくわかりません。わたしのタオルということにしてくれと頼まれたんです」

「では、タオルを拾ったのは、花本なんですね」

「そうだと思います。事件が起きた後、脱衣所には行っていないので、詳しいことはわからないんですよ。すぐに捨ててほしいとも言われましたが、まだ使えるのにもったいないでしょう。それで洗ったんです」

もったいないと言ったあたりに、正直な話をしているのが表れているように感じた。

しかし、甥の花本はどうだろう。

「花本もだれかに頼まれたんじゃないですか」

孝太郎は推測まじりの問いを投げた。玉枝が小さく息を呑んだのがわかる。言おうか、言うまいか、逡巡《しゅんじゅん》しているような印象を受けた。

「栄養ドリンクの瓶と蓋を始末するように言われたんじゃないですか。それであなたは、花本から渡された瓶と蓋を捨てた。いかがですか」

思いきって一歩、踏み込んだ。

「………」

玉枝は沈黙する。その間も清香は、医者の務めを遂行していた。抑えたやさしい声がひびく度、夫の小さな笑い声が起きた。孝太郎はいったん話すのをやめて、子守歌のような清香の話し声が流れるにまかせた。

「うちの人の笑い声を聞いたのは何年ぶりかしら」

ぽつりと言った。

「身体が動かなくなって以来、笑顔や言葉が消えました。わたしはこの暮らしを支えるだけで精一杯。達也の母親、わたしにとっては妹ですが、ずいぶん助けてもらったんです。だから勤め先を相談されたとき、少しは恩返しできると思って、自分が働く職場を紹介しました」

本題から外れているような話だが、孝太郎は時折、相槌を打ちながら手帳に記していた。じきに重要な話が出るのを確信していた。

「まさか」

玉枝の声が沈んだ。

「まさか、こんな恐ろしいことになるなんて」

テーブルに置いた両拳を、きつく握り締める。噛みしめた唇にも悔恨が滲み出ているように思えた。

「大浴場のタイルには、栄養ドリンクの瓶の欠片が落ちていました。推測ですが、亡くなった江崎富男さんは、湯船に入る直前に飲んだと思われます。このときに瓶を落としたのかもしれませんが断定はできません。瓶と蓋をおそらく脱衣所のゴミ箱に捨てに行ったのでしょう。大浴場に戻って湯船に入ろうとした江崎さんは、急に具合が悪くなって亡くなられた」

孝太郎は告げた。大浴場内で飲んだことに強い疑問はあるものの、現状で判明している事柄をできるだけ正確に続けた。

「第一発見者の花本達也は、だれかに栄養ドリンクの瓶や蓋を始末するよう頼まれたのではありませんか。花本はあなたに相談し、あなたは花本から渡された瓶本体や蓋を預かった後、捨てた」

少し間を空けて、訊いた。

「違いますか」

「そう、です」

俯《うつむ》いた玉枝の口から絞り出すような声が出た。

「警察が来る前に、資源ゴミのゴミ収集車が来たんです。瓶と蓋はそのときに出しました。なんとなく、いやな感じはしましたが、さっき言ったように達也は世話になった、いえ、今も世話になっている妹の息子なんです。断れませんでした」

「同僚の金を盗んだ話はどうですか。花本から聞いていたんですか」

「いいえ」

きっぱり答えて、顔を上げた。

「達也は、その、ちょっと手癖が悪いというか。店の売り上げ金や、同僚のお財布からお金を抜き取ったのは、初めてじゃないんです。そのせいで二度、勤め先を辞めました。お金は妹夫婦が弁償して、示談にしてもらいましたから、前科にはなっていませんけどね」

「それで今回も噂が出たとき、『もしや』と思った？」

「もしや、ではなくて、達也だと思いました。わけのわからないことを言っていましたよ。『あいつは、おれが同僚たちの金を盗んだことを知っているんだ。警察に知られたくなければ協力しろ、と脅された。三度目だから逮捕されるのは間違いない。どうしたらいいんだろう』なんて口走っていましたけど」

真犯人らしき影が、かすかに浮かびあがった瞬間かもしれない。もっとも眼前の玉枝が、犯人という可能性もある。毒を利用するのは、男よりも非力な女がよく使う策だ。

(己が犯した罪を甥になすりつけて、自分は素知らぬ顔)

可能性はゼロではないが、犯人候補としては動機が弱いようにも思える。あるいは変死した江崎富男と、なんらかの関わりがあったのか。

「亡くなられた江崎富男さんとは、お知り合いでしたか」

「いえ、新聞に載った写真を見ましたが、憶えはありません。毎日、大勢のお客様が来ますし、わたしは清掃係ですからね。なるべくお客様とは、顔を合わせないようにしているんです。裏方ですから」

「水色のタオルの話に戻しますが」

孝太郎は言った。

「甥の花本がゴミ箱の奥に落ちているのを拾ったわけですが、支配人もいたと思うんですよ。なにも言われなかったんでしょうか」

水色のタオルについては、孝太郎たちが機動捜査隊と遺体の実況見分をするために、大浴場へ入ったときを狙ったのか。もしくは清香や猪俣たちがいなくなり、見張り役の制服警官が来る前の空白時間に拾ったのか。

このあたりの話は、はっきりしていないが、花本は支配人といたはずだ。現場のものにはさわるなといった注意を支配人は与えなかったのか、気になっていた。

「支配人はいたかもしれませんけど、いつもぼーっとしているんですよ。ほとんど無休で働いていますからね。疲れているんじゃないでしょうか。甥っ子の動きに気づかなかったのかもしれません」

「なるほど」

そういえば、と、支配人の様子を思い出していた。疲労困憊《ひろうこんぱい》で話をするのも辛そうな印象を受けた。花本の動きにまで気を配るのは無理だったかもしれない。

話が一区切りしたところで、清香が部屋から出て来た。

「ご主人は、入院してリハビリを受けた方がいいと思います」

「でも」

反論しようとした玉枝を仕草で止める。

「入院が金銭的に厳しいようであれば、通いながらリハビリを行うか。障害者手帳を申請して、それが交付されれば、医療費はかなり安く済むと思いますよ。今まで頑張って働いて来たんじゃないですか。うまく制度を利用して、まずは車椅子で外へ出かけられる状態にしましょうよ」

「本人がその気になってくれれば、いいんですけど」

「大丈夫です」

清香が請け合ったとき、呼び鈴の重い音がひびいた。

「失礼します」

福井課長が姿を見せる。

「わたくしが連絡しました。玉枝さんには、警察でお話ししていただかないと」

「はい」

玉枝は立ち上がって、上着を羽織った。不安そうに後ろを見やる。視線の先にあるのは、動けない夫がいる部屋だった。

気持ちを読み取ったのだろう、

「急いで家事ヘルパーの手配をします」

清香が申し出た。

「家事ヘルパーが来るまで、わたくしたちがついています。しばらく事情聴取に時間を割《さ》かれてしまうかもしれませんが、新しい一歩を踏み出すためだと考えてください。とにかく、この後のことはご心配なく」

「そうだ、玉枝。行ってもいいぞ。おれには別嬪《べっぴん》の先生がついているからな。いなくても大丈夫さ」

奥からひびいた夫の声に、玉枝は苦笑いする。

「本当に現金なんだから」

お願いします、というように、頭をさげて、通路に出た。清香は肩を抱くようにして見送る。託された福井は、制服警官にパトカーまで連れて行くよう告げた。

「ちょっといいですか」

視線で一階の駐車場を指している。清香は玉枝の夫にすぐに戻ると言い置いて、孝太郎と一緒に駐車場へ降りて行った。

5

福井は覆面パトカーの運転席、孝太郎と清香は後部座席に腰を落ち着ける。福井の相棒は後藤玉枝が乗ったパトカーの運転手役を務め、発進した。

「花本が吐きました」

開口一番、言った。駐車場に停めたままの覆面パトカー内で小会議になっていた。

「どうも脅されていたようでしてね。相手は花本が同僚の金を盗んだことについて知っていたそうです。メールで『警察に通報されたくなければ言うとおりにしろ』と連絡して来たらしいんですよ」

「そのメールは残っているんですか」

孝太郎の質問に頭を振る。

「いや、読んだら消すように指示されていたようです。復元できるかどうかわかりませんが、本庁のハイテク犯罪対策総合センターに依頼するつもりです。花本は今までにも二度、盗みを働いていたようでしてね」

福井の目が探るように二人を行き来した。隠していたんじゃないでしょうな、という感じに見えた。

「わたくしたちも先程、玉枝さんから伺いました。お知らせしようと思っていたところです」

清香が答える。

「そうですか。今回は三度目だから逮捕されると思い詰めたようです。江崎富男の財布や携帯、免許証といった身許を確認する品物は、処分するように言われたらしいんですよ。財布の中身は七、八万あったらしいですが、金は花本が盗ったと自白しました」

「花本は、栄養ドリンクの瓶や蓋の話はしましたか」

孝太郎は訊いた。

「しました。『だれか』に命じられて、ゴミ箱に捨てられていた栄養ドリンクの瓶と蓋を回収したそうです。このときに水色のタオルを落としたのでしょう。それから理解できないのですが、瓶の欠片を大浴場にばらまいておけとも言われたらしいんですが」

ふたたび二人を見やる。今度の視線には「わかりますか」というような問いかけの調子が加わっていた。

「そのことなんですが」

躊躇《ためら》いがちな孝太郎の様子を察したに違いない。

「かまいません。あなたの推測を聞かせてください」

清香が促した。

「わかりました」

頷き返して、続けた。

「自分は当初から大浴場のタイルの床に、瓶の欠片が落ちていたのはおかしいと思っていました。大浴場での飲み食いは禁じられていますので、通常は脱衣所か、脱衣所に入る前に飲むと思うんですよ。ところが、瓶の欠片は大浴場に落ちていた」

「マナーを守らない客は多いですよ。大浴場で飲み、瓶や蓋を落とした可能性もある。おそらく捨てたのは、ゴミ箱でしょうがね。江崎富男さんは大浴場で飲んだ後、いったん脱衣所に戻って瓶や蓋を捨てたのではないですか」

福井の反論に、清香は片手を挙げた。

「栄養ドリンクに直接、青酸化合物が仕込まれていた場合、福井課長が仰ったような行動を取るのはむずかしいと思います。大浴場で飲んだ時点で気分が悪くなるでしょうね。瓶や蓋を捨てて、もう一度湯船まで戻るのは無理です。脱衣所で倒れるのが自然と言いますか。疑問が残らない死に場所だと思います」

その答えには、検屍官としての疑惑が見え隠れしていた。おそらく清香も瓶や蓋が捨てられていたであろうゴミ箱や、江崎が死んでいた湯船という場所への疑惑があったのではないだろうか。

微妙なニュアンスを読み取ったのかもしれない。

「なにを仰りたいのですか」

福井はあらたまった口調で問いかけた。

「青酸化合物が混入されていたのは、栄養ドリンクではないと思います。糜爛が見られたのは口腔内ではなく胃なんですよ」

清香は、孝太郎が望んでいた答えを口にする。だが、それではと福井の頭には次の疑問が浮かんだに違いない。

「では、江崎さんはなにを飲んで死んだと？」

疑問を問いに替えた。

「現時点では推測ですが、おそらく毒は薬、もしくはサプリメントのカプセルに仕込まれていたのではないかと思います。年齢的に見て、薬や健康食品を飲んでいたとしても不思議ではありません。娘さんは知らなかったようですが、カプセルに毒を仕込めば飲んでから少し時間が稼げます。胃で溶けたため、胃壁に糜爛が見られたのだと思います」

「そうか。脱衣所で栄養ドリンクと一緒に、毒入りカプセルを飲んだのかもしれませんね。胃の中で溶け始めたとき、江崎さんは湯船に浸かっていたのかもしれない」

独り言のような孝太郎の呟きを聞き、福井はボールペンで頭を掻《か》いた。

「うーん、よくわかりませんな、犯人の意図が」

手帳を見直している。

「検屍官の推測どおりだとした場合、なぜ、犯人がこんな手の込んだ真似をするのかという疑問が湧きます。瓶の欠片を大浴場に撒《ま》いておけと命じたのは、捜査を攪乱《かくらん》するため、ですかね」

「おそらく、そうではないでしょうか」

清香の同意を、孝太郎は継いだ。

「愉快犯なのかもしれません。警察が右往左往する姿を見て、ひとり悦にいっている。また、毒入りカプセル説がはじめから出た場合、江崎さんが通っていたクリニックや病院を徹底的に調べられます。それを避けるためかもしれません。つまり」

「犯人は医者、もしくは医療関係者だと？」

福井は運転席から後部座席に身を乗り出していた。

「断定はできません。ですが、犯人は江崎さんの医療情報を得ていたような気がするんです。飛躍しすぎかもしれませんが、ひとつの考えとして聞いてください。これまでの流れを見て、浮かんだ推測です」

「わかりました」

受けて清香は「続けてください」と先に進むよう告げた。

「まず最初に江崎さんは身許がわかりませんでした。名無し男性として特徴などを公開したり、司法解剖した結果、ようやく身許が判明しました。右膝に埋め込まれていたチタン製の人工骨に製造番号が記されていたことから、警察は昔江崎さんが手術を受けた千代田区の東華大学病院に行き着きました」

「そうそう。江崎富男の娘さんが携帯に出ないのを不審に思い、父親のマンションへ行ったのと、検屍官が病院に確認したのが、ほとんど同時だったな」

福井は手帳を見ながら、ひとりごちる。江崎富男の娘は、週に一、二回、携帯で連絡を取っていたが、江崎がスーパー銭湯へ行く直前に連絡を取ったため、父親への安否確認が遅れていた。

「江崎富男さんは青酸中毒死、肝臓ガンだった、八十二歳という年齢、墨田区に在住、そして、発見当初は名無し男だった」

謳うように検屍官は呟いた。他の事件との共通項だろうか。

「似たような事件が過去に起きているんですか」

孝太郎の問いに、検屍官は小首を傾げた。

「さあ、まだなんとも言えません。連絡待ちの状況です」

「連絡待ち」

福井が敏感に反応する。

「やはり、あれですか。千代田区で起きた『介護ヘルパー変死事件』。今回の事件と繋がっているんじゃないんですか」

三十代の女性が変死した事件も、行動科学課が担当していた。江崎富男の件で病院へ確認に行った折、たまたま運び込まれた女性は、恢復《かいふく》することなく命を落としている。司法解剖は監察医が執り行っていることから、清香が言った連絡待ちというのは、おそらく女性の死亡原因についてだろう。

(そういえば)

孝太郎は遅ればせながら思い出していた。二つの事件を結びつけた福井の言葉が、記憶の扉を叩いたのである。清香はかなり早い時点で、行動科学課が発足した当時の事件調書を優美に揃えさせていた。江崎富男の事件が起きたときすでに、疑問が芽吹《めぶ》いていた可能性もある。

「今の段階ではなんとも言えません」

清香の答えに、福井はくらいついた。

「仮に繋がりがあった場合ですが、帳場はうちに設けてもらえるんですよね。はじめの事件が起きたのは、うちなんですから」

彼にとっては最重要課題と思しき話を口にする。

「本庁の捜査一課の池内課長でしたか。会議にまで出席して、仕切っていたでしょう。

あれがどうも引っかかっているんですよ」

と、自分のこめかみあたりを指し示した。孝太郎も池内の存在は気になっている。

『介護ヘルパー変死事件』には顔を出していないが、だからといって安心できる状況ではなかった。

(池内課長は二つの事件の関わりに気づいていないだけかもしれない。繋がりがあると知ったときには、出張って来るかもしれないな)

なんとなく、いやな予感がしていた。

「千代田区の事件ですが、解剖結果については知らせていただけますか」

福井はこだわっていた。さらに指揮権を持っているのは、行動科学課であるのを確認しているような感じもあった。検屍官と上條警視のコンビのときは磐石《ばんじゃく》だったのかもしれないが、新米刑事の孝太郎に対しては今ひとつ不安があるのかもしれない。

「二つの事件が関わっている場合は、もちろんお知らせいたします。今はそれしか言えません」

清香は「失礼」と告げ、覆面パトカーの外に出て電話を受ける。福井課長は目で追いかけていた。

「解剖結果がわかったのかもしれないな。死因はなんなのか。うちの件と同じく毒殺、それも青酸化合物を用いた毒殺だった場合は合同捜査だ」

清香に向けていた目を孝太郎に向ける。

「千代田区の事件ですが、なにか聞いていませんか」

「聞いていません」

ただ、と、心の中で呟いた。

(検屍官は考え込むような状態が続いていた。過去の事件調書を揃えさせていた件も然《しか》り、心当たりがあるのかもしれない)

同一犯なのか、連続殺人事件なのだろうか。孝太郎と福井は黙り込み、車外の清香を見るとはなしに眺めていた。

「正直に打ち明けますがね。行動科学課が発足した当初、所轄は戦々恐々でしたよ」

福井は苦笑いを浮かべている。

「女二人のコンビが来て、現場を引っ掻きまわすという話が広まりましてね。我々は冷ややかに傍観《ぼうかん》していたんです。ところが、検屍官はじつにわかりやすく解剖結果を説明してくれるんですよ。質問にも丁寧に答えてくれた。なによりも女性警察官たちが、ひそかに応援し始めましてね」

苦笑いが笑顔に変わっていた。

「上條警視は姐御肌《あねごはだ》で頼りになる警察官だったらしいんです。女子会を定期的に開いては、親睦《しんぼく》を深めていった。刑事になりたい女性警察官も少なくないですからね。先輩のアドバイスはだれにとってもありがたい。そういったことが積み重なっていったんでしょう。今では積極的に臨場要請をするようになりました」

上條麗子の有能さを聞くのは、嬉しい反面、辛くもあった。自分は追いつけるだろうか。所轄の信頼を得られるだろうか。今も消えない不安がある。

「どこまで、できるか」

正直すぎたかもしれない。

「上條警視は上條警視、浦島巡査長は３Ｄ捜査と犯罪心理学の知識を武器にして、やればいい話ですよ。水色のタオルでは、すでに成果を上げたじゃないですか。花本達也に行き着いたのは、浦島巡査長のお陰ですよ」

福井が慰めるように言った。

「そう言っていただけると嬉しいですが」

「終わった」

急に福井の様子が変わる。電話を終わらせた清香が、ふたたび後部座席に戻って来た。

心なしか、顔が青ざめているように見えた。

「介護ヘルパーの女性――竹田由紀子《たけだゆきこ》さんの解剖結果が出ました」

重い口調で切り出した。

「死因はタキシンを摂《と》ったことによる中毒死と判明しました。生け垣としてよく使われるイチイの幹や葉、種子に含まれるアルカロイド系の毒物です」

少し間を空けて、続ける。

「はじめは推測にすぎませんでしたが、これではっきりしました。二つの事件は、警視庁行動科学課に対する挑戦状だと思います」

強い口調で断定した。

顎を上げた美しい横顔は、どこか遠くを見つめていた。

第4章　犯人からの挑戦状

1

翌日の午後。

警視庁の会議室には、事件現場となった二つの所轄の、捜査一課の課長と係長だけが招集されていた。行動科学課の方は孝太郎と一柳検屍官、そして、細川課長の三人が参加している。総勢七人の会議は、始まる前から沈鬱《ちんうつ》な空気に覆われていた。

「今回、最初に起きた事件は『スーパー銭湯変死事件』です。無職の江崎富男さんが、青酸化合物によって命を落としました。おそらく毒入りカプセルを飲んだものと思われますが、カプセルなのか栄養ドリンクに毒を混入されたのか。私見ですが、胃壁に糜爛《びらん》が見られることから、おそらく毒入りカプセルを飲んだのではないかと思います」

清香が前に立ち、孝太郎はボードに書く役目を引き受けていた。長机にはあらかじめ今回の二つの事件と過去に起きた事件の調書が置かれていた。課長たちは真剣な表情で目を通している。ただならぬ事態であるのは、だれの目にもあきらかだった。

「江崎富男さんの件につきましては、あらたに判明した事柄を補足したいのですが、よろしいでしょうか」

福井の申し出を、清香は快く受ける。

「お願いします」

「問題の栄養ドリンクですが、江崎さんはいつも同じ自動販売機で買い求めていたようです。銭湯近くの防犯カメラの映像に残っていました。このことから自分で買ったのは間違いないと思われます。また、瓶や蓋の始末役を命じられた花本達也ですが、犯人の心当たりはないと言っていますね。何度考えても浮かばないようです」

立ち上がって告げ、すぐに座り直した。

「ありがとうございました。わたくしの方からは、江崎富男さんのキーワードとして、五点、挙げさせていただきます。青酸中毒死、肝臓ガンの手術をしていた、年齢は八十二歳、墨田区に居住。さらに当初は身許を確認できず、名無し男性だった」

質問の気配を察したのだろう、

「この名無し男性というキーワードにつきましては、順を追って説明いたします」

清香は覆い被《かぶ》せるように言った。手を挙げかけていた千代田区の所轄の木下《きのした》課長は、頷き返して、質問を引っ込める。

「次は『介護ヘルパー変死事件』ですが、この件に関して行動科学課は、まだ関係者への聞き込みなどを行っておりません。そういったこともあるため、指揮官クラスだけの会議を開いた次第です」

今日も顔色がよくなかった。元々色は白いのだろうが、透き通った皮膚はまるで蠟《ろう》人形のよう。倒れるのではないかと不安になる。細川が変調を見のがすまいとするかのように、じっと見つめていた。

「現在、わかっておりますのは、竹田由紀子さんの殺害に関しては同僚が関わっている可能性が高いということです。これにつきましては、所轄の木下課長に説明していただきましょうか」

指名されて、木下が立ち上がる。年は五十代なかば、痩身の神経質そうな雰囲気や似たような眼鏡をかけた風貌が、少し細川に似ているように思えた。

「えー、竹田さんが勤めていた介護施設では、今までにも三回、不審な騒ぎが起きています。施設で働くヘルパーたちは、休憩室で食事を摂《と》ったり、お茶を飲んだりするのですが、そこでコーヒーやお茶を飲んだ後、嘔吐や下痢といった症状を訴えて、救急搬送されているんですよ。そのことが原因で辞めた職員もいます」

間違いがないか確認するように、手許の調書を見ていた。

「一度目のときは、たまたま体調が悪かったのではないかと思ったようですが、さすがに二度、三度となれば、おかしいと思うでしょう。だれがやったのかと疑心暗鬼になっていたとき、四度目の事件が起きてしまった。ちなみに警察への通報は、今回が初めてです。もっと早く連絡してくれていればと思いました」

「ありがとうございました」

清香は遮るように言い、続ける。

「問題なのは、被害者に用いられた毒や年齢なのです。竹田由紀子さんのキーワードは、女性、三十二歳、使われた毒はタキシンと呼ばれるアルカロイド系の毒という三点です。解剖所見によりますと、喉に赤い糜爛の症状が見られたとのことでした」

「毒物を飲んだことによる糜爛ですか」

福井が挙手して、訊いた。

「飲んでいない可能性もありますが、おそらく、毒物によるものではないかと思います。竹田由紀子さんには喘息の持病があって、運び込まれた病院に通院していました。発作が起きたときに使用していたのは、ステロイドの吸入器です」

目を上げたその顔は、重要事項だと告げているように思えた。福井たちは調書に直接書き記している。

「他の三人はキッチンで飲み物に毒物を入れられたのかもしれませんが、竹田さんに関しては、吸入器に仕込まれたのかもしれません」

清香は持っていた調書の頁を繰る。

「ここで行動科学課が扱った初期の事件の概要《がいよう》を説明いたします。話をわかりやすくするために、事件当時に用いられた呼称『黒いプリンセス事件』を使わせていただきたいと思います」

「知っています。派遣《はけん》妻でしたか。年配の男性を標的にした詐欺がらみの連続殺人事件ですよね」

木下の確認に小さく頷き返した。

「今仰ったように、犠牲になったのは年配の男性だったのですが、このときの犠牲者のキーワードは、青酸中毒死、肝臓ガンだった、墨田区に居住、年齢は八十三歳の四点です。先程も言いましたが、名無し男性に関しては後で説明いたします」

緊張気味なのか、検屍官は喉が渇くようだった。ペットボトルの水で喉を潤して、話を進める。

「この男性を殺した容疑者として浮かんだのは、女性で年齢は三十三歳、点鼻薬に仕込まれたタキシンを摂取したことにより、留置場内で死亡。この事件は自死に見せかけた他殺でした」

恐るべき共通項が浮かびあがった。年齢は男女ともに一歳ずつ違うものの、ほぼ同世代と言えるだろう。孝太郎もそうだが、今回の二件と過去の二件を比べていた指揮官クラスたちは、何度も調書を見直していた。

(そうか。それで検屍官は、江崎富男の女性関係を気にしていたのか)

ひとつ疑問が解消された。江崎の娘にいやな顔をされるほど訊いた理由の答えが、ここにある。

「行動科学課が担当した過去の事件では、被害者の男性と容疑者の女性は八十三歳と三十三歳でした。今回の事件では八十二歳と三十二歳。五十歳の年齢差という点もまた、同じです」

清香は確認するように告げた。気づいていない可能性もあると思ったに違いない。

会議室は静まり返った。

「それで検屍官は」

福井が口火を切る。

「警視庁行動科学課に対する犯人の挑戦状だと仰ったわけですか」

昨日、清香が言った言葉を繰り返して、目を上げた。

「はい」

「しかし、先程、後まわしにした名無し男性については、どうなんですか。共通項には含まれないように思いますが」

「八十三歳の男性の事件が起きたとき、同時並行の形でもうひとつの事件を担当しました。その事件で亡くなった少年が、発見当初は名無しさんだったのです」

「…………」

ふたたび会議室は沈黙に覆われた。できれば偶然だと思いたい。たまたまなのだと考えられれば、清香の苦悩は多少なりとも軽くなるだろう。行動科学課に対する挑戦状ではないと思えれば……。

「名無しの件は、考えすぎのように思えなくもありませんが」

木下課長の反論に、清香は小さく頭を振る。

「いいえ。犯人は花本達也に対して、江崎富男さんの財布や携帯などを処分するように命じています。身許不明の遺体にしたかったのだとしか思えません。犯人は意図して、やったのです」

きっぱり言い切った。共通項が多すぎるのは否定しようがない。躊躇いがちに福井が挙手した。

「どうぞ」

清香に促されて、立ち上がる。

「今までの話から考えると、模倣犯のようですが、検屍官はまだまだ事件が続くとお考えなのですか」

「その答えは、犯罪心理学を学んだ浦島巡査長にお願いします」

検屍官に振られて、孝太郎は緊張した。午前中、行った打ち合わせのときに言われていたのだが、やはり、頬が熱くなる。

「はい」

用意しておいた書類に目を落として、一歩、前に出た。

「模倣犯の説明をする前に、類似した事件が立て続けに起こるという『連鎖性』の説明をさせてください。一九九八年七月に和歌山県和歌山市で起きた、いわゆる『毒物カレー事件』の後、全国で毒物・異物混入事件が続発しました。これらの事件で逮捕に至ったケースでは、犯人のほとんどが女性でした」

深呼吸して、話を続ける。

「このメカニズムは、本人にも自覚されない模倣という考え方で説明できます。同じような心理状態にある人が、他者の行動に触発され、それが社会的注目を浴びることで自らの行動化欲求を高め、臨界点《りんかいてん》を超えてしまうわけです。こういった現象は、三カ月から半年、長くて一年ほど続く傾向が見て取れます。ただ」

声のトーンが落ちるのを止められない。口にしたくはないが、言わないわけにはいかなかった。

「今回の事件は単なる模倣ではありません。行動科学課で取り扱った事件の模倣です。

そこが通常の模倣犯とは、大きく異なる点ではないかと思います」

「つまり、行動科学課に強い怨みを持つ人間が犯人かもしれない？」

福井が自問のような問いを投げた。

「その可能性はありますね」

清香が受けた。

「ですが、とらわれすぎると見誤る危険性がなきにしもあらず。浦島巡査長は医者の可能性を口にしました。元医者や医療関係者、あるいは医者や医療関係者に知り合いがいる者。これもまた、とらわれすぎるのはよくないかもしれませんが、可能性のひとつとしてお伝えしておきます」

「連鎖性についてだが、それこそ立て続けに無差別殺傷事件が起きた年がありましたよね。あれは何年だったか」

木下の言葉を、孝太郎は補足する。

「二〇〇八年です。一月五日に東京都品川区の戸越銀座で十六歳の少年による傷害事件、三月二十三日にひとりの男が複数の殺傷事件、三月二十五日岡山駅で十八歳少年が線路に男性を突き落とした事件、六月八日の秋葉原事件、七月十六日に山口県の十四歳少年が起こしたバスジャック事件……まさに異様な年でした」

「犯人たちの共通点は？」

今度は福井が訊いた。少しでも今回の犯人に近づきたいという気持ちが表れているように思えた。

「犯人たちに共通していたのは、おとなしく真面目《まじめ》な性格で、幼少期から思春期にかけて問題行動を起こしたことがありませんでした。初めての問題行動が、取り返しのつかない凶悪事件だったんです」

「事件を起こしたきっかけは？」

と、木下がふたたび訊いた。

「親に厳しく叱られた、女友達との交際がうまくいかなかった、そして、非常に腹立たしいのですが、よく使われる理由として、人が死ぬところが見たかった。考えられないような理由で、かれらは凶行に走りました」

「今回の犯人の場合は、嫉妬かもしれませんね」

木下が言った。

「行動科学課は派手で目立ちます。仕切っているのは、父親が警視総監の美人検屍官。おまけに母親は大金持ちときてる。嫉妬や羨望の裏に渦巻くのは……」

不意に言葉を止める。

「あ、いや、失礼しました。つい」

「本音が出ましたか」

清香の軽い口調と笑顔で、緊迫していた場がなごんだ。女性のプラス面をごく自然に出している。これが検屍官の持ち味ではないだろうか。

「わたくしに対する怨嗟《えんさ》の声は、甘んじて受けましょう。ですが、それを理由にして罪のない人を殺すのは許せません。木下課長には『介護ヘルパー変死事件』の概要《がいよう》を説明していただきたいと思います」

木下に話を振った。

「えー、ひとり、容疑者の名前が挙がっています。渡部洋子《わたべようこ》、五十二歳。臨床心理士の資格を持つベテランですが、好き嫌いが激しく、嫌いな人間に対しては露骨にそれを示すような言動を取っていたようです。職員たちに聴取している中で、ほとんどの職員が『もしや』と挙《あ》げたのが彼女でした」

「聴取中ですか」

清香の確認に頷いた。

「はい。ご存じだと思いますが、施設では三度目の事件が起きた後、休憩室に隠しカメラを取り付けました。繰り返しになりますが、この時点で警察に連絡してほしかったんですけどね。まあ、今更言っても仕方ありませんが、とにかくお茶を淹《い》れる小さなキッチンにカメラを設置したんです。その映像を確認しているところでして、そろそろ連絡が来る頃ではないかと」

連絡が来たのだろう。失礼と言い置いて、木下は電話を受けた。

「もし、渡部洋子が犯人だったとしたら」

孝太郎は、清香に小声で告げる。

「働いていた施設ですでになんらかの事件が起きていたという点が、スーパー銭湯の事件と一致しますね」

はっとしたように検屍官が目を上げた。

「もしや、渡部洋子も『だれか』に脅されていた？」

「その可能性はあると思います」

「カメラの映像が確認されました。被害者の飲み物に、なにかを混入したところが映っていました」

木下の声は興奮で上ずっていた。連続殺人事件の可能性が大きいものの、『スーパー銭湯変死事件』の方は単に瓶や蓋を片付けただけであり、介護施設の事件は実行犯の可能性が高い。命じられてやったのだとすれば、後者は嘱託《しょくたく》殺人になるのかもしれないが、いずれにしても、厄介な事件になりそうだった。

2

その夜。

「知りません、わたしはやっていません」

渡部洋子は強い口調で否認した。孝太郎と清香は千代田区の所轄に来て、取調室で木下の聴取を見守っている。洋子の了解を得たうえで、聴取の様子を撮影しながら、部署のパソコンに送っていた。

部署にいる警察官は見ているだろうし、聞き込みに出た警察官は後で見られる。聴取の様子を撮影するのは、警察と被疑者にとって有益なことだった。

「しかし、映像にはあなたが竹田由紀子さんのマグカップに、なにかを入れた場面が映っているんですよね」

木下は机に置いたパソコンの画面を、洋子の方に向けた。顔の下半分しか映し出されていないが、当時の服装から見て洋子に間違いないと思われた。同僚の職員たちは、異口同音にそれを認めていた。

また、喘息の持病があった由紀子は、毒入りのステロイドを吸入して亡くなったことも考えられる。毒が仕込まれたのは吸入器なのか、マグカップなのか。なにか考えがあるがゆえに、木下は吸入器について口にしないのかもしれなかった。

「これは身体にいいプロテインを入れたんです。竹田さんは疲れやすくて、貧血気味だと言っていたんですよ。頼まれてはいませんが、良かれと思って入れました。絶対に毒物ではありません」

躊躇《ためら》いなく断言する。やや太り気味だが、五十二歳の割には若々しい顔立ちをしていた。ショートヘアは多忙な日々の表れかもしれないが、綺麗に染めており、白髪はほとんどなかった。身綺麗《みぎれい》にしている印象を受けた。

(今は独身だが、一度、離婚の経験あり。両親は宮城県在住。兄妹はいるが、あまり付き合いはない。実家に帰るのは、年に一度か二度。家族縁が薄い印象を受ける)

孝太郎は事前調査の結果を急いで頭に入れていた。優美から送られて来るのを待っていたため、ここに来るのが夜になっていた。

(渡部洋子は以前、勤めていた介護施設を昨年末に退職。今年の七月から、この施設に勤め始めた)

半年間は失業保険で生活費を賄《まかな》っていたのだろう。以前の介護施設を辞めた理由については、優美が調査中だった。

「介護施設では今までに三回、異物混入騒ぎが起きています」

木下は、おそらく何度も口にしたであろう内容を告げた。

「飲み物を飲んだ職員が、嘔吐や下痢といった症状を訴えて、救急搬送されました。あなたは知らなかったようですが、三回の騒ぎが起きた後、職員用の休憩室にカメラが仕掛けられていたんですよ。キッチンのところにね。ほら、これです」

もう一度、竹田由紀子のマグカップになにかを入れたシーンを見せた。

「プロテインじゃないでしょう、プロテインを飲んで亡くなった人はいないと思いますよ。いかがですかね、一柳検屍官」

「検屍官？」

洋子の目が、扉の近くにいた清香に向けられた。検屍官はにこやかに歩み寄る。優雅な仕草で会釈して、告げた。

「はい。わたくしは検屍官でありながら、病院や医者、監察医などを調査する権限を持つメディカル・イグザミナー——医療捜査官でもあります。簡単に言いますと、日本一の医者ですね」

退《ど》いてくださいと仕草で木下を追いやる。空いた椅子に座って、大きなブランド品のバッグを無造作に足下へ置いた。使い込まれたバッグが、その価値を何倍も増しているように思えた。孝太郎は単純に恰好いいと感じている。

「介護施設は、女性が多い職場です。色々問題があったのではありませんか」

まずは一般的な問いを投げる。清香の質問に、洋子はちらりと窺《うかが》うような上目遣いを返した。

「そう、ですね。すでに調査済みかもしれませんが、あの施設は訪問介護やデイケアサービスを主体にしている施設なんです。利用者が入居できる施設ではありません。それでも問題は起きるんですよ。わたしは利用者本人やご家族、さらに職員の相談にも乗っていました」

警戒しているように見えた。あるいは清香のようなタイプが苦手なのか。臨床心理士である彼女は、医者の肩書きを持つ人間に尊敬の念がある反面、反撥《はんぱつ》や嫉妬のような感情もあるのではないだろうか。

（強い嫉《ねた》みによる犯行か）

孝太郎は自分なりの推測を手帳に記した。

好き嫌いが激しい洋子は、幸せそうな同僚の様子を見るにつけ、苛立ちが募《つの》る。彼女に対して冷たい態度を取る同僚もいたかもしれない。一緒に働くのがいやだと思う相手を、職場から消したかった。

これが動機かもしれないが、嘔吐や下痢の症状が出た三人の被害者に関して、家族構成や勤続年数、洋子との関係などはわかっていない状態だ。優美に後で調査を頼むべく丸印をつけた。

「お察しします」

清香は穏やかに答えた。

「大変な仕事ですからね。ストレスも相当だったのではありませんか」

こういうとき検屍官は、相手を包み込むような、あたたかい雰囲気を発するのが常だ。ふだんの凛とした厳しい表情とは違い、ときには母のように、ときには親しい友人のように変わる。

孝太郎は初対面のときに七光清香と言ったが、七不思議清香の方が近いように思った。

（臨床心理士や心理カウンセラーは、資格を取るのが大変な割に、現場では低く見られがちな傾向がある。そういったことへの不満が募ったのか）

自分なりの考えを記した。

「どんな仕事にもストレスはあります」

洋子は答えた。

「警察官だって、相当なストレスがある仕事じゃないですか。勤務時間はないも同然、公僕《こうぼく》として身を捧げていらっしゃる。滅私奉公《めっしぼうこう》の精神がなければ、とうてい勤まらない職業だと思いますよ」

そつなく切り返した。職業柄、受け答えには慣れている。これは手強《てごわ》いぞと、孝太郎は思った。

（事件に関係ないことは話すが、事件にふれると堅く口を閉ざす。ひとつめの事件の被疑者、花本達也も最初はそうだった）

休憩室のキッチンにカメラを設置したのは、三度目の事件が起きた後だ。映像として撮れたのは、死んだ竹田由紀子のマグカップになにかを入れた場面のみ。しかも由紀子の死因は、吸入器を使ったことによるものかもしれない。

マグカップになにかを入れた場面だけでは、起訴できない可能性が高かった。

「わたくしは、結婚しておりません。渡部さんと同じく独身なんです。結婚しない理由は、人一倍、嫉妬心が強いからなんですよ。相手の男性が呆《あき》れ返るほどなんですね。自己診断ですが『オセロ症候群』ではないかと思っています」

ご存じ？

というように、仕草で訊いた。

「あ、ええと、確か病的な嫉妬の診断名だったような気がします」

「そうです。配偶者や交際相手の不貞を妄想的に確信し、すさまじい嫉妬感情を剝《む》き出しにする。こんな感じでしょうか」

肩をすくめて、笑った。洋子の頑《かたく》なな心を開かせるため、自分の欠点を敢えて告げる。うまいやり方だった。

（渡部洋子はどう出るか）

孝太郎は見守っている。

「わたしも……そうかもしれません」

ぽつりと告げた。

「交際男性だけではなくて、同僚の女性に対しても強い嫉妬心が湧いてしまうんです。

嫉みや怒りの感情をコントロールするのが下手で……臨床心理士になったのも、まず自己改革と言いますか。激しい嫉みや怒りを覚える原因が知りたかったんです」

心の揺れを示すように、双つの目が揺れていた。

「わたくしも同じです」

清香は言い、そっと洋子の手を握り締める。わたしはあなたの味方なのよ、警戒心を解いてください。仲間意識を高めるには、まさにいい手だった。

「同僚の方にも今仰ったような感情を覚えた？」

小声で訊いた。

「はい」

「それで飲み物になにかを入れてしまった？」

「………」

二度目の同意は、頷いて終わった。洋子の目からは涙があふれ出している。清香は宥《なだ》めるように彼女の手をやさしく叩いていた。

「これは、わたくしの推測なので、外れたら、ごめんなさい。竹田由紀子さんについては、『だれか』に指示されたのではありませんか」

「え」

洋子は、衝撃を受けたように顔を上げる。揺れていた双つの目が、真っ直《ます》ぐ清香に向けられていた。表情に答えが浮かび上がっているように見えた。

「やはり、そうなんですね。あなたが同僚のマグカップに、なにかを入れていたことをその『だれか』は知っていた。警察に知らされたくなければ、言うとおりにしろと命じられた」

「は、い」

洋子は認めた。

「わ、わたし、竹田さんのことは好きでした。けっこう親しくしていたんです。勤めたばかりで勝手がわからない彼女は、つまらないことでも『先生、教えてください』と聞きに来て」

不意に顔を覆って泣き出した。

「死ぬなんて、まさか、死ぬとは思いませんでした。送られて来た粉末状のものは、喘息にいい漢方薬だと書かれていたんです。吸入した方がよい効果が出るとも記されていたので、わたし、竹田さんの吸入器に」

涙ながらに訴えた。

「本当です、毒だとは思いませんでした。竹田さんは喘息の持病があったので、少しでも良くなればと思って」

大きな疑問が残る言葉だと、孝太郎は感じていた。本当に喘息にいい漢方薬だと思っていたのだろうか。疑問マークをつけた。

「竹田さんには、話さなかったのですか。黙って入れたのですか」

清香は、冷静な検屍官に戻っている。握り締めていた手はそのままだが、口調や表情が変わっていた。

「わたし、疑われていたので」

「三人の同僚が、嘔吐や下痢を訴えた事件ですね。そのことがあったため、竹田さんには話さなかった」

「そう、です。まさか、毒だなんて……喘息が少しでも良くなればと思ったんです。死ぬとは思いませんでした。わかっていたら、やらなかった。絶対にやりませんでした」

「では、竹田さんのマグカップには、なにを入れたのですか」

「さっきも言いましたが、粉末のプロテインです」

あくまでもプロテインなのだと言い張っていた。やりとりに業を煮やしたのか、

「確認するが、三人の飲み物に毒物を入れたのは、あんただな」

木下が清香の横に行っていた。

「そうだろう？」

「はい」

消え入るような声だった。今度は木下が退けと、清香に仕草で告げる。立ち上がった検屍官の後に、わざとらしく音をたてて座った。

「理由は？」

「仲間外れにされたんです。リーダー格の人が、わたしとは話をしないように言ったと聞きました。それで最初にその人を……そうしたら、わたしがやったに決まっていると言いふらされて」

「あんたがやったんだから、言われても仕方ないだろう。もう一度、確認するぞ。竹田由紀子さんの事件だが、だれかに命じられてやったのか」

「そうです。突然、メールが来たんです。『同僚たちの飲み物に毒物を混入したのは、おまえだ』と」

「三人の同僚に飲ませた毒物はなんだ」

矢継ぎ早に問いかける。

「除草剤です。あ、でも、ほんの少ししか入れていません」

洋子は、救いを求めるように清香を見ていた。木下も肩越しに振り返る。

「検屍官。除草剤を摂取した場合、どんな症状が出ますか」

「パラコート——農薬を摂取した場合は、嘔吐や下痢などの症状が表れて、消化器系の粘膜が爛《ただ》れます。最悪の場合は腎臓や肝臓などの機能障害が起き、肺出血を併発して呼吸不全となり死亡します」

「殺人未遂事件ですよ」

木下が視線を戻して、言った。

「竹田由紀子さんの件も、本当に『だれか』の指示だったのか。はなはだ怪しくなってきましたね」

「預けた携帯を調べてください。送られて来たメールは保存しておきました。パソコンにはアクセスして来ませんでしたので、残っているのは携帯だけです」

洋子は毅然と顎を上げた。強く出られると反撥心をいだくタイプなのかもしれない。

孝太郎は気になっていたことを問いかけに変えた。

「メールでアクセスして来た『だれか』について、心当たりはありませんか」

「わかりません。事件が起きてから、ずっと考えているんですが」

「病院関係者はいかがですか。たとえば、竹田さんが運び込まれた東華《とうか》大学病院。お知り合いはいませんか」

清香にふたたび仕草で退けと示されて、木下は渋々腰を上げる。椅子取りゲームのように素早く座った。

「あ、ええ、何人か知り合いがいます。臨床心理士のときに同期だった女性、あとは内科医や外科医ですね。姉は乳ガンで手術をしたので、わたしも危ないと思い、東華病院へは定期検診に行っています」

「そうですか」

と、清香は立ち上がった。

「わたくしたちはこれで引き上げますが、不安なときは聴取に立ち会います。木下課長に頼んで、連絡してもらってください。『だれか』については考え続けるのが重要だと思いますよ。閃《ひらめ》くときがありますから」

書類をバッグに入れながら告げる。

「よけいなお世話かもしれませんが、化粧品類は差し入れますね。試供品が余っていますので」

「失礼」

不意に取調室の扉が開いた。警視庁捜査一課の蟷螂《かまきり》刑事こと池内課長が、廊下に来いと二人を呼んでいた。やはり、来たかと孝太郎は清香の後に続いた。

3

「拝見していましたよ、落とす様子を」

池内はにやりと笑った。蟷螂が威嚇《いかく》の姿勢を取って、襲う隙を狙っているように見えた。あまり友好的な雰囲気ではなかった。

「お見事ですな。いかにも味方のような顔をして、相手の信頼を得る。あとはもう検屍官の独壇場だ。今頃は『女狐《めぎつね》にしてやられた！』と思っているんじゃないですかね。まあ、被疑者も相当な女狐ですが」

人を怒らせるのが、じつに上手い男だった。清香とは違い、相手を挑発して本音を引き出すタイプではないだろうか。

「なんの御用ですか」

検屍官は、冷ややかに問いかけた。

「『スーパー銭湯変死事件』と『介護ヘルパー変死事件』。二つの事件は、過去に起きた事件に酷似しているようですな。行動科学課が解決に導いた『黒いプリンセス事件』。あれを真似た事件ではないかと、検屍官は考えておられるようで」

「わたくしだけではありません。浦島巡査長も同意見だと思います」

同意を求められて、孝太郎は受けた。

「はい。模倣犯、それも行動科学課が解決した事件を真似た特殊な模倣犯だと思います」

廊下での立ち話になっている。池内は聞かれることに頓着《とんちゃく》しない性格なのか、部署や会議室に移動しようとは言わなかった。

「で、次はどんな事件が起きるとお考えですか」

これが訊きたくて来たのかもしれない。両目に真剣みが加わったように思えた。

「流れを見ていれば、わかりますよね。場合によっては『よう撃捜査』が、効果を発揮するかもしれません。隠さずに教えていただきたいと思いましたので、こうやって出張って来たわけです」

具体的な捜査方法を提示した。

よう撃捜査とは、犯人が現れそうな現場を警戒・張り込むことだ。密漁や万引きといった犯罪がよく行われる現場などでは有効な策といえる。しかし、行動科学課の事件の場合はどうだろう。あてはまるかどうか。

「考えられるのは」

それでも清香は答えた。近くの長椅子に座って足を組む。孝太郎も移動したが、池内はさも面倒だという顔で、わずかな距離を移動した。

「『ブラックバイト事件』ですね。集合住宅を運営する悪党たちが、ホームレスだった方に生活保護を受けさせて、保護費の大半を懐に収めていた事件です。かれらが入所していたアパートでは、行方《ゆくえ》不明者が続出しました。運営者に命じられたのでしょうが、仲間うちで凄惨《せいさん》な殺し合いが起きたのです。さながら殺人アパートの様相を呈していました」

清香らしからぬ『悪党』という表現に、秘めた強い怒りが込められているように思えた。

「なるほど」

池内は手帳にメモしている。

「ホームレスや生活保護者が対象となった場合、よう撃捜査はむずかしいかもしれませんな。あまりにも数や範囲が多すぎて、捜査員を配備できない。なんというか、もっと、絞り込むことはできませんか」

「それが可能なら犯罪は起きません」

さらりと言ってのけた。次に事件が起きる現場がわかれば、確かに警察官は苦労しないだろう。事件を未然に防ぐのは至難の業《わざ》だ。

「仰るとおりです」

池内は苦笑いする。

「それでも、と思うわけですよ、次の事件は防げないかと。先程の事情聴取のやりとりから、わたしなりに考えたんですがね。検屍官は東華大学病院の医者や医療関係者が、怪しいかもしれないと考えているように感じましたが」

窺うように目がぎろりと動いた。

「二つの事件の被害者は、東華大学病院に入院、もしくは通院していたことがあります。犯人はそれを知ったうえで、自分の代理となる実行者を選んだ。スーパー銭湯の場合は実行犯ではありませんので実行者としましたが、犯人は実行者の状況も把握している。そうなると銭湯や介護施設にも関わりがある人間なのか？」

自問含みの言葉を、孝太郎は継いだ。

「スーパー銭湯には大勢の人間が出入りします。ただの利用客という可能性もありますよ。江崎さんと知り合いだったのかもしれません。あるいは目的があったため、犯人から近づいたのか」

「優秀ですな、検屍官の新しい相棒は」

池内は揶揄《やゆ》するような表情をしていた。

「仰せのとおり、スーパー銭湯の場合は、犯人を絞り込むのがむずかしくなります。だいたいが風呂場ですからね。証拠は洗い流されてしまい、指紋や掌紋は残りにくい。残っていたとしても、だれのものやら特定するのがむずかしいときてる。で、同一犯と考えた場合、介護施設の方が、犯人の手がかりが摑みやすいかもしれない」

「渡部洋子が心当たりについて、言っていたではありませんか。東華大学病院の関係者を、すでに調べ始めているのではないのですか」

カマをかけた清香に、池内は脂《やに》だらけの歯を見せた。

「はい。これは上の決定なんですが、合同捜査本部は千代田区の所轄に設けることにしました。東華大学病院が近くて便利ですからな。行動科学課としては、異論があるかもしれませんが……」

「池内課長」

清香は立ち上がって、一歩、前に出た。

「え」

「顔色が悪いようですが、体調はいかがですか。最近、よく眠れていますか。疲れやすくなってはいませんか。苛々したり、怒りっぽくなったりするといったことはいかがでしょう。さらに性欲が低下したと感じたことはありませんか」

「いや、まあ、疲れやすいのはありますな。しかし、年のせいでしょう。先月、五十歳になったんですが、とたんにがくっときましたよ」

「それは男性の更年期障害かもしれませんね」

「更年期？　男が？」

鼻で笑って、かわそうとしたようだが、清香はそれを許さない。

「男性も更年期障害になるんですよ。男性ホルモンの代表格である『テストステロン』は、性欲や性機能の維持に関わるだけではなく、骨や筋肉の強度を維持したり、認知機能に大きな影響を与えたりするんです」

「あ、ああ、そうですか」

「テストステロンの分泌量のピークは二十代。以降は段階的に分泌量が減り続け、四十代から五十代にかけて、男性ホルモンが基準値以下に減少し、性欲低下や倦怠感、不眠といった症状が現れる男性更年期障害と診断される人が増えてくるんです。一度、調べてもらってはどうですか。よろしければ、紹介状を書きますよ」

「まあ、そのときはよろしくお願いします」

「お顔の色を拝見した限りでは、肝臓がだいぶお疲れのご様子。スーパー銭湯で亡くなられた江崎富男さんのように、肝臓ガンで手術となったら大変でしょう。警察官は激務ですからね。続けられるかどうか」

「いや、あの」

「検診は大切です」

清香は手帳に病院名と医師名、さらに自分の名を記して、破った。

「これをお持ちください。悪い待遇は受けないはずです」

「あ、どうも」

「では、失礼します」

一礼して足早に玄関へ向かった。孝太郎も辞儀をして、清香を追いかける。肩越しに振り返った瞬間、

「よろしいんですか、検屍官」

池内が大きな声で言った。後に続くのは「わたしにこんな真似をして」だろうか。

意味ありげな言葉を聞き、清香は露骨にいやな顔をする。

「まったく、うるさいったら」

抑えた声になっている。

「池内課長がうろうろしているのは、細川さんが嘘をついているのと同じ理由かもしれませんね」

「え？」

なにを言っているのか、孝太郎は理解できなかった。

「どういう意味ですか」

「なんでもありません、こちらの話です。事件が起きた介護施設へ聞き込みに行きたいのですが、もうこの時間ですからね」

時計は午後九時を指していた。

「明日の午後からにしましょう。午前中は行きたい場所があるのです。住人の方が揃っているのは早朝なんですよ。それに早く行かないと、蟷螂刑事に先を越されてしまうかもしれませんから」

「わかりました」

「買い物にまいりましょう。お土産《みやげ》を持って行かないと、気持ちよく応じていただけません。そうそう、Gへの対応も忘れないようにしなければ」

「G？」

なんのことなのか訊く前に、清香は駐車場に停めた覆面パトカーの助手席に乗り込んでいた。明日、どこに行くのか、だいたいの想像はついている。今はどうなっているのだろうか。孝太郎は手帳に明日の予定を記した。

4

翌日の早朝。

かつて『殺人アパート』と呼ばれた葛飾区の集合住宅に、覆面パトカーは近づいている。今は『希望荘』というアパート名になっていた。

「あの、検屍官」

孝太郎は、躊躇いながら訊いた。

「お召しになっているのは、防護服にしか見えませんが」

本庁を出たときはいつものブランドスーツ姿だったのに、清香は助手席で重ね着していって、いつの間にか物々しい姿になっていた。隣を走っていた車の運転手が、何事かというように目をみひらいた挙げ句、前の車に追突しそうになっていた。

「ご覧になれば、おわかりになるでしょう。これはマイ防護服です。特注品ですの。他に呼び方があるのですか」

逆に訊かれてしまい、返事に詰まる。

「う、いや、防護服しか呼び方はないと思います。ですが、なぜ、そんな重装備が必要なのかと思いまして」

「これから行く場所には、Gがうじゃうじゃいるからです。わたくし、あれがだいっきらいですの。完全防備で挑まないと、恐ろしくて中に入れません。万が一、下着にでも潜り込まれたら」

ぶるぶるっと大仰に身震いした。

「話をしただけで、ほら、見てください」

袖をたくしあげて鳥肌が立っているのを見せた。孝太郎は鳥肌よりも、検屍官の言葉が気になっている。

「Gって、昨夜も言っていましたよね」

ご機嫌、ご来光、強盗、ご破算と思い浮かべてみたが、好き嫌いを表す言葉ではないだろう。

「すぐにわかります。次の角を左、そのあとは一本目を右にお願いしますね」

言われたとおりに面パトを走らせる。右に曲がったとき、駐車場が見えてきた。プレハブ造りだった二棟の『殺人アパート』は、以前よりはましな建物になっているようだ。もっとも孝太郎は写真を見ただけで、実際の建物を見るのは初めてである。駐車場の片隅には、大型の物置が設置されていた。

午前六時をまわったばかりだったが、朝早くから働いている人もいるため、出勤前の時間を狙って来たのだった。

「後ろの荷物、中に運んでくださいな」

「わかりました」

清香に言われて、まずはアパート前の駐車場に面パトを停めた。昨夜、大量に買い求めた酒や雑貨品、常備薬や缶詰、カップ麵、レトルト食品といったものが、後部座席はもちろんのこと、トランクにも詰め込まれている。差し入れらしいが、清香は自腹で買い求めていた。

孝太郎も清香に続いて、降りる。車の音が聞こえたに違いない。右側の建物から男が出て来た。

「おう、女先生じゃねえか」

年は五十代後半、作業服姿で見るからに強面《こわもて》という感じがする。防護服姿で大丈夫だろうかと思ったが、清香はマイペースで挨拶していた。仕草で差し入れの品物を示すと、続いて現れた他の男たちが車から荷物を運び出して行った。孝太郎は荷物を出しては渡す役目を務めている。

「へえ。あんたが新しい相棒か」

作業服姿の男が、孝太郎に目をとめた。

「よろしくな。二棟の班長を務める北沢《きたざわ》だ」

「浦島孝太郎です。よろしくお願いします」

「浦島太郎か。憶えやすくていい名前だ」

褒め言葉には、苦笑いを返した。この名前のせいで、どれほど苛められたことか。しかし、憶えやすいのは事実かもしれない。仕事をするようになってからは、いい名前だと思うようになっていた。

「女刑事が言っていたんだよ。自分の後釜《あとがま》は、若い男だってな。女先生に喰われちまうんじゃないかって、おれは言ったんだがね」

班長の肩書きどおり、住人の纏め役なのだろう。頼り甲斐があって、面倒見が良さそうな印象を受けた。

「麗子が来たのですか」

清香はくぐもった声で訊いた。頭部にも防護服を被っているせいで、声がこもる。北沢はもちろんのこと、荷物運びに勤しむ住人たちは重装備をまったく気にしていなかった。清香に挨拶しながら二棟でうまく荷物を分け、それ以外の品物は物置に入れている。

「ああ。アメリカに行く前だよ。今の女先生みたいに大荷物を積んでさ。しばらく来られないからと挨拶していった。女先生もそうだが、じつに気っ風《きぶ》の良いコンビだよな。あんな凄惨な事件が起きた場所なのに、こうやって時々顔を出してくれるのは、本当にありがたいよ」

北沢は言い、二棟を振り返った。しみじみした口調に感じられた。

「女先生が来るとわかっていたら、綺麗に掃除をしておいたのによ。でも、だいっきらいなゴキ……」

「きゃあぁっ」

不意に清香は大声を上げる。言わせないように遮ったのだろうが、孝太郎はようやくGの正体を知った。

(ゴキブリか)

笑って、残りの荷物を建物内に運んで行った。狭い玄関の三和土《たたき》は、汚れたスニーカーや作業靴、サンダルなどで埋めつくされている。オフホワイトを基調にした天井や床が、奥に向かって真っ直ぐ延びていた。廊下の左右に連なるのは、番号の入った扉のみ。そして、一番奥には、共同の炊事場とトイレが設けられていた。共同の冷蔵庫も置かれている。

二階に続く階段もあったが、ほとんど同じ造りだろう。開いていた部屋を覗くと、三畳足らずの部屋に万年床が敷かれていた。

（所轄の取調室の廊下に似ているな）

福井や木下に聞かれたら気分を悪くしそうなことを考えていた。白っぽい廊下や番号の入った扉が取調室を髣髴《ほうふつ》とさせる。だが、後から入って来た清香の防護服姿が、同じ風景を今度は研究室に変化させた。

結局、なんにでも染まりやすい平凡な風景なのかもしれない。炊事場でウロチョロするGことゴキブリが、床や壁を這《は》うと白っぽいだけによく目立った。

「そこそこ綺麗に保たれているようですね」

清香のくぐもった声が、よけい研究室の雰囲気を高める。北沢は届けられた荷物のうち、みんなで分けられるものは分けて、残りは外の物置に入れておくように、あらためて告げた。

「許可なく物置から出すことは禁じる。もっとも、鍵を持っているのは俺だけだから、簡単には出せないだろうけどよ。なくなったら支給するからな。そのときは言ってくれ」

「外に出ましょうか」

清香は言い、先に立って外へ出る。さすがに息苦しくなったのか、頭に被っていた部分は取り外した。

「相変わらず別嬪《べっぴん》だ」

「そんな不粋《ぶすい》なもので隠すのはもったいない」

「女先生の顔を見ると元気が出る」

住人たちからの賛辞を、清香は笑って受けた。

「ありがとうございます。いつも言われることですが、何度、言われても嬉しいですわ。今日は野暮用があってまいりましたの。最近、怪しい人物が入所しませんでしたか」

すぐに聞き込みを始める。孝太郎は手帳を取り出した。

「変なのは、いっぱい来るな」

北沢班長が代表するように答えた。

「このアパートはインターネット上では、心霊スポットになっているんだとさ。だからだろう。夜中、若いやつらが何人かで来ては写真を撮っていくよ。映るらしいんだ、ぼんやりした影が」

「心霊スポット巡りのふりをして、様子を見に来たことも考えられますわね。他にはいかがでしょう。新しく入所した人はいないんですか」

清香の問いに、北沢は住人たちを見やった。

「この間、女先生が来たのは八月だったか。あの後、新しく入った入所者はいないな。メンバーは変わっていない」

「班長、あいつは？　頭ボサボサの山口《やまぐち》だったか、山田《やまだ》だったか。ほらグレーのジャージを着ていた男だよ」

ゴマ塩頭の六十代と思しき男性の言葉に、北沢は「そういえば」と続けた。

「ひと月ぐらい前だったかな。二、三日でいいから泊めてくれと言って、泣きつかれたんだ。四十前後、いや、四十代後半ぐらいかもしれない」

「名乗りましたか」

孝太郎は訊いた。

「山田という名字しか言わなかったが、以前のアパートに知り合いがいたらしくてね。行方不明になったうちのひとりだとか言っていたよ。A号棟は空きがなかったが、B号棟にひと部屋空きがあったから、泊まらせてやったんだ」

「どんな顔でしたか」

孝太郎は鞄から図画帖を出した。

「いや、どんな顔と言われても……平凡すぎて、よく憶えていないんだよ。それに来たときから黒縁眼鏡をかけて、マスクを着けていたんだ。ええと、素顔を見たやつは」

班長の二度目の確認には、居合わせた住人は頭を振る。それでも孝太郎は四十代後半の平均的な顔を素早く描いた。

「こんな感じですかね」

ボサボサ頭に一重瞼《まぶた》ではあるものの、決して小さくはない目。普通の大きさの目に、鼻は高からず低からず、唇もまた、厚くも薄くもない唇にしてみた。

「あら、お上手」

清香の拍手に、北沢が続いた。

「黒縁の眼鏡をかけさせてみてくれ」

そのとおりの眼鏡を足してみる。さらに孝太郎は手をマスク代わりにして、唇の部分を覆った。

「ああ、似てる、似てる。こんな感じだよ」

同意した北沢の横で、ゴマ塩頭の男が挙手した。

「どうぞ」

清香に促されて、答えた。

「着替えたときに見たんだが、山田は覚せい剤をやっていたと思うよ。腕に注射針の痕があった」

覚せい剤中毒の自称・山田。

「念のために、山田が使っていた部屋の指紋や遺留物を採取させてもらえないでしょうか」

孝太郎の申し出に、北沢が頭を振る。

「山田がいなくなった後、すぐに別の住人が入ったんだ。なにか残っていたとしても、とっくにわからなくなっているよ。まあ、どうしてもと言うならば仕方ないけどな。住人に話してみるが」

「お願いします、北沢さん。捜査の関係上、詳しい話はできませんが、事件が起きてからでは間に合いません。先手を取って未然に防ぎたいんです。みなさんをお守りしたいと思い、今日、ここへ来たんです」

清香に頼まれれば否とは言えないだろう、

「わかったよ。まだ仕事には行っていないだろうから話してくる」

北沢はＢ棟の玄関に歩いて行った。

「優美ちゃんに連絡して、鑑識の手配を頼みます」

清香は電話をかけ始める。孝太郎の横に、ゴマ塩頭が来た。

「おれは見たことないんだが、女先生はビールをストローで飲むらしいよ。防護服姿だったと聞いた憶えがある。頭に被るやつの隙間からストローを入れて、ジョッキのビールを飲んでいたんだとさ」

「ほんとですか」

孝太郎は思わず噴き出していた。やったのが優美という話だったら信じなかったが、清香だとありうるかもと思えてくるから不思議だ。

「ああ。噎《む》せなくていいんだと答えたらしいが」

「なるほど。年を取ると噎せやすく……」

年の話はご法度！

清香手帖の一部がひびくと同時に、首筋に冷たい悪寒《おかん》を覚えた。おそるおそる肩越しに後ろを見やる。清香がにっこり微笑んでいた。

「年の話をなさっていたようですが」

顔全体で笑顔を作っていたが、わずかに細められた目は笑っていなかった。フィギュア作りで人の表情を細かく見る癖がついている孝太郎には、冷笑であるのが見て取れた。

「い、いえ、していません」

狼狽《うろた》えたが、

「山田だけどよ」

また、ゴマ塩男が話しかけてきた。

「色々な薬を持っていたんだ。俺は歯痛の鎮痛剤がちょうどなくなっていたからよ。安く分けてもらったんだ」

薬と聞けば思い浮かべるのは医者だが、近頃はインターネットで簡単に手に入る。

薬を売っていたイコール医者と決めつけるのは早計すぎるように思えた。

「その薬を持って来てもらえますか。見せてください」

清香の要望に、ゴマ塩頭はすぐ答えた。

「いいよ」

ジャージのズボンのポケットから小さなビニール袋を出して、渡した。受け取った清香は、すぐにバッグから代わりの鎮痛剤を出した。

「アルコールで流し込むのは駄目ですよ。それから歯医者にも行きましょうね。以前、教えた歯医者さんなら、無理のない範囲内の治療をしてくれます。悪いままにしておくと、胃や腎臓まで悪くなりますから」

「うん、うん、わかってる。女先生、また、一緒に写真を撮ってくれるかな」

「もちろんですわ」

清香は自分の携帯を孝太郎に渡した。写真を撮る間中、ゴマ塩男はニコニコしている。清香に案じてもらえることや、ツーショットの写真撮影が嬉しいのか、何本か抜けた前歯を見せて笑っていた。見るからに人の好《よ》さそうな好々爺《こうこうや》といった表情になっていた。

それにしても、と、孝太郎は清香手帖との違いを覚えている。

「すごいですね、検屍官。ここの住人の顔をすべて憶えているんですか」

顔を憶えるのは大の苦手と書かれていたように思ったが、あれだけは間違いなのかもしれない。歯医者を紹介したことまで憶えていたのは驚きだった。

「いいえ。わたくし、人の顔を憶えるのは苦手なんです。でも、顔の骨格は一瞬で頭に入りますの。記憶された骨格と一致すれば、その方の過去の病歴や話した内容などが甦るんです」

「へぇ、顔の骨格ですか」

感心したとき、二人の電話が同時にヴァイブレーションした。二人とも面パトの方へ行き、受ける。

「テレビのニュースをご覧になりましたか」

かけてきたのは優美ではなく、細川課長だった。彼の声音は、いつになく切迫しているように思えた。

「いいえ」

「ご覧になってください。緊急記者会見が開かれています。錦糸町のマンションで合流したいのですが」

だれの会見か問い返すことはない。清香は、面パトの助手席に乗り込み、バッグからタブレットを取り出した。

5

朝のニュース番組は、すべて同じ映像になっていた。

「朝早くから、お集まりいただきまして、申し訳ありません」

清香の母――一柳薫子《かおるこ》は深々と一礼する。フラッシュがたかれて、画面は眩《まばゆ》い光に包まれた。薫子は顔を上げて、告げた。

「化粧品やエステの会社を営む〈SAYAKA〉でございますが、会社更生法の申請をいたしました。経営不振に陥っていた〈KAORU〉から社名をあらためて、経営の立て直しを図ってまいりましたが、このような結果になりましたこと、本当に申し訳なく思っております」

ふたたび一礼した。今度はなかなか顔を上げない。会見に臨んだ重役たちと辞儀したまま、会場にはフラッシュの光やカメラのシャッター音だけがひびいていた。

「ご存じだったんですか」

孝太郎は、面パトを運転しながら訊いた。ニュースを見た後すぐに、かつて殺人の舞台になった集合住宅を出ていた。細川課長が告げた錦糸町のマンションへ、制限速度を守りつつ向かっている。

「薄々は」

清香は言葉少なに答えた。

「二週間ほど前だったと思いますが、しばらく錦糸町のマンションには戻って来るなと言われたんです。早めの大掃除をするというのが、その理由でしたが」

「そうか。それで検屍官は、オフィスに泊まっていたんですね」

「まあ、理由はそれだけではありませんけれど」

語尾を曖昧に濁した。アメリカに行ってしまった上條麗子との思い出を、オフィスで嚙みしめていたのかもしれない。

「いやな予感がします」

清香は呟いた。いやな予感ではなくて、いやな気持ち、もしくは辛い気持ちの間違いではないだろうか。母親が経営していた会社は、すでに倒産している。予感云々《うんぬん》ではなくて、現実の問題だった。

清香の携帯に電話がかかってきたらしい。五分ほど話して、終わらせた。

「マンションの裏手から駐車場に入った方がいいとのことでした。正面玄関のエントランスホールには、大勢のマスコミが集まっているそうです」

「マスコミですか」

孝太郎にはぴんとこなかった。母親の会社が倒産した件で、清香に話を聞くつもりなのだろうか。納得できない部分はあったが、マスコミ攻勢のただ中に飛び込む気持ちはない。言われたとおり、裏手から駐車場に入った。

「細川課長です」

孝太郎は待ち構えていた細川に気づき、会釈しながら誘導されるまま、駐車場内を面パトで走る。その広さに内心、驚いていたが、口にするのは控えた。

(上條警視の話では、タワーマンションの最上階に豪邸が一軒、載っているような部屋ということだったが)

清香手帖ではなく、会って話したときの説明を思い出している。駐車場の広さだけでも、マンションの規模が想像できた。空いていた場所に面パトを停めて、孝太郎は清香と一緒に車を降りる。

「行きましょう」

細川が検屍官の肩を抱きかかえるようにして、エレベーターホールへ向かった。裏手を見張る役目もいたに違いない。

「来たぞ」

入って来たばかりの裏手で大声がひびいた。

「一柳検屍官じゃないのか」

「検屍官、少しお話を聞かせてください」

かれらが来る前に、エレベーターに飛び込む。細川が素早く最上階のボタンを押した。低層階には商業施設が入っており、マンション内で日常的な買い物は足りそうだった。スーパーはもちろんのこと、美容院やエステサロン、総合クリニックなどの名も見える。

最上階に着くまでの間、エレベーター内は重い空気に包まれた。孝太郎は間をもたせたくて、あれこれ考えたが、結局、黙り込んだまま最上階に到着した。

「うわっ」

降りた瞬間、つい大声を上げていた。

最上階のエントランスホールは、天井や床、壁は大理石で設《しつら》えられている。左手に玄関ホールがあるのだが、木製の重厚な扉を開けるのは、最新式の電子キーと顔認証システムだった。屋上から忍び込む窃盗犯を用心してのことだろうか。右手の非常口にも電子キーが用いられていた。

「お帰りなさい、一柳先生」

本間優美が出迎えてくれた。まさか、ここに優美がいるとは思わなかったが、清香は知っていたのかもしれない。

「ただいま戻りました」

答えて、中に入る。清香に続いて、孝太郎も家の中に足を踏み入れた。そこはまさに部屋ではなく、屋敷と呼ぶに相応《ふさわ》しい広さと豪華さを兼ね備えていたが……。

中にはなにもなかった。

家具は運び出されてしまい、床や絨毯にその名残《なごり》があるばかり。造り付けのクローゼット内に残されていたのは、たくさんのハンガーや空の靴箱だった。衣裳部屋だったのだろうか。片足だけ落ちていた黒いハイヒールが、今の状況を示しているようで、孝太郎は胸が痛くなる。

「パソコンが残されていました」

優美が、南側に面したリビングルームに案内した。単なる居間ではなく、大広間と表現した方がいい部屋からは、いくつかの部屋に行けるようになっていた。他にも居間があるらしく、畳や和のテイストを使った料亭のような茶室付きの離れまである。リビングルームからは西洋庭園、和室の離れからは美しい日本庭園、そして、北側にはジャグジーを設けたリラックス区域のような場所も見えた。別の一角には水族館まがいの大きな水槽も設置されていたが、中は空で泳ぐ魚は一匹もいない。

がらんどうの真ん中に、ノートパソコンが置かれていた。清香はぺたりと座り込み、スイッチを入れた。

「清香」

すぐについさっきテレビで見た一柳薫子が現れた。線の細い美貌を、清香は母親から引き継いだのだろう。六十前後のはずだが、商売柄、年を止めて若返るのはお手のもの。清香の姉と言ってもとおりそうだった。

「ごめんなさいね。あなたの名前で立て直そうとしたのだけれど、うまくいきませんでした。しばらく大変ですが、あとは弁護士さんと相談して対応します。あなたの洋服や靴、バッグや最低限の宝石類は、衣裳部屋として使っていた本庁近くのマンションに移しておきました」

この場所以外にも何カ所か清香が使っていた不動産があるらしい。そのへんの話は知らなかったが、いずれにしても桁違《けたちが》いの金持ちだったようである。

「本庁近くのマンションだけは早い時点であなたの名義にしておきました。生前贈与の形を取ったので、債権者に奪われることはないと思います」

映像の薫子の頬を涙が伝い落ちた。

「あなたのことは母まかせで、わたしは母親らしいことは、なにもしてあげられなかった。いい母親ではありませんでした」

「そんなこと、そんなことありません」

清香は座り込んだまま、画面の母親に手でふれた。録画されている薫子と同じように、彼女も泣いていた。

「忙しいのに小学三年生のとき、運動会に来てくれたじゃありませんか。お弁当を作ったのはおばあさまでしたけど、わたしは嬉しかった。一緒に撮った写真は、ほら、いつもここに」

携帯ではなく、長財布から古びた写真を取り出した。鉢巻きに運動着姿の清香と上條麗子の後ろに、薫子や上條家の両親が並んでいる。たった一度の運動会観戦だったのかもしれない。大事に写真を入れていた理由を、孝太郎はそう推測した。

「これが今できる精一杯のことです。本当にごめんなさい。あなたにまで迷惑をかけてしまって」

電子キーのため、電気は生きているのだろう。インターフォンの音が何度もひびいていた。マスコミであるのは確かだった。

「もうひとつ、お知らせしなければならないことがあります」

細川課長が重々しく口を開いた。いつものように、ぴんと背筋を伸ばした直立不動の姿勢なのだが、表情の硬さに常とは違う雰囲気が感じられた。細川の仕草を受けて、優美が自分の鞄からタブレットを出した。

「こちらは警視庁記者クラブです。これから一柳警視総監の緊急記者会見が開かれます。現在、入っております情報では、知人の頼みを受け、かれらの息子を警察官に斡《あっ》旋《せん》した容疑があるとのことです。その際、口利《くちき》き料として多額の謝礼金を受け取ったらしく、公安が内偵をしていたとか」

画面に映し出された記者が告げた。少し早口なのは、気持ちが昂《たかぶ》っているからかもしれない。

「嘘です！」

座り込んでいた清香が、いきおいよく立ち上がった。

「父は口利きなど絶対にしません。これはなにかの間違いです。わたし、警視庁に戻りますわ」

コートとバッグを持って玄関に向かいかける。

「ドクター」

細川が追いかけて、清香の腕を摑んだ。

「お待ちください。わたしの話を……」

「父は無実です」

邪険に腕を振り払った。

「口利き料など受け取るわけがありません。清廉潔白という文言に、警視総監の制服を着せたような人なんですよ。警視庁にまいります」

ふたたび玄関に足を向けたとき、

「警視総監のお考えなのです！」

その背に細川が呼びかける。叫ぶような大声だった。

「行動科学課を残すのが条件でした。メディカル・イグザミナーの資格や権限はそのままにしてくれという条件もつけました。厚生労働省の後ろ盾も残してほしいと言いました。かねてよりドクターがお願いしていた件も了承してほしいと警視総監は頼んだのです。とにかく自分が辞任する代わりに、行動科学課だけは残してほしい、と」

「え？」

清香は立ち止まって、振り返る。もしや辞任劇は仕組まれた罠なのか。警視総監はだれかに嵌《は》められたのではないか。そんな含みがあったものの、すでに事態は決定している。

ここで孝太郎は、本庁の池内課長や細川の言動が理解できた。

（細川課長は知っていた）

いや、清香も異変を感じていたのではないだろうか。孝太郎は検屍官の言葉を思い出している。

〝池内課長がうろうろしているのは、細川さんが嘘をついているのと同じ理由かもしれませんね〟

がらんどうと化した高級マンションのひと部屋には、息が詰まるほどの静けさが満ちていた。だれも、なにも話そうとしない。

「もはや死語かもしれませんが」

清香が言った。

「天中殺と大殺界ですね」

「天中殺と大殺界？」

訊き返した孝太郎に、清香は泣き笑いのような表情を返した。

「地獄クラスのダブル厄災のことです。母のことは想定内でしたが、まさか父がここまで追い込まれていたとは……」

よろめいた検屍官を、細川が素早く支えた。

「ドクター!!」

赴任数日にして、浦島孝太郎の新しい部署はなくなりかけている。

億ションに入れるのはこれが最初で最後かもしれない。孝太郎は、豪華マンションの造りを無意識のうちに記憶していた。

（ぼくはなにをやっているのか）

つくづく貧乏性だと思っていた。

第5章　潜入看護士

1

「この度、わたしは、一身上の理由によって、辞任することにいたしました。後任が決まるまでの間は、副警視総監が業務を務めます」

一柳警視総監の会見録画を、清香は力なく消した。

父は警視総監を辞任、母の会社は経営破綻《はたん》で会社更生法を申請。

天中殺と大殺界を組み合わせたような地獄レベルの厄災にみまわれた検屍官は、早朝、盟友の上條麗子とテレビ電話で話をしていた。元相棒の忙しさと時差によって、対話のときを持つのが少し遅くなっていた。

孝太郎と細川は三日間、泊まり込んでいたが、優美だけは昨夜、自宅に戻っていた。意気消沈している清香をひとりにできず、交代で睡眠を取ったり、食事に行ったりしている。

時間だけはあるため、新しいオフィスを片付けたり、孝太郎は材料を持ち込んで、事件現場の駐車場に置かれていた車などの製作に勤しんでいた。

嵌められたに違いない警視総監は、おっとりとした性格が仇《あだ》となり、水面下で進められていた悪巧《わるだく》みに気づくのが遅れた。

本庁の池内課長は、検屍官のお目付役であるとともに、閑職に追いやるための刺客だったのだろう。勝ち誇ったような顔で、二つの事件の指揮官は自分が担う旨、警視総監の案件が発覚した時点で宣言していた。

「ここは、わたくしと上條警視のオフィスです。絶対に退《ど》きません。退かせたければ、わたくしを殺してからにしてください！」

清香は籠城《ろうじょう》しようとしたが、あっけなく連れ出されていた。地下に追いやられた行動科学課の明日は、いったい、どうなるのか……。

「で？」

黙って話を聞いていた麗子が、たった一文字で問い返した。さすがにわかりかねたのだろう、

「え？」

清香もまた、一文字で訊き返した。

「いや、なにが不満なのかと思ってさ。あんたは検屍官を解任されたわけじゃない。

給料はもらえるし、住むところもある。服や靴、バッグ、宝石類は、薫子さんが本庁近くのマンションに移しておいてくれたんでしょう？」

「ええ。でも、覆面パトカーとして使っていたポルシェ911カレラまで、持ち去られてしまった……」

「そんなもの、どうでもいいよ」

贅沢すぎる訴えは、すぐさま却下される。

「大きく生活が変わるわけじゃないでしょう。今までどおり、警視庁所属のメディカル・イグザミナーとして、行動科学課で働けるんじゃない。厚生労働省の後ろ盾もそのままだとか。文句を言ったら罰《ばち》があたるよ」

「でも」

清香は、ぐるりと周囲を見まわしながら、テレビ電話に使用しているパソコンの画面を薄暗い部屋に向けた。

「見てくださいな。行動科学課は、警視庁の地下に追いやられてしまったんです。今までは物置だった場所ですわ。窓はなくて、埃や粗大ゴミだらけ。おまけにGやNが、我が物顔で横行しているんです」

Gはゴキブリ、Nはネズミのことである。清香は防護服姿だった。頭部を覆う部分は取っているものの、Gが机に這いあがって来る度、細川がスリッパで叩き殺している。検屍官は、悲鳴の連呼となっていた。

「ずいぶん、ごねたらしいね」

麗子は笑っていた。

「アメリカにまで話が伝わっているよ。スタイリッシュなオフィスから移るのはいやだと言って、籠城したらしいじゃない。最後は細川課長と浦島巡査長に抱えられるようにして、連れ出されたんだってね。宙に浮いた足をバタバタさせる様子が目に浮かぶよ」

我慢できないとばかりに大きな笑い声をあげている。実際、清香は足をバタバタさせていたのだが、孝太郎はとても笑えなかった。

「だれが麗子に教えたんでしょうか」

清香に視線で問われたが、孝太郎はもちろんのこと、細川も素早く頭を振る。麗子は興味深そうに、さまざまな物が雑然と積み重ねられた物置を眺めていた。

「ふーん、ちょうどいい広さだから、リフォームすれば使いやすい部屋になるかもね。あんたはタワーマンションにいたときだって、広すぎて寂しいとか言ってさ。あたしの家に泊まりに来たり、あたしが豪華マンションへ泊まりに行っていたじゃない。住むところが替わったついでに、オフィスも一新するがよし。今、ＤＩＹはトレンドなんだよ。やってみれば？」

麗子の提言に、清香はぴくりと眉を上げた。

「DIYって、なんですの？」

彼女はトレンドという言葉に弱い。麗子は、そういった性癖を知り尽くしたうえで告げたに違いなかった。

「日曜大工のことだよ。俳優やタレントがリフォームする番組が、けっこう受けているんだよね。まあ、そういう番組は見ないから知らないのかもしれないけどさ。どうせ、しばらくはたいした仕事もないんでしょ。暇潰《つぶ》しにはちょうどいいんじゃないかな」

挑発するような言葉を投げる。

「失礼な。いくら麗子でも言っていいことと悪いことがありましてよ」

清香は気分を害した様子で言い返した。パソコンを埃だらけの机に置いて、睨みつけるように見据えた。

「また、やる？」

麗子はボクシングのファイティングポーズを取って誘いかける。

「幼稚園で隣り合ったのが、初めての出会い。こいつ生意気、目つきが気にくわないとか、お互いに思ってさ。いきなり取っ組み合いの大喧嘩になった」

「憶えていますわ」

清香もまた、笑っていた。暗かった顔に陽が射したかのごとく、静かな微笑が浮かんでいる。騒ぎが起きて以来、見たことのない笑顔だった。

「で？」

再度、麗子は一文字で問いかける。

「父が自らの辞職と引き替えに、行動科学課とＭＥの資格や権限を守ってくれました。わたしは検屍官として、責務をまっとうする所存です」

私的な「わたし」になっていた。

「そうそう、頑張らないとね」

麗子は少し遠い目になる。

「ゼロからの旅立ちかあ。思い出すな。あたしは警察学校、あんたは医者の学校。二人とも入学するときに誓った理念があったよね」

「ええ」

清香は答えた。

「人間として、人間を助けたい。わたしたちは同じ気持ちでした。警察官と医者がコンビを組めば、早く事件を解決できるのではないか。もしかしたら、未然に防げるかもしれない。そのために検屍局の設立を掲げて、行動科学課を立ち上げました」

声に力が戻っている。落ち込んで話をしないばかりか、食事も摂《と》らずにいた青い顔に赤みがさしていた。

「志《こころざし》なかばで辞めるつもり？」

ふたたび麗子は、挑発的な言葉を投げた。

「まさか」

清香は立ち上がって、胸を張る。

「麗子が帰って来たとき、すぐに仕事ができるようにしておきますわ。検屍局を設立させるのは無理かもしれませんが、とにかく地下から脱出いたします」

「あたしは、そこでもいいけどね。覆面パトカー内が事務所っていうのもアリかもよ。移動交番みたいな感じでさ」

「移動交番はいやです」

「あれはいや、これもいやでは、困ります。リフォームしがいがありそう。埃だらけの机や棚は、色を塗り替えれば新品同様になるからさ。優美ちゃんに必要な買い物を頼んでおいたんだ。ホームセンターや百円ショップで……」

「おはようございまーす」

優美が大荷物を抱えて、出勤して来た。孝太郎は細川と一緒に、急いで荷物を置く場所を作る。宅配業者が、運んで来た荷物を廊下に積み上げていた。

「さあ、忙しくなるよ」

麗子は急き立《せ》てるように告げた。

「ということで、よろしく」

片手を挙げて、テレビ電話を終わらせる。かつての相棒との会話は最高のカンフル剤だったらしい。その役目をはたせなかった現相棒としては、嬉しさ半分、悔しさ半分といった感じだった。

三十分足らずの会話だったが、清香は別人のように面変《おも》わりしていた。

「おはようございます」

頬を上気させて三人を見まわした。

「本日からはここが、行動科学課のオフィスになります。まずは机とパソコンを整備しましょうか」

本日からは、という言葉に、現実をなかなか受け入れられなかった彼女の気持ちが、浮かび上がっているように思えた。孝太郎と細川はGを叩き殺しながら、四人分の机を並べる。奥には数多くの椅子や棚が積み重ねられていた。

2

「そうそう、『希望荘』の班長さん、北沢さんでしたか。先生のことを心配して、電話をくれましたよ。一柳警視総監と一柳薫子さんのニュースを見て、もしかしたら、先生のご両親じゃないかと思ったそうです。珍しい名字ですから」

優美が片付けながら言った。

「ありがたいことですね」

清香は答えた。しんみりした口調になっていた。検屍官も自分なりに机の上などを掃除している。

「アパートの話で思い出しました。B号棟に数日寝泊まりした自称・山田ですが、調査はどうなっていますか」

「泊まっていた部屋を所轄の鑑識係が調べましたが、採取できたのは現在の住人のDNA型だけです。他から採れないかやっているのですが、自称・山田という名字と、浦島巡査長の似顔絵だけでは調べようがありません」

お手上げです、というように両手を上げた。

「わかりました。自称・山田については、いったん横においておきましょう。『介護ヘルパー変死事件』の被疑者、渡部洋子ですが、以前の勤め先はどうして辞めたのですか」

二つの事件については、すでに調査結果を渡しておいたのだが、まったく目をとおしていないようだった。パラパラと頁を繰っていたように見えたが、見ていただけで頭に入ってはいなかったのだろう。

「渡部洋子は以前も千代田区の介護施設に勤めていたのですが、やはり、今回のような騒ぎが起きていたようです。嘔吐や下痢を訴える職員が、続発したらしいんですね。所轄がいちおう聞き取りは行っているので、これはまずいと思ったんじゃないでしょうか。渡部洋子は昨年末に辞職しました」

優美はいやな顔ひとつしないで告げる。どん底まで落ち込んだ清香を今も慮《おもんぱか》っているに違いない。ふたたび落ち込む懸念《けねん》がなきにしもあらず。案じるような目を向けていた。

「嘔吐や下痢の症状を訴えた三人の被害者についてはどうでしょう。渡部洋子との関係はどうだったのですか」

「被害者側は、ほぼ同じ答えでした。『理由はわからないが目の仇《かたき》にされた。なにが原因なのかは、まったく理解できない』。要は渡部洋子がきらいなタイプだったんじゃないでしょうか。三人とも介護ヘルパーとしては優秀で古株の人たちです。利用者の評判も悪くありません」

「三人の家族構成はいかがですか」

清香は、細川が調《ととの》えてくれたデスクの前に座る。孝太郎たちは自分で机と椅子を置いて、腰を落ち着けた。まだオフィスの形はできていないが、とにかく引っ越し後の初会議になっていた。

「三家族ともごく普通です。夫婦と子供がひとりか二人、一家族は夫の両親と同居していました。そういう絵に描いたような平凡な家庭を持つ人に、嫉妬心が湧いたのかもしれませんね」

分析した優美自身、地方から出て来た独身者だ。結婚の経験はなく、未婚の母にもなっていない。三十路《みそじ》を迎えて内心焦りはあるのかもしれないが、休日は趣味のテニスを楽しみ、独身生活を謳歌《おうか》しているように思えた。

「渡部洋子の供述はどうですか。あらたな話は出ましたか」

「それが」

優美は視線で答えを細川にゆだねた。一番最後に自分の机と椅子を置いた課長は、仕方ないなという顔で告げた。

「行動科学課は、捜査から外されました。二つの事件のあらたな話はえられていません。もっとも」

今度は細川が、優美に答えをゆだねた。

「行動科学課に好意的な警察官もいます。内々で捜査状況を教えてくれることになっています。今日あたり届くのではないかと」

「優美ちゃんは、けっこう人気があるから」

清香の言葉を受け、照れたような笑顔を返した。

「おだてられて、いいように使われているだけかもしれませんけどね。それに、わたしの人気というよりも、先生の最新医学の知識がほしいんだと思いますよ。そこに3D捜査と犯罪心理学の分析力が加われば鬼に金棒。捜査が行き詰まれば連絡してくると思います」

優等生的な発言は、いかにも優美らしいと言うべきか。清香は調書の頁を繰った。

「やはり、渡部洋子は病的な嫉妬心の持ち主なのかもしれませんね。『オセロ症候群』の可能性が高いように感じられます。発言の随所に徴候《ちょうこう》が浮かび上がっているような……ごく普通の家庭への憧れが長じた結果、飲み物に農薬を混ぜるという行為にいたったのではないでしょうか」

活きいきした眸《め》が、孝太郎に向けられる。

「浦島巡査長はいかがでしょう。なにか新しい発見がありましたか」

「新しい発見というほどではありませんが、過去の事件や未解決事件をコムスタットで調べてみたんです」

コムスタットとは、過去に起きた犯罪情報を分析し、次の事件発生を予測する犯罪事件管理システムのことだ。孝太郎はあらかじめプリントアウトしておいた用紙を三人に配る。

「プリントにあるように、一九八五年、清涼飲料水に青酸化合物を混入した事件が続発しました。残念ながら迷宮入りになっています。詳しい概要は省きますが、この事件の特徴は、犯人と思しき者は自動販売機の受け取り口に、毒入りの清涼飲料水を置いておいたと思われる点です」

「わたしは当時十八歳ぐらいでしたので、憶えています」

細川が受けて、続ける。

「受け口に置かれていた瓶は、前に買った人が取り忘れたんだろうと思い、被害者たちは自分が買い求めた一本を飲む前、あるいは飲んだ後に飲み、死亡しました。もしや、江崎富男さんの事件もそうかもしれないと思ったんですか」

訊き返されて頷いた。

「はい。江崎さんは健康ドリンクが大好きで、いつもスーパー銭湯へ行く前に、銭湯近くの同じ自販機で買い求めていました。犯人が過去の事件を知っていたかどうかは不明ですが、手口を真似た可能性はあるのではないかと」

「優美ちゃん。瓶や蓋を処分した清掃係の女性、後藤玉枝さんに確認してください。処分したのは一本だったか、二本だったか」

清香の指示で優美はすぐに電話をかける。が、受け付けてもらえなかったらしく、頭を振った。

「だめです。担当官に繋いでもらえません」

「わたし、後藤さんの携帯番号を知っています。夜にでもかけてみましょうか。メールでの確認もできると思います」

清香は細川に問いかけの眼差しを投げた。後藤玉枝は甥の花本達也の件で、現在も昼間は所轄で取り調べを受けている。夜ならばと思い、細川に確認したに違いなかった。

「夜、メールを送ってみましょう。極秘裡《ごくひり》に動かないと、一柳警視総監の努力が水泡《すいほう》に帰《き》すかもしれません。慎重のうえにも慎重に。これが新行動科学課のモットーです」

「いいですね、新行動科学課」

清香の表情がほころんだ。

「浦島巡査長、他にはなにかありますか」

質問を投げる。

「たいしたものではないのですが」

孝太郎は立ち上がって、大きな段ボール箱を、横に積み重ねられた棚の上から取った。中にはコツコツと作ったスーパー銭湯の駐車場のジオラマが入っている。従業員や客が停めた車や自転車のミニチュア版が、駐車場に並んでいた。むろん事件が起きた日の駐車状況であるのは言うまでもない。

カラー粘土で作ったため、自身の満足度は今ひとつだが、清香たちは小さな歓声を上げた。

「車がいっぱいですね」

代表するような検屍官の声に、苦笑いを浮かべた。

「時間があったので」

その答えを聞き、清香は小さく息を呑む。

「わたしはどれぐらい鬱《うつ》状態だったのですか」

驚きに目をみひらいていた。ここで初めて時間の感覚を取り戻したのかもしれない。おそらく今までは両親の事件のショックが大きすぎて、通常の状態ではなかったのだろう。

「丸三日です、ドクター」

細川が言った。

「そろそろ空腹感や不快感を覚えているのではありませんか」

親しい間柄ならではの問いが出る。空腹感は孝太郎でもわかるが、不快感までは思い至らない。細川が言った後で、そういえば清香は風呂に入らず、着替えもしていないことに気づいた。

「まあ、いやだ。恥ずかしいわ」

清香は頬を染め、両手でその頬を押さえた。

「おそらく検屍官は、軽い『情動麻痺《まひ》』の状態だったのだと思います。魂を失った操り人形のような感じでした。残忍な手段による暴力や、人の死を目撃した際などに陥る状況ですが、検屍官は八月におばあさんを亡くしたばかりだったのに、精神的にも物理的にも大きなショックを受けましたから」

孝太郎の説明に小さく頷き返した。

「お風呂に入って、着替えて来ます。どんなときも女性の嗜《たしな》みを忘れてはいけないというのが、亡き祖母の教えのひとつでした。巡査長の説明が終わったら、三日間の垢《あか》を落としてきますわ」

すぐに帰ると言わなかったのは、小さな変化なのかもしれない。細川の表情に驚きのようなものが浮かんだのを、孝太郎は見のがさなかった。

「説明というほどの内容ではないかもしれませんが」

前置きして、話を始める。

「事件が起きた朝、スーパー銭湯の受付は帰る客でごった返していました。あそこの支配人は杜撰《ずさん》な性格のようですが、駐車場の警備員は几帳面な人なんですよ。補足しておきますと、管理会社が警備と駐車場の管理も請け負っているようです」

調書を見ながら続けた。

「警備員が駐車記録を取っていたため、車種やナンバー、自転車の数といったものは割と正確だと思います。自転車は盗まれることが多発したらしくて、以来、ちゃんと記録しておくようにしたそうです」

「細かいところまで作り込んでいますねえ」

優美は腰を屈めて覗き込んでいた。清香も自転車や車に顔を近づけている。駐車場の出入り口には、警備員用の小さな待機所も設置されていた。コーヒー好きな警備員が、テイクアウトしてきたコーヒーが待機所内に置かれている。

日常の風景をうまく切り取っていた。

「見てください。この白い車のドア部分には、小さな凹みまで入っていますよ。たぶん、ぶつけたんでしょうね」

優美の感想を聞きながら、清香は自転車置き場の一台を指さした。

「赤い自転車があるわ。前カゴや後ろの荷台の作りを見る限り、ママチャリなのに赤という色はちょっと珍しいかもしれませんね」

「このライトバンは？」

細川が手帳を出して、訊いた。隅の方に一台だけ大型の黒いライトバンが停められていた。

「施設のライトバンらしいです。個人でツアーを組んだ観光客が、最近は増えていると聞きました。ツアーというと大袈裟ですが、地方の住人が積立金をして東京見物に来ました、みたいな感じの客だと思います。外国からの観光客も利用するらしいですね」

「送迎するんですか」

細川は意外そうな顔をしていた。たかがスーパー銭湯と侮るなかれ、というやつかもしれない。いまや外国の利用客にも知れ渡っていた。

「はい。日本流の『おもてなし』じゃないんでしょうか。事件当日、このライトバンは利用していないとのことです。勤務時間が不規則なせいか、従業員はほとんどが車で通っているようでした」

これは従業員の車、優美が指摘した事故の痕跡を残した小型車は支配人の車、と指さしていく。花本達也の車は警察が押収して鑑識係が調べていた。花本の伯母の後藤玉枝は、自転車で通っていたようだ。

「事件当日、駐車場や車に不審な点はなかった」

細川は自分の手帳を確かめていた。孝太郎が駐車場のジオラマを仕上げた理由が、わからなかったのかもしれない。

「君は、犯人が車を停めていたかもしれないと考えているようだが、千代田区の介護施設は利用客への送迎サービスを実地している施設で、入居している利用客はいない。

駐車場も狭く、送迎用の車を停めるのがやっとという感じだったが」

「二つの事件を同一犯と仮定した場合、どちらの施設にも出入りしていた可能性が高くなります。従業員は介護施設の近くに駐車場を借りて、車で通勤しているかもしれません。二つの施設に同じ車があれば、犯人を絞り込めるのではないかと思いまして」

「千代田区は駐車料金が高いです。従業員は電車通勤が普通じゃないでしょうか」

優美の反論に、孝太郎は一瞬、言葉を失った。

「…………」

自分の迂闊《うかつ》さを呪いつつ、謝罪する。

「そうか、そうですよね。すみません。本間さんに言われて、駐車料金の高さに気づきました」

駐車場のジオラマが、急に輝きをなくしたように思えた。暇つぶしの部分もあったのは事実だが、犯人に繋がる細い糸の一本になるかもしれないという考えはくずれてしまった。

「これだから与太郎だって、妹に言われちゃうんだな。どこか抜けているんですよ。自分でもいやになります」

ハハハと笑う声が虚《むな》しくひびいた。

「片付けます」

箱ごと持ち上げようとしたが、「いいえ」と清香は制した。

「俯瞰《ふかん》で車を見られるのは、すごく貴重な〝絵〟だと思います。断定はできませんが、犯人は東華大学病院にも行っていたと思います。医者だったのか、現在も医者なのか。わたしは人間の顔同様、車種を憶えるのも苦手なんですよ。このジオラマがあれば似た車を見たとき、『これだわ』と言えますからね。このまま飾っておきましょう」

「反対はしませんが、ＤＩＹが終わった後の方がいいんじゃありませんか」

細川が提案する。

「確かに」

孝太郎が同意したとき、清香が携帯電話を受けた。短い会話で終わらせる。

「『介護ヘルパー変死事件』の実行犯、渡部洋子がわたしに会いたいと言っているそうです。犯人のことを、なにか思い出したのかもしれません」

思い出してくれたのを祈るしかない。

清香が着替えた後、孝太郎は検屍官と、地下の古くて新しいオフィスを出た。

3

所轄では、本庁の池内範夫課長が待ちかまえていた。

「どうやって、手なずけたのか。どうしても、検屍官を呼んでほしいと言うんですよ。我々が相手では話をしないとまで言われましてね。仕方なく連絡した次第です」

なかなか取調室へ案内しようとしない。

「『スーパー銭湯変死事件』の花本達也ですが、彼に関してはいかがですか。架空の『だれか』を仕立て上げて、罪をのがれようとしている可能性はありませんかね。どうも供述が曖昧で、追及すると黙り込んでしまうんです。なんとなく、すっきりしないんですよ」

探るような目を向けていた。取り調べの状況は、行動科学課には伝えられていないのだが、それを知るがゆえのいやがらせだろうか。

（晒《さら》し者か）

孝太郎は周囲の視線に気づいた。公私ともに頂上から奈落へと転落した検屍官への好奇心や同情心が、警察官たちの態度に表れているように思えた。冷笑を向ける者、逆にいっさい目を向けない者など、大きく分けると二種類に見えた。

目を合わせようとしない清香に焦《じ》れたのか、

「いかがです？」

池内は、孝太郎に意見を求めた。

「花本達也は窃盗の罪を認めました。江崎さんに関しては、殺していないから曖昧にしか答えられないのではないでしょうか。青酸化合物の入手方法などを調べて、真犯人に近づいていくしかないと思います」

あたりさわりのない答えを返した。花本達也犯人説ありきで調べているとしたら、『介護ヘルパー変死事件』はどう考えているのか。同一犯による連続殺人事件とは思っていないのだろうか。

（花本に執着する理由がわからないな）

なにか隠しているのではないだろうか。

「池内課長は、二つの事件に繋がりはないと考えておられるのですか」

孝太郎は疑問を質問に変えた。

「正直なところ、可能性は低いと考えています」

池内は即答する。

「渡部洋子もまた、嫉妬心を抑えきれずに竹田由紀子さんを殺したのかもしれない。ご存じでしょうが、被害者は渡部よりも若くて美人でした。『だれか』の存在を匂わせて、罪をのがれようとしている可能性もあります」

「池内課長。それは……」

孝太郎の反論を片手で制した。

「渡部が言うところの犯人からのメールを調べましたが、世界中のサーバを経由していて、送信先は特定できていません。そういったことからも、渡部洋子犯人説が浮かぶわけですよ。さらに」

と続ける。

「検屍官のお説ですが、要は行動科学課を目立たせたいだけでしょう。過去の事件というほど昔ではありませんが、とにかく似たような事件が起きた。なかば強引に結びつけて、『行動科学課ここにあり』と知らしめたいんじゃないかと思いましてね。もう一度、白紙にして考えた方がいいのではないかと思ったわけですよ」

「ですが、類似性が多いのは事実です。連続殺人事件の疑いは……」

「まいりましょうか、浦島巡査長」

清香は言い、取調室に向かった。孝太郎は隣に並んだが、少し遅れて池内もついて来る。

どん底の検屍官を見るのが楽しいのか、唇をゆがめるような笑顔を浮かべていたが、孝太郎には卑屈な笑いにしか見えなかった。

（ショックだろうな）

と思い、清香を見たが……彼女は微笑《わら》っていた。

「相手にしてはいけません」

小声で呟いた。自分に言い聞かせるような含みが感じられた。

「真実はひとつだけ。犯罪現場は謎が解かれるのを待っています。亡くなられた方の無念を晴らすのが、わたくしたちの務めです。それに」

囁くように告げた。

「わたくし、どんな形であろうとも注目されるのが好きなんです。冷ややかな目も大歓迎ですわ。笑いかけると、みんな慌てて目を逸らすのが面白くて」

含み笑いをしている。そのタフな神経は、幼少期からの経験によって培《つちか》われたものではないだろうか。生まれながらの美貌と母親の財力、さらに父親の権力が加われば、嫉妬や怨みを買ったのは間違いないだろう。

「自分は針の筵《むしろ》にいる感じですが」

「その痛みを楽しみに変えればいいんですわ」

「いや、なかなかそこまでの境地には」

などと話しているうちに二人は取調室に着いた。しかし、廊下にいた制服警官は中に入れるのを拒んだ。

「関係者以外は立ち入り禁止です」

「ああ、いいんだ。入れてやってくれ」

鷹揚《おうよう》に池内が言った。

「ご指名なんだよ、美人検屍官は売れっ子でね。仕方がないのさ」

貶《おとし》めるような発言をして、肩をすくめる。自分では恰好いいと思っているのかもしれないが、得意げな蟷螂は道化にしか見えなかった。この機に乗じて、行動科学課を潰すつもりなのだろうか。少し離れた場所で木下課長が、痛ましそうな目を向けていた。

清香は一度目を閉じた後、

「失礼します」

取調室の扉を開け中に入る。孝太郎も後に続いた。

「あ」

渡部洋子が立ち上がって、深々と一礼した。清香も会釈しながら座るように仕草で示した。池内が入って来るのではないかと思ったが、部署で静観することにしたらしい。入って来なかったので、孝太郎は安堵した。

「化粧品や細々《こまごま》とした雑貨品の差し入れを、ありがとうございました」

洋子の言葉を聞き、驚きを禁じえなかった。一連の騒ぎが起きた中、清香は差し入れをしていたのだろうか。

（確かに約束はしたが）

手帳を確認して思い出した。本当に実行していたとは……女性ならではの気遣いに、ただただ驚くばかりだった。

「とんでもない、わたくしから申し出たことですから。使ってみて大丈夫でしたか。お肌に合わないということはありませんか」

清香が訊いた。その問いかけも男では気づかない類《たぐい》のものだった。留置場にいる今の状況下では、肌に合う、合わないなど二の次だと思うが、地震のときの被害者がメイク用品を欲していたのを思い出していた。

こういうときでも美しく粧《よそお》いたい。そう思うのはいけないことでしょうか？

心に残った問いが、繰り返しひびいていた。

「なんの問題もありません。そんなにデリケートな肌じゃないんです。今までアレルギーが出たようなことはないので」

洋子は笑おうとしたようだが、途中で頬が強張ったように見えた。現状では断定できないが、仮に嘱託殺人だったとしても、ひとりの人間が亡くなっている。笑うのは不謹慎ととっさに思ったのかもしれなかった。

「辛い事件です」

清香は、心を読んだように呟いた。

「若いひとりの女性の未来が断たれました。なんとしても犯人を捕まえたいのです。力を貸していただけますね？」

犯人扱いしないで、洋子に協力を求めた。池内であれば花本達也の件同様、指示した『だれか』の存在を否定したかもしれない。やったのは洋子に違いないと決めつけたのではないだろうか。

「はい」

洋子は真剣な目を向けた。

「東華大学病院ですが、渡部さんは何人か知り合いがいると仰っていました。名前まではなかなか思い出せないかもしれませんが、わかる限りでかまいません。書き出してくれますか」

「わかりました。後でやってみます。わたし、検屍官に言われて、ずっと考えていたんです。一度だけですが、犯人らしき男から電話があったのを思い出しまして」

「録音しましたか」

清香の問いには頭を振る。

「いいえ。東華大学病院の婦人科医だと言ったんです。担当医が代わったお知らせと、いつもはマンモグラフィー検査をするんですが、違う検査をしたいのだがいいかという内容でした。電話を切った後で、なんだかおかしいと思ったんです。それですぐ病院に確かめてみました」

「ニセ医者だった？」

「はい。担当医が出て、連絡はしていないと明言したんです。携帯にかかって来たんですが、非通知だったので確かめようがありませんでした。気持ちが悪いと思い、削除してしまいましたが」

「なにか特徴はありませんでしたか。声がすごくよかったとか、語尾に訛《なま》りみたいなものが感じられたとか」

清香の例がよかったのかもしれない、

「あっ」

洋子は小さな声をあげた。

「言われて思い出しました。東北地方の訛りが、少しあったような感じがします。調査済みかもしれませんが、わたしは宮城県の出身なんですよ。それで微妙なイントネーションというか。ひどい訛りではありませんが、よくよく考えてみると訛りかな、みたいな感じがありましたね」

「犯人の目的はなんだったのか」

清香の言葉には、自問のようなひびきがあった。孝太郎も同じ疑問をいだいている。あるいは、渡部洋子の携帯番号だと確かめるためだったのか。

「その電話は、いつ頃、ありましたか。怪しい人物からのメールが来るようになった前ですか、後ですか」

孝太郎は試しに訊いてみた。前と後では大きな違いが出る。

「前です。そうでした。これも言われて気づきましたが、その後、メールが来るようになったんです」

「そうなると、渡部さんの携帯なのかどうか、確認するためのニセ電話だったのかもしれませんね。それで検診を受けている病院の新しい担当医のふりをした」

手帳に丸印をつける。東北訛りは大きな収穫かもしれない。犯人候補が挙がったとき、確認作業のひとつになるのは間違いなかった。

（花本に東北訛りはなかった）

池内が犯人扱いしている花本達也は東京生まれの東京育ちだ。少なくとも洋子に電話をかけた人物ではない可能性が高かった。

「ありがとうございました。なにかまた、思い出したときには連絡してください」

清香は終わらせようとしたが、洋子は縋《すが》るような目で見上げた。

「わたしの取り調べは検屍官にやっていただきたいんです。池内課長は恐くて……おまえが殺《や》ったんだろうと怒鳴りつけられるんですよ。本庁の課長さんらしいですが、これは連続殺人事件じゃない。墨田区の事件には犯人がいるし、今回の事件はおまえが犯人だと言われました」

「ごめんなさい。わたしは捜査を外されたんです」

清香は洋子の手に自分の手を重ねた。わたしという私的な表現になっていた。

「もちろん今回のように呼んでいただければ、すぐにまいります。ですが、基本的に通常の事情聴取は本庁や所轄の警察官が担当しますので」

「そうですか」

答える声が暗く沈んだ。

「所轄の課長にお願いしておきます。なるべく女性警察官に、聴取していただけるように頼んでみますから」

重ねていた手を軽く叩いて、清香は立ち上がる。孝太郎が開けた扉を出たとき、目の前を池内と相棒が走って行った。廊下には緊迫したような空気が漂っているように感じられた。

「なにかあったんでしょうか」

清香の言葉を受けたように、彼女の携帯がヴァイブレーションする。流れて来たメールを孝太郎に見せた。

〝花本達也が供述を変えた模様〟

別の取調室から出て来た木下が、片手を挙げて挨拶した。メールは彼からのものだった。

「まいりましょうか」

清香のひと言で、次の行き先が決まる。孝太郎は駐車場に走った。

4

思いのほか時間を取ってしまい、千代田区の所轄を出たときには、午後三時を過ぎていた。

「聴取の内容でちょっと驚いたことがあったんですが、あれだけの騒ぎの中、よく渡部洋子に差し入れできましたね」

面パトを運転しながら訊いた。比較的スムーズに車は流れている。あと十分ほどで墨田区の所轄に着くだろう。

「あれは騒ぎになる前、携帯で優美ちゃんにお願いしたんです。優秀ですからね。まかせれば、あとはもう安心していられるんですよ。浦島巡査長もうまく活用して、仕事をやりやすくしてください」

話しながら清香は、携帯を操作している。噂の優秀な調査係とやりとりしているのかもしれない。

「わかりました」

「ひとつ確認しておきたいのですが……浦島巡査長は、いいのですか」

清香のあらたまった質問は、さすがに意味を理解しかねた。

「なんのことですか」

「このまま新行動科学課にいる気持ちなのかと確認しました。もし、巡査長が望むのであれば、本庁の他の部署や所轄に……」

「自分は、このまま新行動科学課にいたいです」

強い口調で遮った。

「モデルルームのようなオフィスよりも、地下の方が落ち着きますしね。検屍官のそばにいると色々勉強できます。このまま勤めさせてください」

「変わり者ばかりが、集まったようですね」

苦笑いには、質問を返した。

「捜査の話に戻します。花本ですが、なぜ、急に供述を変えたんですかね」

「その前に、今朝、浦島巡査長が提示した疑問点を解決しましょう。優美ちゃんがスーパー銭湯の清掃係の女性、後藤玉枝さんに確認したところ、処分した健康ドリンクの瓶は一本だけだったようです。『だれか』が自動販売機の受け口に、毒入り健康ドリンクを置いていたという説は消えますね」

「そうなると、被害者の江崎さんは、自販機で買い求めた健康ドリンクで、毒入りカプセルを飲んだ可能性が高くなるかもしれませんね。娘さんは知らなかったようですが、年齢的にも江崎さんはサプリメントを常用していたんじゃないでしょうか。そういった品物は、花本が携帯などと一緒に廃棄した」

問いかけに、清香は少し待ってほしいと仕草で示した。メールではもどかしく感じたのか、話し始める。花本達也の件を、検屍官は面パトに乗った瞬間、優美に知らせていた。なぜ、急に供述を変えたのかという孝太郎の問いへの答えなのかもしれない。

「昨日、花本達也の母親が所轄に差し入れに来たそうです。なにを話したのか内容までは調べられなかったようですが、花本が供述を変えた原因は、母親にあるのかもしれませんね。正直に言えと諭《さと》したのか」

語尾が曖昧に消える。集中しているのだろう、遠くを見るような目をしていた。所轄に行っても、池内が邪魔をするのはわかっている。

「所轄は後まわしにして、まずは花本の家に行ってみますか」

孝太郎は、別の角度から聞き込みをしてはどうかと提案した。

「新行動科学課は、花本の母親とはまだ話をしていません。伯母の後藤玉枝とは話しましたけどね。突然、話を変えた流れが、どうも不自然に思えるんです。もしかすると、池内課長はなにか隠しているんじゃないでしょうか。犯人だと決めつける裏には、我々に伝えていない事実があるのかもしれません」

「優美ちゃんに花本の再調査を頼みました。巡査長が言うとおり、彼の家に行ってみましょうか」

清香は快く受けて、面パトのナビシステムを操作する。花本の実家はスーパー銭湯から徒歩で十五分程度の場所にあった。

「このあたりは上條警視とよく来ていたんですが、以前は銭湯だったんです。墨田区は銭湯が多いらしくて、商売が成り立たなくなったのかもしれません。今はマンションを建て、家賃収入で悠々自適なんでしょう」

元富裕層だった検屍官の言葉を継いだ。

「けっこう裕福な家なんですね」

「そうかもしれません」

「にもかかわらず、盗み癖があるのはどうしてなのか。父親か母親、もしくは両親ともに厳しくて、小遣いが少ないという不満があったのか」

自分なりの分析結果を口にする。ナビシステムを見ながら、花本の実家に面パトを走らせていた。

「巡査長もご存じでしょうが、盗みは、窃盗癖《クレプトマニア》という病気とされています。パチンコなどの依存症と同じでしょうね。盗むつもりはないのに気がつくと勝手に手が、という感じではないでしょうか。花本は風俗を中心とした遊興費に使っていたらしいですが」

大通りから路地に入る。角に建つかなり広いマンションが、花本家所有のものだった。リフォームしたばかりなのだろう。煉瓦造りの外壁は、陽射しを受け、輝いていた。一階には店舗が設けられているのだが、すべてシャッターが降りている。理容店や花屋、喫茶店、パン屋、薬屋といった看板だけが残っていた。

　地下駐車場への入り口には、管理人と思しき初老の男が立っていた。

「すみません。警視庁行動科学課です」

　清香が来意を告げると、初老の男は空《あ》いていた駐車場の一角へ誘導した。面パトから降りる前に、花本の母親らしき六十前後の女性がエレベーターホールから姿を見せた。白い割烹着《かっぽうぎ》姿が、懐かしい昭和時代を髣髴《ほうふつ》とさせる。服装は下町のおばちゃんといった感じだが、目つきや雰囲気は遣《や》り手婆《てばばあ》のそれだった。したたかさが滲み出ているように思えた。

　花本邦子《くにこ》、六十歳。子供は末っ子の達也を含めて三人いる。達也の二人の姉たちは、それぞれ嫁いでいるため、このマンションに住んでいるのは、花本夫婦と達也だけではないだろうか。

「驚きの新情報ですわ」

　清香が携帯を見せた。

「なるほど。池内課長が花本に執着していた理由はこれかもしれませんね。さらにこの情報は我々には隠していたように思います。本間さんに再調査してもらったのは正解だったんじゃないですか」

孝太郎が答えたとき、

「警察の方ですか」

と、邦子が面パトの助手席を覗き込んだ。

「はい」

清香は降りて、簡単に自己紹介する。警察バッジを出した孝太郎のことも紹介したが、まだ認められないのか、相棒とは言わなかった。

「話はここでいいですか。出かける用事があるんですよ」

邦子は駐車場での話を望んだ。落ち着きなく、両目が孝太郎と清香を行き来している。もてなす気持ちがないのは長話をしたときに、ぽろりと真実がこぼれ落ちるのを懸念《けねん》しているからではないのか。

「かまいません」

清香は答えて、切り出した。

「昨日、息子さんに差し入れなさったと聞きました。そのとき、どんな話をしましたか」

「やったことは全部お話ししなさいと言いました。はした金ほしさに、従っただけなんですよ。達ちゃんは人殺しなんかできない子です。認めたと担当刑事さんから連絡がありましたが考えられません。きっと自白を強要されたんですよ」

初めて聞く話が出た。

「息子さんは『だれか』から金を貰っていたんですか」

孝太郎は手帳を開いて訊いた。健康ドリンクの瓶や蓋を始末するときに、携帯や免許証の処分は指示されていたようだが、『だれか』から報酬を得ていた情報は伝わっていない。江崎富男の財布から盗んだ件は聞いていたが、報酬については意図的に伝えられなかった可能性が高かった。

「あら、いやだ。聞いていないんですか」

邦子の目に、不審な様子が浮かび上がる。

「本当に警察の人なんですよね。騙《かた》っているわけじゃないですよね」

「警察バッジをもう一度、見せますか」

孝太郎の言葉には頭を振った。

「いいです。とにかく、達ちゃんは金目当てで犯人の言うことを聞いたんです。被害者の年配男性は、自殺だったんじゃないんですか。新聞やテレビでは青酸中毒死とか騒いでいますけど、自殺かもしれないんでしょ？」

首が鶏《にわとり》のように忙《せわ》しなく動いている。とにかく落ち着きのない女性だった。知られるとまずいことでもあるのだろうか。

「捜査中ですので、お話しできません。息子さんですが、勤め先のお金に手をつけて示談にしたことが二度もあるそうですね」

清香の問いに、邦子は警戒するような目を向けた。

「ええ。示談にしましたよ。向こうがいいと言ったんだから、いいじゃないですか。なにか問題があるんですか」

完全に開き直っていた。

「女性を乱暴した件についてはいかがですか。強姦殺人事件で少年院に送致されたのは、十八歳のときですよね」

清香は隠し球《だま》をぶつける。優美が再調査した結果、花本の知られざる過去があきらかになっていた。

「えっ」

母親は、ショックを受けたように目をみひらいた。しばらく無言で検屍官を見つめている。どこまで知っているのか、探っているように思えたが……。

「強姦事件は一度だけです」

溜息まじりに認めた。

「未成年のときですよ。二度、馬鹿な騒ぎをやらかしたんですが、一度は未遂です。捕まった事件は、幸いにも新宿区で起こした事件なので、ご近所には知られずに済みました。いい弁護士さんを頼んで、相手にも慰謝料を払ったんですが、まあ、ずいぶんお金を使いましたよ」

引き攣《つ》るような笑いを浮かべる。こうやって、なんでも金で解決してきたのだろう。甘い親のもとでは、甘い子供しか育たない。

「ほら、若かったから性欲がね、止められなかったんですよ。あなただってあったでしょう、若いとき」

向けられた質問に、孝太郎はきっぱり答えた。

「ありません」

「あら、そう」

白けた顔でそっぽを向く。上が娘二人のせいか、一人息子を溺愛《できあい》しているのだろう。事件を起こしては母親が後始末を務め、花本達也は『甘えん坊将軍』となっていった。

「性欲を止められなかったがゆえに、息子さんは相手の女性を殺《あや》めてしまったんでしょうか。会社帰りの女性を無理やり公園に連れて行き、襲いかかったんですよね」

清香の問いに、邦子は沈黙を返した。

「………」

「強姦の最中、つい首を絞めてしまった。気がついたら死んでいた。これが当時の息子さんの供述です。射精する間際、相手の首を絞めると女性の性器も締まって快感が高まると信じていたようですが」

今度は清香が深い溜息をついた。

「なんという愚かな考えなのでしょう。禁錮七年の実刑判決を受けたようですが、学ぶには短すぎたかもしれませんね。少年院から刑務所に移送された後、刑期を終えて出所。ところが今度は勤め先で盗難事件を起こした。風俗に行くためのお金欲しさだったようですが、息子さんにはセックス依存症の傾向があるかもしれません。一度、受診することをお勧めします」

「失礼なことを言わないでください。達ちゃんは優しくて、いい子なんです。強姦事件だって、女の方が誘いかけた……」

「お黙り！」

清香はぴしゃりと言った。

5

「死者を貶《おとし》めることは許しません。二度目の殺人事件となれば、刑期も長くなります。しかも被害者の金品を奪うのが目的だったようですからね。強盗殺人事件です。裁判官の心証は、悪くなるでしょう」

検屍官の言葉を聞き、邦子の顔が強張る。

「で、でも、あの年寄りは殺していないって……本当ですよ。達ちゃんはわたしの目を見て、言い切ったんです。十八歳のときのあれは、誤って殺したとすぐに認めました。あの子、わたしには嘘をつきません、嘘じゃないんです」

「息子さんは、白い小型車に乗っていますよね」

孝太郎は露骨に話を変えた。母親の繰り言を聞かされるのはたまらない。あらたな話をえたかった。

「あ、ええ、はい」

「仕事に行くときは、いつも車なんですか」

質問に怪訝な表情を返した。

「はい」

勤め先のスーパー銭湯までは、徒歩十五分程度の距離だが、それでも歩かずに車を使っていたわけだ。花本は健康的とは言いがたい生活をしていたようである。

「車はいつ返してもらえるんですか」

今度は邦子が訊いた。

「現在、鑑識係が調査中ですので、いつお返しできるのか、ここでは明言できません。調査が終わり次第、連絡が来ると思います」

「まあ、銭湯の駐車場に停めておくよりも、警察の方がましかもしれないわね。前の車のときはよくぶつけられましたよ。達ちゃんは車に少しでも傷があるのはいやだって言うんです。運転が下手だと周囲に思われるとか言ってね。見栄っ張りだから……その点、うちは夫がいつも見廻《みまわ》っていますから安心ですよ」

夫の部分で離れた場所に立つ作業服姿の男を顎で指した。管理人だとばかり思っていたが、夫だったようである。未成年時の殺人事件があきらかになったせいだろうか。邦子には少し協力的な姿勢が出てきた。言葉遣いも多少、丁寧になっているように思えた。

(しかし、二十九歳の息子を人前で『達ちゃん』と呼ぶのは)

呆れながら話を続けた。

「失礼ですが、ご主人や奥さん、もしくはどちらかが東北のご出身ですか」

孝太郎は、『介護ヘルパー変死事件』の被疑者——渡部洋子から得た話を質問する。清香は花本の父親の方へ行き、話を聞いていた。邦子の夫と知って聞き込みの必要ありと思ったに違いない。

「いいえ、違いますよ。うちの人もわたしも東京出身です」

邦子はちらちらと清香たちに目を向けている。なにを話しているのか、気になるのかもしれない。聞き込みをされると困ることでもあるのだろうか。

「達ちゃんは、いつ釈放されますか」

清香たちを見ながら訊いた。

「わかりません。供述を変えたとは聞きましたが、詳しい話はわからないんです。姉の後藤玉枝さんですが、あなたに義理を感じていたため、息子さんを手伝いました。なにか相談を受けたりは……」

「姉ですか、昔の事件のことを教えたのは」

急に顔つきを変えた。問い詰めるような口調になっていた。

「いえ、違います。お姉さんは言っていません。調べれば、わかるんですよ」

あたりまえのことが、理解できていないようだった。警察は無能だと思っているのか、勝手にそう考えているのか。後者のように思えた。

「お父さん、上に行きますよ」

邦子は夫に呼びかけ、さっさとエレベーターホールに足を向けた。ろくに挨拶もしない態度を見ると、やはり、なにか隠しているのではないかと勘繰《かんぐ》りたくなる。清香が戻って来た。

「息子の強姦事件について訊いたのですが、父親は目が泳いでいました。どうもしっくりきません。知られてはまずい事実を隠すため、息子に自白しろと助言したのではないでしょうか」

清香の推測に、孝太郎は異論を唱える。

「ですが、検屍官。殺人事件ですよ」

それよりも重い事件とはなんなのか。考えるだけで気が滅入《めい》りそうだった。

「巡査長も気づいたかもしれませんが、花本邦子には非常識な部分があります。自分本位の偏《かたよ》った考え方しかできないのかもしれません。達也がよけいなことを喋《しゃべ》らないうちに、自白させてしまおうと考えたか」

自問するように言いながら、清香はマンションの玄関ホールの方へ歩いて行く。普通はエントランスホールと表現するが、このマンションの場合は昔ながらの玄関ホールの方が似合っていた。半地下の駐車場から玄関ホールへ通じていた。

「面パトはどうするんですか」

孝太郎の質問に、一瞬、足を止めて振り返る。

「少しの間、停めさせてもらいましょう」

仰せに従い、急いで玄関ホールに行った。清香は壁に設けられた郵便受けを確認している。十一階建てのマンションは、総戸数が四十一戸。最上階の半分ほどに花本家が住んでいるのだろう。

「空きが多いですね」

孝太郎は見たままの感想を告げた。郵便受けの名札は、半分以上、入っていない。以下町、それもスカイツリーがある墨田区は、地価が上がったことで知られている。以前はＪＲだけだったが、半蔵門線の開通により、賃貸物件の人気も高まっていた。中古物件とはいえ、リフォームもまめにやっていそうな花本ビルが、なぜ、空き部屋ばかりなのか。

「一度、所轄に行きましょうか」

清香の申し出を受けた。

「玄関先に車をまわします」

孝太郎は駐車場に戻って、面パトの運転席に乗り込む。いつの間にか花本の父親が、入り口付近に立っていた。上に行ったとばかり思っていたのだが、さりげなく二人を見張るように言われたのかもしれない。

（主導権を握っているのは、花本邦子か）

孝太郎は会釈して、車を玄関先につける。清香が助手席に乗り込むや、スタートさせた。ルームミラーに映る花本の父親は、一礼するでもなく、ただ漫然と車を見送っていた。

携帯に連絡が来たのだろう、

「はい、一柳です」

受けた清香は、すぐスピーカーホンに切り替えた。かけて来たのは細川課長だった。

「東華大学病院ですが、昨日、潜入看護士が入り込みました」

「え」

孝太郎は運転しながら、つい清香を見やっている。潜入看護士とはなんのことなのか。初めて耳にする話だった。

「後で説明します」

清香は言い、話を続ける。

「内偵はこれからですね」

「はい。まずは渡部洋子の知り合いという臨床心理士や内科医、外科医を調査する流れになっています。早く必要な話が得られればいいんですが」

「こちらは、墨田区の花本ビルを出たところです。これから所轄に行き、供述を変えたという花本達也の様子を見たいと思います。池内課長が指揮しているため、相手にされないかもしれませんが」

「わかりました。あらたな情報が入り次第、連絡します」

話を終わらせて、清香は孝太郎を見た。

「メディカル・イグザミナー——医療捜査官は、新行動科学課に所属していますが、厚生労働省が後ろに控えています。わたくしはかねてより、医師や看護師を潜入捜査官として、病院や介護施設などに送り込むよう提案してきました。今回の騒動で反故《ほご》になるかもしれないと覚悟していたのですが、幸いにも受け入れられた次第です」

「そういえば」

と、孝太郎は思い出している。警視総監失脚と一柳薫子の倒産騒ぎの折、細川課長は警視総監の考えで今回の結果に至ったと告げた。そのとき、細川は「かねてよりドクターがお願いしていた件も了承してほしい云々《うんぬん》」と言っていたが、それが認められたのだろう。

(あれは、このことだったのか)

それにしても、と思っていた。

「よく厚生労働省が許しましたね。医療捜査官はともかくも、潜入捜査まで許可するとは思いませんでした」

孝太郎の感想に、清香はかすかに唇の端を上げた。

「病院や介護施設で数多くの問題が出来《しゅったい》しているのは、だれの目にもあきらかです。厚生労働省が調査に着手したときは、事件が起きた後になってしまい、非難の的になる。今まではそうでしたが、まずい事態になったときは、行動科学課に責任をなすりつければいいと考えているのでしょう。役人の考えそうなことです」

「それでも、やるわけですね」

「はい」

清香は、力強く答えた。

「人間として、人間を助けたいのです。被害者になるのは、子供や女性、お年寄りといった弱い存在ばかり。新行動科学課が動くことによって、抑止になればとも思います」

話しているうちに、面パトは所轄の駐車場に着いていた。清香は大きなバッグを持って先に降りる。

高邁《こうまい》な精神を胸に秘め、『スーパー銭湯変死事件』の真相に迫るべく、墨田区の所轄に入って行った。

6

「おまえは、江崎富男さんに青酸化合物を入れた健康ドリンクを飲ませて、殺した。間違いないな」

池内課長が訊いた。孝太郎と清香は、部署のパソコンで取調室の様子を見ている。警察官たちは裏付け捜査や聞き込みに出ているのだろう。部署内には数名の警察官しかいなかった。

「やりました」

花本達也《や》はそれしか答えない。

「だから、だれを殺ったんだ。江崎富男さんだろう。ちゃんと殺した人物の名前を言えと、さっきから何度も繰り返しているだろうが」

　短気な池内は焦れたように机の端を指で叩いている。机の下の両足は、貧乏揺すりをしているかもしれない。対する達也は池内と目を合わせないようにしていた。

「はい。やりました。メールを寄越した『だれか』の指示どおり、江崎さんの携帯や免許証を処分しました。そのとき、金を盗みました。それを自分はやりました」

　またしても同じ答えになっていた。

　ふう、と、パソコンの画面を見ていた数人が重い溜息をついた。二人が来たときには姿が見えなかった福井課長も、溜息団に加わっていた。

「ずっとあの調子なんですよ。花本達也の方が上手《うわて》かもしれませんね。池内課長は意気込んでいましたが、だれを殺ったのかは絶対に言いません。自白の前日に、やつの母親が来たんですよ」

「花本邦子ですね。それを伺いましたので、母親に会って来ました」

　清香の答えを聞き、福井は片隅の古びたソファを指し示した。冷たい態度を取られるかもしれないと覚悟して来たのだが、福井を含む警察官の対応に変化はなかった。

　課長は自ら淹《い》れた茶をお盆に載せて、持って来る。

「安物の粉茶ですが」

　自分の分も置いて腰をおろした。

「いただきます」

飲んだ検屍官に倣い、孝太郎も頂戴する。風味は少ないものの、ちゃんとお茶の味がした。ペットボトルのお茶よりはましかもしれない。

「じつは、花本家はひと月ほど前から、うちの組織犯罪対策課が内偵しているんですよ」

福井は小声で言った。

「なにを調べているんですか」

質問役は上司にまかせて、孝太郎は手帳にメモしている。

「人身売買です」

「え？」

検屍官は驚きのあまり、一瞬、声を失ったようだった。聞き間違いだと思ったのか、思わず孝太郎と顔を見合わせていた。

「すぐには信じられないのも当然だと思います。表向きは賃貸マンションのオーナー夫妻ですからね。ところが、あの母親、花本邦子は、一筋縄ではいかない女なんですよ」

福井はかいつまんで説明する。錦糸町駅から徒歩圏内の立地のためか、花本ビルの店子《たなこ》はほとんどが東南アジア系の女性たちだ。下町を中心にしたキャバレーや風俗店に勤めるためなのだが、家賃の支払いが滞《とどこお》るやいなや、邦子は容赦なく知り合いの店に女性を売り渡すのだった。

「今はこんな言い方しないかもしれませんが、女衒《ぜげん》ですよ、邦子は」

福井の言葉に、孝太郎は心の中で訂正を加えた。

(もはや死語かもしれませんが女衒ですよ、だな)

いちおう書いておく。

「花本邦子の知り合いは、反社会的組織の人間なのですか」

清香が訊いた。

「はい。邦子の知り合いの男は、ある島に売春組織のアジトを作りましてね。地元の権力者を抱き込んで、その島は治外法権のような状態になっているんです。花本邦子のような女性を調達する役と言いますか、そういう人間をあちこちに持っているんでしょう。我々は『極楽島《ごくらくとう》』と呼んでいますが、男にとっては極楽島。しかし、売られた女にとっては地獄島《じごく》です」

お茶で喉を潤して、続ける。

「あまりにも大きな話になってきたため、うちの組織対策犯罪課は本庁との合同捜査を始めたところなんです」

所轄の警察官が見張り役としていたはずだが、孝太郎は気づかなかった。未熟であるのを思い知らされる瞬間だが、それだけ極秘裡《ごくひり》に行っているのだろう。本庁の捜査員がいたと仮定した場合、よく聞き込みを止められなかったなとも思っていた。

（福井課長にしても然《しか》り、現場は一柳夫妻の事件を案外、冷静に受け止めているのかもしれない）

とはいえ、それに甘えるつもりはなかった。あらためて気持ちを引き締める。

「マンションの店舗はすべてシャッターが降りていました。部屋も空きが多かったと感じたのですが」

検屍官の言葉を、福井が受けた。

「みんな逃げ出すんですよ。なかには夜逃げするやつもいましたね。店子が集まらなくなってしまったからでしょう。最近では家賃をさげて、獲物がかかるのを待っているような感じです。引っかかったが最後、花本達也たちに嬲《なぶ》りものにされた挙げ句、警察官でも侵入するのがむずかしい島に売られてしまう」

「強姦するのですか。言うなれば商品ですよね、彼女たちは」

清香は腰を浮かせ気味になっていた。

「そういう常識は、半グレには通用しませんよ」

常識の部分で唇をゆがめる。

「花本邦子の例は、特殊だと思いたいですがね。なんていうのか、社会全体が病んでいるのを感じます。だからでしょうが、考えられないような犯罪が起きたりする。賃貸マンションを経営するオーナーがですよ。裏で人身売買を行うなんていうことが、実際に起きているわけですから」

「お話を伺って、池内課長の気合いの入り方が理解できました。江崎富男さんの事件は、ほんの手始め。検挙すれば、あとは芋づる式に人身売買の一味を逮捕できると考えているのでしょう。花本達也が事件に関係していたのは、本当に幸いだったわけですね」

「あ」

孝太郎は思いつくまま口にする。

「それで犯人は、花本達也を処分役に選んだ可能性もありますね。警察の目を彼に向けられると考えたのではないでしょうか」

なにげなく言ったのだが、清香と福井はほとんど同時に孝太郎を見た。

「考えられますね」

「さすがは3D捜査官。若いながらも鋭いですな。そうなると、だ。千代田区の介護施設も同じ流れのように思えるが、実行犯はすでに逮捕されている。しかしまあ、人身売買という大きな火種があれば、警察の目を引きつけるには充分か」

福井は手帳を見ながら再確認していた。

「東華大学病院」

ふたたび孝太郎は、頭に浮かんだことを呟いた。清香が止めるような目を向けたが、福井の窺うような視線に気づいたに違いない。

「わたくしの伝手《つて》で、東華大学病院にも内偵が入っています。ですが、現段階ではあくまでも内偵ですので」

人差し指を唇に当てる仕草を、むろん課長は読み取った。

「他言しません」

頷き返して、言った。

「個人的には、『スーパー銭湯変死事件』と『介護ヘルパー変死事件』は、繋がりがあるのではないかと思っています。ひとつお訊ねしたいのですが、検屍官は江崎富男さんを殺したのは、花本達也ではないと考えているのですか」

かなり腹を割った問いを投げた。

「断定はできませんが、花本達也は江崎さん殺害に関しては、無実のような気がします。一筋縄ではいかない母親は好機とばかりに、今回の事件を利用しようとしているのではないでしょうか。慎重に捜査しないと、真犯人を逃がしてしまうかもしれません」

「ありえますね。花本邦子にいいように振りまわされた挙げ句、今回の事件ばかりか、人身売買事件も空振りに終わるかもしれません。今までどおり協力態勢を維持するのが、いいのではないかと考えています」

「異存はありません」

清香は「失礼」と言い置いて、立ち上がる。窓の近くに行き、少しの間、話をしていたが……戻って来たその顔は青ざめていた。

「大丈夫ですか」

孝太郎と一緒に、福井も立ち上がっていた。

「真っ青ですよ。座ってください」

「いいえ」

毅然《きぜん》として顔を上げた。

「まいりましょう、浦島巡査長。警察の臨場要請ではありませんが、一般の方から知らせが入りました。すぐに向かいます」

なにがあったというのか。

検屍官の顔は、青ざめたのを通り越して、白っぽくなっていた。

第6章　誓い

1

一柳検屍官に連絡して来たのは、『希望荘』と名を変えた集合住宅の北沢班長だった。

「通りがかった人が、見つけて通報したそうです。おれは警察に連絡するよりも、女先生への連絡が先だなと思いまして」

伝える声が表情同様、暗く沈んでいた。

規制線が張られているのは、『希望荘』にほど近い駐車場と道路である。大通りのコンビニへ行く際、アパートの住人たちが必ず利用する生活道路の途中に駐車場が設けられていた。

そして、駐車場前の道路の側溝付近に、ゴマ塩頭の男性――山下《やました》次郎《じろう》が俯せの姿勢で倒れている。顔を横に向け、目を大きく見開いていた。

「病死でしょう」

通報を受けて駆けつけた交番の年配の制服警官は、最初から事件性はないと決めつけているようだった。

「住人たちがよく使う道路なので、早く規制線を解除してほしいという要請が交番に寄せられています。あのアパートの住人は、不摂生《ふせっせい》してますからね。急死するのは珍しくないんですよ」

そうですよね？

というように、北沢を見やる。相棒の若手警官と二人しか、現場には来ていなかった。どうせ希望荘の住人だから、生活保護者だから、病死に決まっている。そんな差別意識が働いているとしか思えない言動だった。

「それは昔の話だよ」

すぐに北沢が反論する。

「今は女先生に、定期的に健診をしてもらっているから、住人たちの健康意識は高いよ。酒や煙草も極力控えている。さらに周辺の住民たちに迷惑をかけないよう、交代で道路の掃除もしているんだ」

怒りを抑えるように、拳を握ったり、開いたりしていた。

「住人の何人かは、葛飾区のシルバー人材センターに登録して、草むしりや風呂掃除などの簡単な雑用を行っている。わずかでも稼げれば、生活保護費の支給額を少なくできるじゃないか。働かないで支給されることに罪悪感を覚える年代なんだよ。山下さんも登録して頑張っていた」

倒れている山下を一瞬見て、目を上げた。

「山下さんは歯が悪かったが、健康面で他には問題なかった。大通りのコンビニへなにか買いに行ったんだろう。正直言って……まだ信じられない」

衝撃を受けた様子で立ちつくしている。他の住人たちも茫然《ぼうぜん》自失という感じで北沢の後ろに控えていた。

「班長さんの言うとおりですよ」

何人かの女性住人が駆けつけている。

「うちは山下さんに夏場、草むしりをお願いしていたんです」

「わたしは朝のゴミ出しをやっていただいていました。神経痛で思うように動けないんですよ。本当にありがたかった。山下さんはいつもニコニコして……」

思い出したに違いない。年配の女性は言葉に詰まっていた。

「明かりはないのですか」

清香は屈み込み、山下の身体を確かめている。孝太郎同様、手袋や足カバー、頭のカバーを着けていた。現場は大通りまで、ぽつん、ぽつんと街灯がついているものの、明るいと言えるほどではない。月と星明かりが頼りのような状況だ。

「えーと、懐中電灯ならばあります」

年配の制服警官は、道路脇に停めた自転車から、モタモタと懐中電灯を取り出した。北沢が気を利かせて、アパートから大きめの防災用懐中電灯を持って来させる。二つの懐中電灯を仲間たちに照らさせた。

「これでどうだい?」

小声で訊ねる。

「充分です。ありがとうございます」

「礼を言うのは、こっちの方さ。女先生が来てくれたお陰で、病死なのかどうか、きちんと調べてもらえる。人間扱いしてくれるからな」

皮肉たっぷりに言い、二人の制服警官を睨みつけた。聞こえないふりをしているのか、集まり始めた野次馬が写真を撮らないように注意している。孝太郎は持参したカメラで、遺体や周囲の状況を撮影した。

駐車場には砂利が敷かれているため、足跡が残りにくかった。しかし、アスファルトの道路にはそれらしき跡が薄く見えている。付近に集中して写真撮影した。

仮に山下次郎が殺されたとした場合、犯人は車で来たのか。その車はこの駐車場に停めておいたのか。あるいは駐車場に潜んで、獲物が通りかかるのを待っていたのか。

獲物で思いついた。

(アパートの住人を狙ったのか。たまたま通りかかった人間を襲ったのか)

それらの事柄を記しつつ、駐車場を撮り終えた。次は手早く足跡を採取する。五台停められる場所に停めているのは二台。一台は小型車で、もう一台は小型のバンだ。隠れようと思えば、車の陰に隠れられる。

「傷や出血はどうですか」

孝太郎は、屈み込んで訊いた。

「ないように見えるのですが」

ビニールの手袋を着けた小さな手が、注意深く遺体のこめかみや後頭部、首筋などにふれていった。北沢は仲間が持っていた懐中電灯を持ち、清香の手の動きに従って明かりを移動させている。

不意に小さな手の動きが止まった。

「照らしてください」

後ろの首の真ん中あたり、盆の窪《くぼ》と呼ばれる部分を指していた。

「注射針の痕のようなものがあります。写真を」

「はい」

孝太郎は何枚か写真を撮る。フラッシュがひときわ明るく、山下の顔や周囲を照らし出した。

「虫に刺された痕じゃないんですか」

念のために確認した。

「わかりません。ですが、ちょっと気になります。いずれにしても、司法解剖しなければなりません。細川さんに連絡して……」

「司法解剖？」

聞き留めた年配の制服警官が振り向く。

「解剖するんですか、これから所轄に運ぶんですか」

大きな声に不満が表れていた。露骨に迷惑だと表情でも告げていた。病死に決まっているものを、なぜ、大事《おおごと》にするのか。口にしないまでも彼の気持ちが伝わって来た。

「ご安心ください。所轄には運びません。本庁の研究室《ラボ》で司法解剖しますので」

言い置いて、細川に連絡を取る。不満の色が消えない年配の制服警官に、相棒の若手がなにか囁いていた。清香を見る目つきに変化が感じられた。

へえ、そうか、あれが噂の……そんな雰囲気だった。

「ま。気が済むまで好きにやってください。なんと言っても一柳検屍官は、警視総監だった方の愛娘。我々は口出ししませんから」

嘲笑したが、北沢や住人にふたたび睨みつけられてしまい、慌て気味に目を逸らした。

　連絡を終えた清香は、警察官たちに視線を向ける。

「パトロールを増やすようにお願いしておいたのですが、実行されていましたか」

「も、もちろんです。でも、病死は防げませんからね。今回のこれは、仕方がなかったんじゃないですか」

　言い訳は聞き流して、清香は孝太郎を促した。

「山下さんのお部屋を拝見しましょうか」

「はい」

「じきに本庁から車が来ますが、ご遺体はそれまで動かさないようにしてください。だれか側《そば》にいてくださると助かります」

　検屍官の要望に、北沢が答えた。

「見張らせておきます。山下さんの部屋に案内しましょう」

　近くにいた数人に見張り役を頼み、先に立って歩き始めた。

「班長さんにお願いなのですが、怪しい人物や車を見かけなかったか。今夜だけでなく、最近の話として、住人の方に確認していただけますか。最後に山下さんと話した方がわかれば、その方のお話も聞かせてください」

「了解しました。あ、最後に話したのは、おれかもしれないな」

立ち止まって振り向いた。

「ちょうど山下さんが出て行くときに、このへんで会ったんですよ」

北沢は立っている場所を指さした。

「で、どこに行くのか訊いたら、コンビニに買い物と答えました。戻るのが遅いなとは思いましたが、外へ出たついでに風呂屋にでも行ったのかと思って、あまり気にしなかったんです。おれはすぐ自分の部屋に戻りましたしね」

説明を孝太郎は手帳にメモする。アパートはA号棟とB号棟が、縦長の形で二棟建てられているのだが、山下次郎の部屋はB号棟の二階の1号室だった。孝太郎たちは、重い足どりで上がって行った。

山下の部屋の扉を開けた瞬間、

「………………」

孝太郎は言葉を失った。

他の部屋同様、三畳弱の狭さだが、万年床ではなく、布団はきちんと片隅に畳まれていた。ペットボトルやコンビニ弁当の空き箱などはどこにもない。服は段ボールに整理されており、下着やタオル類もまた、別の段ボール箱に入れられていた。

「まるで」

死ぬのがわかっていたような感じの部屋ですね。

口にはしなかったが、

「綺麗に整理整頓されているだろ」

心を読んだように、北沢班長が言った。

「いつお迎えが来てもいいようにしているんだ、というのが、山下さんの口癖だったよ。できるだけ迷惑をかけたくないと言っていた。まあ、おれたちはみんな、同じ気持ちだけどな。山下さんは特に几帳面だった」

向けられた視線の先の壁には、清香と上條警視のスリーショットが何枚も貼られていた。春、夏、秋、冬。だいたい二カ月に一度、検屍官と女刑事は訪れていたようだが、つい先日、撮ったばかりの一枚も貼られていた。

孝太郎が送った一枚だった。清香と初めてのツーショットで山下は、満面の笑みを浮かべている。

孝太郎は遠慮して加わらなかったが……。

「すみません」

不覚にも涙があふれてきた。綺麗に調えられた部屋、そこに飾られていた検屍官と女刑事との写真。毎日、山下次郎はそれを見ながら眠り、おそらく写真に「行ってきます」と告げ、「ただいま」と言ったのではないだろうか。

「女先生のことが、本当に好きだったんだ」

北沢も涙ぐんでいる。

「早すぎるよなあ」

またたきして、流れる涙をこらえていた。清香は冷静な顔で狭い空間を見まわしている。泣くのは死因が判明した後と言っているかのようだった。

「遺書はありませんね」

確認するように訊いた。

「もしや、ということもあります。自死だとは思えませんが、念のために荷物を改めさせてください。北沢班長に立ち会いをお願いしたいと思います」

「わかりました」

北沢は手の甲で涙を拭い、直立不動の姿勢になる。足カバーを着けていないので、部屋に入るのは遠慮したようだった。孝太郎は清香を手伝い、いくつか置かれていた段ボールの中を確かめる。

「遺書はありませんが、家族の連絡先や写真といったものもないようです。これも念のための確認ですが、山下さんは携帯は持っていませんでしたよね」

清香は情に流されることなく、死後の連絡先も調べていた。孝太郎は猛省したが、北沢も狼狽《うろた》えたように目を泳がせていた。

「いや、どうだったかな。ちょ、ちょっと待ってください。みんなに確認してみます」

入り口から消えた班長を、清香は苦笑いとともに見送っている。

「後でいいのに」

「ここの写真も撮っておきます」

孝太郎は気持ちを引き締めて、簡素な部屋にカメラを向けた。起きて半畳、寝て一畳と言ったのは、豊臣秀吉だったろうか。

「必ず犯人を捕まえます。写真にそれを誓います」

清香は言った。

わずか三畳足らずの空間で、その生を終えた男。

最後に、孝太郎はツーショットの写真が貼られた壁を撮影した。

2

翌日の夜。

「ねえ、なんで、あたしをここに連れて来たの?」

妹の真奈美は文句が止まらない。

「別にあたしじゃなくても、よかったんじゃないかな。お兄ちゃんと違って忙しいのよね、あたしは」

「言っただろ。歩いている人間を、街灯や月明かりがどんなふうに照らすか、知りたいんだよ。昨夜のほぼ同時刻、山下次郎さんはここで亡くなられた。検屍官は現在も司法解剖をしている。ぼくは亡くなる直前に、山下さんがどういう状態でここを通ったかを調べたいんだ」

小声で答えた後、よけいな話はするなと妹に仕草で伝える。規制線の近くに立つ制服警官を顎で指し示した。現場保全は夕方いっぱいというのが所轄の意向だったが、同時刻の〝絵〟が見たかったため、かなり無理を言って延長してもらったのである。

「いつまでも規制線を張っておけないじゃないか。急いでこの現場のジオラマを作製しないと」

孝太郎はもう一度、顎を動かした。

「ほら、アパートの方から歩いて」

「だからね」

真奈美は、肩越しに背後を見やる。

「いくらでも頼める人がいるじゃない」

規制線の向こうには、アパートや近所の住人が立っていた。二十人程度は集まっているのではないだろうか。むろん遺体はないのだが、規制線や制服警官がもたらす物々しい雰囲気を見物しに来ているような感じがした。

「あ」

孝太郎はとぼける。

「言われて気づいたよ。そういえば、そうだったな」

「もう、それだから与太郎だって言うの。あたしじゃなくても、よかったわけでしょう。それをわざわざこんなところまで……」

「意味があるんだよ」

軽く額を小突いた。

「痛い」

「大袈裟なこと言うな。おまえの身長は何センチだ？」

「百六十四・五センチ。あ、そうか。なるほどね。亡くなった人と同じ身長ってわけか。いつもながら、こだわりますねえ。二、三センチ、違っても大差ないと思うけどな」

「いいから、ほら、黙って歩く。バイト料を払うんだからな。ちゃんと指示どおりに動いてもらわないと」

「バイト料ったって、五百円じゃないさ。今時、小学生だって納得しないわよ。信じられないですよね、五百円」

野次馬に同意を求めたが、

「おまえはホイホイ、ついてきた。心霊スポットだから一度行ってみたかったんだよね、とか言ってたよな」

孝太郎は冷ややかに遮る。仕草で歩けと示すと、真奈美はようやく歩き始めた。孝太郎は駐車場や道路の写真を撮り直している。街灯の間隔はけっこう空いているため、駐車場前の道路はかなり暗かった。

(満月ではないが、月明かりだけでも人の顔立ちぐらいは見分けられる。どうにか男女の区別ぐらいはつけられたんじゃないだろうか)

歩く真奈美は髪が長く、女性とわかる顔立ちをしている。むろん男であろうとも女装した場合は判別しにくくなるが、山下次郎は女装はしていなかった。無視してもいい事柄であるのはあきらか。それよりも、と、清香の言動が気になっていた。

(検屍官は『犯人を捕まえます』と誓っていた。殺人事件であるのを、なかば確信しているように思えたが)

注射針のような痕とだけ告げたのも引っかかっている。アイスピックや千枚通しのようなものを凶器に用いた可能性は否定できない。にもかかわらず、清香はほとんど断定していた。

(かつて行動科学課が担当した事件がまた、関係しているんじゃないだろうな)

不吉な考えは遠くへ追いやる。検屍官の推測どおり、注射器を凶器に使って急所に毒物を注入したら、ほとんど即死状態になるだろう。

（注入したのは毒物なのだろうか？）

つい自分の考えにとらわれていた。

「ねえ、いつまで同じことを繰り返させるのよ」

真奈美の訴えで眼前の事柄に気持ちを戻した。

「よし。今度は大通りの方からアパートに向かって歩け」

逆方向を指示する。山下はコンビニへ行くときに死んだのか。帰って来るときに死んだのか。それだけでも死亡時刻に食い違いが出る。さらに襲われたのであれば、犯人の逃走経路も知りたかった。

「逃げる場合、アパートの方へは行かないな」

自分だったらと考えた。徒歩の場合は顔を見られたり、車だった場合はナンバーや車種を特定されかねない。下手をすれば不審者や不審車両として、一般人が携帯で撮影したりもする。どこに、だれの『目』があるかわからないのだ。そうなれば、大通りの方へ逃げるのではないだろうか。

「さっきお兄ちゃんも言ってたけどさ」

真奈美が歩きながら言った。

「『希望荘』って、心霊スポットじゃない。今回の事件でまたまた、あらたな心霊スポットが誕生ってなるかもよ。うー、やだやだ。あたし、悪霊に取り憑《つ》かれちゃったら、どうしよう」

「大丈夫だ。おまえの邪気に勝てる悪霊はいない。心霊スポットで他の人が憑依《ひょうい》されても、おまえにだけは寄りつかないよ」

「は？」

眉をひそめて、不快感をあらわにする。

「それって、あたしが悪霊以上の悪霊ってこと？」

「いや、そこまでは言っていないけど」

「ふん、だ。お兄ちゃんはいいよね。縄文人《じょうもんじん》的機能があるから、危険を事前に回避できるもの。忘れもしません、あれはお兄ちゃんが小学生、あたしが幼稚園のときでした。肝試しとか言って廃校になった近くの小学校へ何人かで行ったとき、あたしを置いて先に逃げたよね」

都合の悪い箇所は意識的にスルーした。

「縄文人的機能ってなんだ？」

「ずるいなー、聞こえないふりしちゃって」

などと言いながらも、真奈美は歩きながら説明する。

「簡単に言うと、危険が迫った瞬間、ビビッと感知する機能のことかな。霊感ってやってですよ。お兄ちゃん、たまに言うじゃない、首筋の後ろが突然冷たくなるって。逃走中の犯人に待ち伏せされて襲われかけたとき、危うく助かったと言っていたのを聞いた憶えがあるんだよね」

「そういえば」

言われて思い出した。が、近頃は鈍くなっているのか、清香に豪華オフィスで初めて会ったときは本間優美だと思い込み、失態を演じていた。

「ねえねえ、あの、おじさんはどこに行ったの？」

不意に真奈美が訊いた。頭の回転が速い反面、話があちこちへ飛んだり、急に変わったりする。マイペースな孝太郎は、話についていくだけで大変だった。

「おじさんはよせ。課長なんだぞ」

小声で窘めた刹那、

「おじさんは、ここです」

駐車場の暗闇から、ぬぅっと細川が姿を現した。現場検証のとき同様、ビニール製の足カバーや手袋、頭のカバーを着けている。むろん孝太郎と真奈美も同じ恰好だった。

「わあぁっ、すみません。おじさんと言ったのは妹ですが、責任は自分にあります。事前におじさんは禁句だと伝えておくべきでした。すみませんでした！」

直立不動で一礼する。

「……おじさんを繰り返さなくてもいいです」

「あ、すみません」

素早く話を変えた。

「細川課長は、どこから駐車場に入ったんですか」

「話を変えちゃって。小賢《こざか》しいというか小狡《こずる》いというか」

真奈美の呟きは、睨みつけて黙らせる。野次馬は飽きたのか、ほとんどが姿を消していたが、『希望荘』の北沢と数人の住人がまだ残っていた。

「あらかじめ近隣の家にお断りして、お庭からこの駐車場へ入りました。仮に犯人が逃げる場合、お断りする必要はないと思うでしょうからね。見知らぬ人の庭に侵入して、逃げたのかもしれません。それを確かめたかったんです」

聞き込みをしながら、犯人の逃走経路も確かめているのはさすがだった。寡黙な上司は、行動で教えてくれているのかもしれない。

「盗み聞きをするつもりではなかったと言い訳しているような感じが、よけい怪しく思えなくもありませんね」

二度目の妹の失言は、額を軽く小突いて静かにさせた。やはり、連れて来なければよかったと思いつつ、孝太郎は再度話を変えた。

「失礼しました。住人たちがよく使うコンビニの聞き込みはいかがでしたか。防犯カメラのデータはありましたか」

「ありました」

細川は大きな声で答えた。持っていた鞄からデータを取り出して、わざとらしく掲げる。

「店員によると、警察官は聞き込みに来たものの、防犯カメラのデータは持ち帰らなかったとのことでした。この様子では、パトロールしていたかどうかもあてになりませんね。変死事件が起きているのに、いったい、所轄の警察官はなにをしているのか」

規制線のところに立っている二人の警察官は微動《びどう》だにしない。が、力の入った身体全体に、緊張感が浮かび上がっているように見えた。全身を耳にして聞いているのではないだろうか。前方を向いたままの顔には、冷や汗が滲んでいるかもしれなかった。

「この駐車場は、現在は二台しか借り手がいないそうです。土日に車を使うことが多いらしいですが、平日はだいたい一日、停めたままのようですね。また、昨夜、自宅の犬が吠えていたという住人の話も得ました。犯人が庭を通ったのかもしれません」

細川の聞き込み結果を、孝太郎はメモする。

「希望荘の方々は、いかがですか。不審な人物や車を目撃した人はいませんでしたか」

優秀な上司は、成り行きを見守っていた北沢に問いを投げた。

「全員に確認したが、目撃情報は出なかった。いつもは、おれたちが不審人物扱いされる側だからな。キョロキョロしていると怪しまれるだろう」

哀しいような、寂しいような表情を、月の光が照らし出していた。目が馴れた状態であれば、ここまで細かい部分がわかるのかと、孝太郎は思っている。ジオラマを作る際の参考になるだろう。すかさず手帳に記した。

「家を覗いていたとか、娘を変な目で見たとか言われるとまずいんでね。アパートの外を歩くときは、できるだけ他人と目を合わせないようにしているんだ。おれだけかと思っていたが、みんな、そんな感じだと言っていたよ。ただ」

ひと呼吸置いて、言った。

「住人たちは、あたたかい目を向けてくれているように感じるね。向こうから挨拶してくれるときもあるしな。もちろん、おれたちは必ず挨拶をするようにしているが、怪訝な表情を返されるときもある。細かいことはあまり気にしないで、明るく挨拶をしようと言っているんだよ」

北沢の言葉を、細川が受ける。

「一柳ドクターにも言われたかもしれませんが、思い出すことがあるかもしれません。

何時でもかまわないので知らせてください」

「あ、えーと、ひとつだけ、おかしな話を聞いた。役に立つかどうかはわからないが」

北沢は答えて、隣にいた七十前後の男を肱《ひじ》で小突いた。本当は教えたくなかったのかもしれない。しかし、やはり伝えるべきだと考え直して、言えと催促したように見えた。

「いや、あの、今朝、コンビニに行く途中で、山田に会ったんだよ。ほら、山下さんが言っていた男」

「憶えています。黒縁眼鏡にマスクを着けていた男ですよね」

孝太郎は携帯を操作して、自分が描いた似顔絵を男に見せた。

「そうそう、こいつだよ。女先生が来たのを知っていてさ。なにを話したんだって訊かれたんだ。二千円、渡されたもんだから」

つい教えてしまったのだろう。困惑したように頭を掻いていたが、なぜ、『黒縁眼鏡の自称・山田』は、清香と孝太郎が来たのを知っていたのか。

(警察情報をリークしているやつがいる?)

あるいは新行動科学課の情報をリークしているのだろうか。もしかすると、自称・山田の話を教えた山下次郎を狙った犯行なのだろうか。

「いいなあ。ちょこちょこっと教えて、二千円かあ」

聞こえよがしに真奈美が言い、掌《てのひら》を孝太郎に差し出している。細川は黙って、その掌に五百円玉を載せた。

「えっ、五百円？」

「お駄賃はその金額だと聞きました。浦島巡査長、一般人を捜査に加えてはいけませんよ。最初で最後にしてください」

細川に注意されて、姿勢を正した。

「申し訳ありませんでした！」

必ず犯人を捕まえます。

清香の誓いが、孝太郎の耳の奥でひびいていた。

3

翌日の午後。

葛飾区の所轄で会議が開かれた。孝太郎はジオラマ作りで徹夜だったが、清香も山下次郎の司法解剖を今朝方、終えたばかりだと聞いていた。いつもどおり美しく粧《よそお》っていたが、隠しきれない疲れが浮かび上がっているように感じられた。

「それでは『山下次郎変死事件』について、解剖結果をご報告したいと思います。見やすくするために、プロジェクターを用意していただきました。死体検案書及び解剖所見につきましては、間に合わなかったため、ご要望があれば後でプリントアウトしてお渡しいたします」

清香が口火を切る。新行動科学課は、孝太郎がプロジェクターの操作係、細川がボードに書く役目を引き受けていた。会議室に集まっているのは、総勢二十人ほどだろうか。机や椅子が少なかったらしく、何人かは壁際に立っていた。この様子は刑事課のパソコンにも映し出されているはずだ。

事前に声をかけておいたため、墨田区の所轄の福井課長や数人の部下も顔を見せていた。ひとりだけだが、福井は女性警察官を同道している。千代田区の所轄の木下課長は、本人も部下も参加していなかった。

本庁の池内課長コンビが来たのは意外だったが、さすがに無視できなかったのではないだろうか。もしくは反論するための参加ということも考えられた。

清香は深呼吸した後、

「山下次郎さんは、何者かに殺害されたことが判明いたしました」

凛《りん》とした声で申し渡した。孝太郎は事前の打ち合わせに従い、山下の首の後ろ、盆の窪の拡大部分をプロジェクターに映し出した。少し赤くなった小さな針の痕が、どうにか確認できた。

小さなどよめきが広がる。

「アイスピックのような凶器で、急所を刺した痕にも見えるな」

「殺人事件なのか」

「住人同士の内輪揉《うちわも》めかもしれない」

複数の声を押しのけるようにして、池内が立ち上がった。

「病死だろう」

断言する。

「失礼だが、検屍官はなんとかして事件にしたいのではないですか。墨田区で起きた『スーパー銭湯変死事件』と千代田区の『介護ヘルパー変死事件』。今回の事件はこの二件と繋がりがあることを、どうしても示したい。そう熱望するがゆえの悪あがきとしか思えませんよ。往生際が悪いというかなんというか」

これ以上ないほどの嫌味と皮肉が込められていた。ざわついていた会議室が、一瞬、静まり返る。

「お願いします」

清香に言われて、孝太郎は次の映像を画面に出した。水を張った水槽に心臓を沈めて肺動脈を解放した結果、ブクッと大きな泡が浮かび上がった。

「あまり気持ちがいいとは言えない映像ですが、ご容赦ください。映し出された心臓は、山下次郎さんのものです。司法解剖する前にCTで心臓の画像を撮ったのですが、右心房と右心室に異常が見られたため、これは間違いないと思い、水槽に張った水に沈めた次第です」

検屍官は、池内を睨みつけるようにしていた。

「山下次郎さんの心臓は、大量の空気が血管内に入ったことにより、空気塞栓《くうきそくせん》に陥ったと考えられます。泡が出たのはそのためですが、それが原因で死亡しました。空気塞栓で亡くなるほど大量の空気が血管内に入るケースとしては、いくつか挙げられますが、ここでは省略いたします」

片手を挙げた合図で、ふたたび注射器の針のような痕がある盆の窪の映像に変えた。

「山下さんはおそらく注射器で盆の窪に、空気を注入されたのだと考えられます。それが死因です」

「以前、行動科学課が担当した事件と同じですね？」

福井がいきおいよく立ち上がった。

「ありましたよね、同じアパートで起きた事件が。いや、空気塞栓で亡くなった男性は、アパートではない場所で亡くなったように記憶していますが、今回はあれを真似たわけですか？」

「おそらく、そうではないかと、わたくしは考えております」

「あきらかに犯人の邪悪な意図が感じられますね。銭湯と介護施設の事件に続き、三件目は空気を注射器で……」

福井の発言を、池内が強い口調で遮る。

「先程の映像は、本当に山下次郎のものですか」

疑惑まじりの問いを投げた。

「もしかすると、以前、使われた映像を利用したのではありませんか。福井課長が言った過去の事件の映像を使った可能性もあるんじゃないですか。なんと言っても司法解剖したのは検屍官だ。いくらでも、ごまかせるでしょう？」

反論には痛烈な毒が込められていた。刑事課で映像を見たのだろう。開け放たれていた会議室の入り口に、警察官たちが集まり始めている。殺人事件の可能性が高まって、いてもたってもいられなくなったのではないだろうか。

「どこにでも疑り深い方がいるものです」

清香は落ち着いていた。

「解剖の際、不正を行う要因があるのは否定いたしません。それを考慮して、わたくしは万全を期しました。ＣＴや司法解剖、心臓のチェックを行う際、監察医に立ち会っていただいたのです。お忙しかったのですが快く引き受けてくださいまして、裁判が起きた際でも出席する旨、解剖に立ち会った監察医の言質《げんち》を取っております」

用意しておいた誓約書を広げて見せた。ここまで周到に手配りしているとは思わなかったのかもしれない。

「…………」

池内は椅子を蹴るようにして立ち上がった。隣にいた相棒とともに、挨拶することなく廊下に出て行く。空いたその席に、座れなかった女性警察官が腰をおろした。続けてくださいと言うように仕草で告げる。

「ここからの話は、福井課長が仰ったとおりです。二つの事件に続き、恐れていた三つめの事件が起きてしまいました。悔しくてなりません。なぜ、防げなかったのか」

最後は自問のようになっていた。微妙に空いた間が、検屍官の深い哀しみを表しているように感じられた。

「えー、ここで簡単に二つの事件の概要を説明いたします」

福井が立ち上がって、よろしいですかというように目顔で訊いた。葛飾区の所轄の警察官には、伝わっていないと思ったに違いない。

(自分がやるべき説明だ)

孝太郎は一歩前に出たが、福井の制止で口にするのは控えた。

「お願いします。わたくしから伝えるべき話でした。すみません」

清香の謝罪を、細川が受けた。

「二件の調書を用意しておきました。今からお配りします。福井課長は説明を続けてください」

手際よく配り始める。慣れていない孝太郎や、司法解剖で精一杯だった検屍官のミスを、さりげなくカバーしていた。廊下にいた警察官たちも折り畳み椅子持参で中に入って来る。

福井は全員が席に着くのを見届けた後、

「続けます。墨田区で起きた『スーパー銭湯変死事件』。被害者は江崎富男さん、八十二歳。銭湯の湯船に浮いている状態で発見されました。青酸化合物を摂取したことによる毒殺で、被疑者は従業員の花本達也、二十九歳です。しかし、花本はやりましたと認めた後、すぐに否定するような供述を繰り返しており、信用できません。あるいは、信用できないようにするのが目的かもしれませんが」

一度目を上げて、質問がないかを確認していた。

「ご存じだと思いますが、被疑者の花本達也の両親は人身売買——四国の『極楽島事件』に関わっている可能性が高いんですよ」

会議室がどよめいた。先程のどよめきよりも大きかった点に、事件への関心の高さが表れているように思えた。福井は落ち着くのを待って、話を再開させる。

「花本は母親から警察を攪乱《かくらん》しろと言われたのかもしれません。自分たちに向けられた警察の目を、なんとかして逸らそうと必死になっているように思います。息子に罪をきせるような形になるわけですが、花本邦子はそれをやりかねない女です。というような経緯があるため、捜査は難航しております」

次は、と、手帳を繰る。

「千代田区で起きた『介護ヘルパー変死事件』。被害者は竹田由紀子さん、三十二歳。実行犯は渡部洋子五十二歳。竹田さんは喘息の持病があったので、吸入器を使用していたんですね。渡部はこの吸入器に、タキシンと呼ばれるアルカロイド系の毒を入れておきました。竹田さんはこれを使用した後、通院していた東華大学病院に運ばれましたが死亡しております」

できるだけ簡潔に、わかりやすく告げていた。清香は同意するように頷きながら、調書を繰っていた。

「二つの事件には、いくつか共通点があります。江崎富男さんは、東華大学病院で手術をしたことがある。竹田由紀子さんは東華大学病院に通院していた。二つの事件の被疑者は『だれか』に指示されて行ったと証言している。さらにどちらの事件も、かつて行動科学課が取り扱った事件に酷似している、という点です」

福井の説明に、若手の男性警察官が挙手した。

「どんな事件でしょうか」

「銭湯事件、面倒なのでこう表現しますが、銭湯事件の場合は、若い女性が派遣妻として年配男性に近づき、これを殺害した『黒いプリンセス事件』。このとき亡くなった女性の年齢と、竹田由紀子さんはほぼ同い年です」

福井は大きな声ではっきりと話している。テンポも速からず遅からずで申し分ない。未熟な孝太郎を慮《おもんぱか》って、手本を示しているように思えた。

「また、被害者となった男性と江崎富男さんも一歳違い。ほとんど同世代と言えるでしょうね。『黒いプリンセス事件』の被害者と被疑者は、五十歳違いでしたが、これも同じです。江崎さんと竹田さんは、五十歳違いでした」

気味の悪い事件だと、だれもが思うのではないだろうか。単なる模倣犯ではない、行動科学課が解決した事件の模倣犯だ。

「その『だれか』ですが」

三十前後の女性警察官が、遠慮がちに手を挙げた。

「本当にいるのでしょうか。他に犯人がいると思わせたくて、花本達也と渡部洋子が嘘をついている可能性はありませんか」

「否定はしません。ですが」

と、福井は力を込めて言った。

「花本達也と渡部洋子は、おそらく知り合いではなかったと思われます。口裏を合わせて他の『だれか』をでっちあげている可能性は、きわめて低いように個人的には感じています。むろん事前に打ち合わせをしたうえで、やっているのかもしれませんがね。それをやることによって、二人になにかプラス面があるのか」

「先程、ちらりと出ましたが、捜査を攪乱するためではないでしょうか」

件《くだん》の女性警察官が立ち上がって、発言する。

「事実、花本達也は成功しているように思います。『極楽島事件』から目を逸らさせるためなのかもしれませんが、下手をすると、どちらも立件できないかもしれません。花本邦子でしたか。話を聞いただけでも、相当したたかな女という印象を受けました」

「仰せのとおりです」

福井は同意して、続けた。

「一筋縄ではいかない女ですよ。もはや死語かもしれませんが、雰囲気としては昔の女衒《ぜげん》ですね。手強いこと、このうえない」

もはや死語の部分で、清香の唇がほころんだ。一通り説明を終えた福井は、一礼して、着席する。

「ありがとうございました。では、次に」

話を進めようとした清香に、孝太郎は挙手して、前に出た。

「渡部洋子の件で補足したいと思います」

「どうぞ」

「渡部洋子が『だれか』からのメールを受け取る前、乳ガンの定期検診に通っていた東華大学病院の新しい担当医を名乗る男から携帯に連絡があったそうです。これは真犯人が携帯の持ち主を確かめるために、かけたのではないかと推測しました。渡部洋子は担当医に連絡をして、かけてきたのはニセ医者だったのではないかという疑いをいだいたそうです。念のため担当医に確認を取りましたが、渡部洋子から連絡が来たのは間違いないとのことでした」

「渡部洋子が存在しない『だれか』に信憑性《しんぴょうせい》を持たせるため、担当医に連絡したことも考えられますよね」

女性警察官は、自作自演を示唆《しさ》した。

「ありうると思います。渡部洋子に関しては、グレーゾーンと言いますか、『だれか』に指示されたふりをして、竹田由紀子を殺害した可能性も捨てきれません」

一礼して、孝太郎はさがった。

「最後は三件目になった変死事件です」

清香がその後を受ける。

「『希望荘』の住人だった山下次郎さん、六十一歳が集合住宅近くの駐車場付近で死亡しました。死因は先程、申し上げたとおりです。事件が起きるひと月ほど前に『山田』と名乗る四十前後の男が、B号棟に三日間ほど滞在しました」

清香の説明を、今度は細川が補足した。

「お配りした調書に『山田』の簡単な似顔絵も入れておきました」

孝太郎が描いた一枚を掲げて振る。当初、病死と思われた事件が、にわかに連続殺人事件の様相を呈してきた。警察官たちの目に真剣みが加わる。

「犯人の手がかりはないのですか」

若手が何度目かの問いを投げた。清香の仕草を受け、孝太郎は徹夜で作った事件現場のジオラマを検屍官の前の机に置いた。今回の現場は路上なので天井や壁を作っていなかった。

4

ケーキの箱のように、すっぽりと被せるタイプの蓋を取った瞬間、

「おぉっ」

決して小さくない声が上がった。事件現場の駐車場には二台の車が停められており、大通りに出る生活道路の左右には、住宅街が広がっている。時間がなかったため、家はグレーの粘土だが、『希望荘』の二棟だけは白い粘土で作製していた。

犯人は駐車場から大通りに出るため、建ち並ぶ家の庭に無断で侵入し、庭を通り抜けながら逃げた可能性もある。家の庭の木々や生け垣、見かけた猫や飼われている犬などを塀や庭に加えていた。事件当夜、自宅の犬がやけに吠えていたという話を考慮して、その家の庭に雑種の犬を配していた。

そして……駐車場前の道路の側溝付近に、山下次郎が俯せの姿勢で倒れていた。

「どうぞ、前に出て来てご覧ください」

清香に促されると、警察官たちが押し寄せた。見えにくいのだろう、椅子に乗って見おろしている者もいた。

「噂には聞いていましたが見るのは初めてです。昨夜は徹夜したんだと思いますが、ずいぶん作るのが早いんですね」

三十前後の男性警察官の質問に孝太郎は答えた。

「男女別に痩せ型、小太り、太った人、背が高い人というように、身体や手足などは時間のあるときに作っておくんです。背が高い場合は、足の長さで調節するだけですけどね。身体と手足ができていれば、かなり時間を短縮できますから」

これは妹のアイデアをいただいたのだが、むろん余計な話はしなかった。

「家や車は粘土ですか」

同じ警察官が訊いた。

「はい。車は小学生や幼稚園児が使うお米粘土です。色が豊富で加工しやすいですし、色を塗る手間も省ける。家はごく普通の粘土ですので、ちょっと地味な色合いの町になりましたが、アパートだけは目立つように白い粘土を使いました」

「ちゃんと『希望荘』というアパート名が掛けられていますよ。この塀には茶トラでしょうか。猫がいますね。駐車場近くの家の庭には、白っぽい犬までいます。芸が細かいというか。好きじゃないと、ここまで作り込めないですね」

今度は女性警察官が、いかにも女性らしい気づきを見せた。

「あのアパートの近くへは、何度か行ったことがあるんです。電信柱の位置や街灯、生け垣、あとは各々の家の庭から道路に伸びた木の枝まで本当によくできていますね。雰囲気があの近辺そのままです」

「ありがとうございます。自分は市井の人々や町を作るのが好きなので、町の雰囲気が出ていると言われるのは嬉しいですね。自分の想像ですが、あの近辺は一連の事件が起きる前と起きた後では、けっこう空気感が変わったんじゃないかと思うんです」

孝太郎の言葉に女性警察官は興味を覚えたのか、

「どんなふうに変わったと？」

首を傾げつつ訊いた。

「自治体の人に聞いたんですが、アパートを気にするようになったと言っていました。

アパートの住人たちは、できるだけ挨拶をするようにしているとも聞きました。お互いに他者に対する気遣いが少し生まれたんじゃないかと思ったんです。そんな町の変化を出すために、生け垣や道路に張り出した木の枝、犬や猫などを入れてみました」

「ああ、そうですね。生け垣や緑、さらに動物がいるだけで、なんとなくですが、ほっとしますね。人間は山下次郎さんのフィギュアだけなのに……そうそう、家に人がいるような感じがするんだわ」

　最後の方は自問自答のようになっていた。警察官たちの集まり方を見て、素知らぬ顔はできなくなったのだろう。

「捜査一課の課長、進藤《しんどう》です」

　後ろの方にいた五十前後の男が前に出て来た。身長は百八十センチぐらいで、平凡な顔立ちをしているが、人混みにまぎれるにはいいかもしれない。新行動科学課のメンバーや福井と名刺交換をした。

「では、始めますか」

　進藤の言葉で、会議が再開された。

「先程は言い忘れたのですが、山下さんの右手の爪には、犯人のものと思しき皮膚片が残されていました。襲われたとき、無我夢中で相手の腕を摑んだのでしょう。現在、科学捜査研究所でＤＮＡ型を鑑定中です」

清香が口火を切る。検屍官は言い忘れたと言っているが、孝太郎は意図的に言わなかったのではないかと思っている。池内がいなくなるのを待っていたような気がした。

「フィギュアもよく出来ているな」

ぽつりと出た若手の感想に、福井が続いた。

「首の後ろの注射痕ですが」

俯せ状態のフィギュアの後ろ首を指していた。

「事件は夜、起きています。映像を見た感じでは、ほぼ正確に盆の窪、急所を突き刺していますよね」

「はい」

清香が答えた。

「夜なのに急所が見えたのでしょうか。それがちょっと引っかかりました」

「いいですか」

孝太郎は検屍官に訊き、許しを得て、答えた。

「自分は事件の翌日、昨夜ですが、事件が起きた時間に現場へ行きました。事件当日も行った日も、月明かりがありました。街灯は少ない場所なのですが、目が馴れてくると顔の表情まで見えるんです。たまたま刺さったのではなくて、狙って刺したのではないかと思いました」

「なるほど」

福井や部下たちは、熱心にメモを取っている。

「注射器を使ったとなると、使い慣れていないとむずかしいような感じがします。確か検屍官たちは当初から医師の関わりを口にしていました。やはり、犯人は医者、もしくは医療関係者でしょうか」

代表するように福井が訊いた。

「その可能性は高いと思います」

清香が同意する。

「名前が出ていた東華大学病院はどうですか。犯人が医者として勤めていたかもしれないですよね。なにかミスしたのかもしれませんね。理不尽な退職勧告に腹をたてたため、病院の悪評を広めるべく、犯行に及んだ」

「ありうると思います。あるいは東華大学病院で身内を失った医者かもしれません。医療過誤が起きていたか、今も見過ごされているのか。これは現在、内偵中ですので、経過がわかり次第、お知らせいたします」

内偵中と聞き、福井は目を上げたが、お知らせするという検屍官の言葉を信じたのだろう。追及しなかった。

「では、浦島巡査長のジオラマで、事件当夜の状況を説明したいと思います。この所轄の私服警官は、だれひとりとして、当夜の状況を知りませんから」

ちくりと痛いところを突いた。清香の言葉で、孝太郎は出演させていなかった犯人のフィギュアを渡した。ボサボサ髪で黒縁眼鏡、グレーのジャージ、マスクを着けた四十歳前後の男という設定だが、正確な人相はよくわからない。

「さあ、まいりましょうか、山下さん」

検屍官は俯せの山下を起き上がらせて、アパートの方から大通りに向かわせた。

「手足が動くんですか」

若手の男性警察官の驚きを、笑顔で受ける。

「ええ。首も動きます、などと遊んでいる場合ではありませんね。山下さんはおそらく大通りに向かっていたと思われます。北沢班長さんが、出かけようとした山下さんと会っているんですね」

「班長と会った後、あまり時を置かずに殺害された可能性が高いですよね。班長は騒ぎに気づかなかったんでしょうか」

進藤課長が訊いた。質問役は上司にまかせ、課員たちは少し後ろに引いた。もっともジオラマに興味を持った数人は、置かれた机の前に陣取っている。

「班長さんは、すぐアパートに戻ったようです。気づいたのは、制服警官が来たときだと思います。通りかかった人が警察に通報。警察官がアパートへ行き、北沢班長に知らせ、班長はわたくしに連絡をくれました」

「ご丁寧な説明いたみいります。所轄としては非常になさけない質問なんですが、確認させてください。現場の足跡や遺留物、遺留品の調べなどはどうなっていますか」

「繰り返しになるかもしれませんが」

細川が言い置いて、答えた。

「すべて本庁の鑑識課と科学捜査研究所にまわしました。検屍官が言いましたように、結果が出ればお知らせします。昨夜、アパートの住人たちが、よく利用しているコンビニに行きまして、防犯カメラのデータをもらってきました。これはうちの課員が、映像を確認中です」

うちの課員すなわち本間優美のことである。多忙な彼女は複数の仕事をこなしながら、映像のデータ解析を行っていた。

「データ解析は、うちがやりますよ。後で送ってください」

「そうですか。助かります」

細川は腹芸が苦手なタイプであるため、安堵した様子が傍目《はため》にも見て取れた。人手不足を正直に伝えていた。

「失礼しました。続けてください」

進藤に促されて、清香は説明を再開させる。

「おそらく犯人は駐車場に潜んでいたと思われます。これは事件当夜、怪しい車が駐車場に停められていなかったことから判断しました」

犯人は山下を呼び止めたのか、挨拶して近づいたのか。もしくは無言で後ろから襲いかかったのか。

「推測ですが、無言で後ろから襲いかかったのかもしれません。倒れた拍子に、山下さんは額や頬、鼻といった箇所を地面で打ちました。軽い脳震盪《のうしんとう》のような状態になったかもしれません。顔には生きていたときに受けた傷痕が残っていました。その後、犯人は山下さんの背中に馬乗りになったと思われます」

俯せの山下の背中に、マスク男がのしかかる。右手に持っていた注射器を思いきり後ろの首めがけて突き刺した。すぐに空気を注入したが、命を失うまでは多少、時間がかかったのではないだろうか。

山下次郎は最後の力を振り絞って、犯人の手を退《ど》けようとした。

「事を終えた犯人は、生活道路を使い、大通りに出たのか。もしくは民家の庭伝いに逃げたのか」

清香は犯人のフィギュアを使い、駐車場の隣家や連なる家の庭に侵入させて、大通りまで行かせた。

「現在の時点では、目撃情報は入っていないと思いますが」

清香は進藤に確認するような目を向ける。

「入っていません」

領き返して、告げた。

「しかし、我々は周辺の聞き込みをやっていませんからね。本格的な捜査を始めれば、あらたな話が出るかもしれません。殺人事件の可能性が高くなった以上、動きますよ。言い訳になりますが、池内課長から『病死』だと言われまして」

進藤の弁明どおり、言い訳にしか聞こえなかったが、所轄は多くの事件をかかえている。そこに本庁が圧力をかければ、「わかりました」となるだろう。少し離れた場所で電話をしていた細川が、こちらに来た。

「被害者の爪に残されていた皮膚片ですが、DNA型が判明しました。ですが、犯罪者のデータには該当者がいませんでした」

「そうですか。残念です」

清香が俯《うつむ》いたとき、

「課長！」

開けたままの扉付近で大きな声がひびいた。進藤だけでなく、細川や福井まで振り返る。知らせに来た若手は、慌て気味に言い直した。

「すみません。うちの進藤課長です」

「どうした」

「犯人が出頭して来ました。『スーパー銭湯変死事件』と『介護ヘルパー変死事件』、さらに『山下次郎変死事件』の犯人だと言っています」

「犯人が自首？」

孝太郎は、思わず清香や細川、福井と顔を見合わせている。逮捕を免れるためにさまざまな工作をしていた人間が、自首して来たというのだろうか。

進藤も疑問を持ったに違いない。

「とにかく行ってみましょう」

調書を纏めて、戸口に向かった。孝太郎たちも後に続く。ともすれば速くなりがちな足を、意識して遅くした。

（落ち着け）

自分に言い聞かせている。

5

ボサボサ頭、黒縁眼鏡にマスク、グレーのジャージ姿で痩せぎす、身長は百七十センチ前後。鈴木《すずき》幸輔《こうすけ》と名乗ったのは、十七歳の少年だった。

「犯人は、ぼくです」

女性のような高い声で自白した。孝太郎たちは所轄の刑事課で、進藤課長が行っている事情聴取の様子を映像で見ていた。凶悪犯にはほど遠い風貌の持ち主は、むしろ淡々とした感じで事件の様子を告げる。

「『スーパー銭湯変死事件』は、花本達也にメールで指示を送りました。彼には盗み癖があるんですよ。従わなければネットに挙《あ》げると脅かしたんです。名前や写真、住所まで知られたら、地獄ですからね。言うとおりにしてくれました」

黒縁眼鏡とマスクを外した顔は、まだ稚《おさ》なさを残しているように感じられた。肌は暮らしぶりを表すように青白くなっている。高校を退学した後は、ネットゲーム漬けの日々を送り、ひきこもり状態のようだった。自室から出て来たときに向かった先は、警察だったわけである。

「二件目の『介護ヘルパー変死事件』もそうなのか」

進藤は、硬い表情をしていた。近年、少年の凶悪事件は減る傾向にあることが、データでは示されているが、それでもたまに『怪物』が出現する。眼前の青白い少年はどうなのか、見極めようとしているのかもしれなかった。

「はい。渡部洋子は、毒物を同僚の飲み物に混ぜていました。嫉《ねた》みでしょうね。幸せそうに見える同僚たちが憎かったんですよ。花本達也のときと同じく、毒物混入事件を警察に言うと脅して、うまく操りました」

笑ったのだろうか。薄い唇が、かすかに動いた。

「一件目と二件目は指示したのに、今回は自ら手をくだしたわけか」

「そうです。他者にやらせるだけでは、満足できなくなったのが理由のひとつですが、他にも一人ぐらいは直接、この手で殺してみたいと思いました。江崎富男に関しては毒入りカプセルを渡しましたが、要はそれだけですからね。不完全燃焼というか、さっき言ったように満足できなかったんですよ」

鈴木に東北訛りがないのを、孝太郎は気づいていた。『介護ヘルパー変死事件』の被疑者、渡部洋子は電話で話した際、東北訛りがあったように思うと述べていた。これはけっこう役立つ証言ではないのかと思っていた。

「殺害方法は？」

進藤の声で気持ちをパソコン画面に戻した。

「首の後ろ、盆の窪でしたっけ？」

鈴木の確認に、進藤は小さく頷いた。

「続けてください」

「被害者の男性を後ろから押し倒して、馬乗りになったんです。その後、盆の窪に注射器の針を刺して、空気を注入しました。目撃者はいなかったので、駐車場前の通りを真っ直ぐ大通りに向かい、そのまま逃げました」

「犯人と思しき人間の皮膚片が、被害者の爪に残されていたんだよ。DNA型鑑定はすでに終わっている。君のDNA型を調べたいんだが、採取してもいいか」

申し出には、大きく頷き返した。

「いいですよ。はっきりさせましょう」

「頼む」

進藤は後ろにいた相棒に、採取役を指示した。口を開けた鈴木の腔内を、綿棒で拭《ぬぐ》い、ビニール袋に入れる。

「もう一度、訊くが」

訊ねる声が重かった。

「本当に君が犯人なのか」

「はい」

答えた声に、まったく重みは感じられない。進藤は納得していない様子が窺えた。

三件目だけ方法が違っているからだろうが、孝太郎は、あまりにも正確すぎる自白が逆に引っかかっていた。

（真犯人に教えられたのではないか）

手帳は疑問符だらけになっている。とそのとき、横にいた細川が電話を受けた。少し話した後、清香にノートパソコンの操作を頼み、インターネットのサイトを検索させる。

「本間さんからです。ネットに事件の詳細が挙がっているという連絡が来ました」

早口で説明して、優美との会話を続けた。孝太郎や福井たちは、ネットを検索する清香のまわりに集まっている。

「これですね」

すぐにサイトを探し当てた。

「えー、なになに、『三つの事件は警視庁行動科学課への挑戦状だ。我と思わん者は、犯人だと名乗りをあげよ。彼《か》の者すなわち英雄なり』。ふざけたことを」

福井は読み上げて、舌打ちする。居合わせた者は同じ気持ちだったろう。

「進藤課長に知らせて来ます」

ひとりが取調室に向かった。

「いかがですか、検屍官のご意見は」

福井は、清香だけでなく、孝太郎にも問いかけの目を投げている。

「わたくしは、ネットを見て来たのだと思います。以前、ありましたでしょう、似たような事件が。要は目立ちたがりの愚《おろ》か者なんです。未成年ですからね。偽証罪に問われても、たいした罪にはなりません。さらに新聞や週刊誌の扱いは少年Aになるため、だれかがリークしない限り、本人を特定するのはむずかしくなります」

清香はリークしてほしそうな口ぶりだった。孝太郎も少なからず、同じような考えがある。死者だけでなく、遺族までをも侮辱する犯罪だ。英雄気取りなのは本人のみ。彼の家族もまた、苦しむに違いない。

「進藤課長は」

福井は、進藤がどうするか、パソコンの画面を見ている。部下が知らせた後、大きな溜息をつき、天井を仰いだ。一気に嘘だろうと責めたくなるが、ＤＮＡ型の結果が出ないと断定できない。

「確認だが」

仕方なさそうに座り直した。

「本当に君が犯人なのか」

「新しい情報が入ったんですか」

鈴木の頬が強張った。

「でも、殺ったのは、ぼくです。一件目は証拠品の処分をやらせ、二件目は指示を与えて殺させましたが、三件目の山下次郎さんを殺したのは、ぼくです。生活保護を受けている元ホームレスですよね。税金の無駄遣いだと前々から思っていたんです。本人も苦しみから解放されて、きっと今頃は喜んでいますよ」

「お黙り」

清香は小声で言った。もちろん取調室の鈴木に、叱咤《しった》の声が届くわけはない。

「ひきこもりに、山下さんのなにがわかると言うのですか。彼は一生懸命、生きていました。シルバー人材センターに登録して、依頼があれば草むしりやゴミ出しといった雑用をこなしていたんです。親に三食ばかりか、小遣い銭まで依存しているパラサイトとは違うのですよ」

握り締めた右拳が、小刻みに震えている。左手に持っているのは、山下の写真かもしれない。検屍官はツーショットの一枚を長財布に入れていた。

「検査結果を待つしか、ありませんね」

福井が意見を述べた。

「あとは当日の行動確認。聞き込みをして、やつの無実を我々が証明するしかありません。ネットを見た自称英雄が、他にも出て来るかもしれませんね」

うんざりしているのが見て取れた。真犯人の目論見《もくろみ》どおりに進んでいるように思えた。騒ぎが大きくなればなるほど、逃げ切れる可能性が高まると考えているに違いない。残念ながら警察はまだ、真犯人の目星さえついていなかった。

「あの頼りない手じゃ注射器の針を突き立てるのは無理だろう。はじめに見たときは『自称・山田』に似ていたんで驚いたがね。ジャージの色まで合わせて来たんだから当然だ。まったく人騒がせな話だよ」

福井は疲れた顔で首をまわしている。孝太郎は注射器で、覚せい剤の検査を思い浮かべた。細川に訊こうかと思ったが、まただれかと電話していた。

「鈴木ですが、覚せい剤の検査はしたんですかね」

「ん？」

福井は動きを止め、部署にいた私服警官を見た。会話が聞こえたのだろう。ひとりがこちらに来た。

「尿検査をしましたが、陰性でした。以前はわかりませんが、最近、覚せい剤は使用していないと思います」

「『希望荘』に来た自称・山田には、注射針の痕があったと山下さんが言っていました。これはあくまでも自分の考えなんですが、真犯人が医者かもしれないと考えたとき、医療用麻薬でしたか。あれが思い浮かんだんですよ。どの病院だったか忘れましたが、前に医者が常用していた事件が、あったような気がして」

「ありました」

清香が即答する。

「医療用麻薬は、非常に依存性が高い麻薬なんです。使い始めるとやめられなくなる。もしかしたら、東華大学病院でも依存した医師の問題が起きていたかもしれませんね」

「ドクター」

電話を終えた細川が、仕草で廊下を指した。孝太郎と清香、さらに福井もついて来たが、細川は異論を唱えなかった。

「本間係長から連絡が来ました。『希望荘』近くのコンビニから回収した防犯カメラのデータ解析ですが、非常に怪しい小型車を確認できたそうです。浦島巡査長のジオラマが記憶に焼きついていたらしくて、見た瞬間に『あっ』と思ったようですね。不明瞭だった車のナンバーを鮮明なものにした結果、該当車があったとのことでした」

「優美ちゃんのお手柄ですね」

清香の喜びに同意する。

「はい。さらにもうひとつ、SNから連絡が来たそうです。一柳ドクターに会いたいと言っていますが、いつにしますか。なるべく早い方がいいですよね」

「SN？」

孝太郎の疑問に、福井の問いが重なる。

「なんですか？」

「東華大学病院を内偵中の潜入看護士のことですわ。シークレットナース、SNです。福井課長にはお話ししていたと思いますが、なにかわかったのかもしれません。東華大学病院に、たった今、話に出た乗用車の持ち主がいたとすれば、点が一本の線になります」

シークレットナースの部分だけ、やけにはっきりと聞こえた。なんとなく妖《あや》しいひびきがあった。

（淫靡《いんび》な感じが）

そう思いかけて、自分を叱責する。こんなときに妄想など以《もっ》ての外、と思うのに頬が熱くなっていた。

「浦島巡査長。なぜ、赤くなっているのですか」

清香は目敏《めざと》かった。

「あ、い、いえ、なんでもありません。呼び名がちょっと刺激的というか、あ、そうではなくて、不謹慎なことを……申し訳ありません！」

またもや直立不動で一礼する。

「若いですなあ」

しみじみとした福井の言葉に、よけい頬が熱くなっていた。

第7章　市井《しせい》の英雄

1

二日後の午前中。

孝太郎たちが潜入看護士――神木瑠奈《かみきるな》と会ったのは、秋葉原のカラオケ店だった。

先に着いていた瑠奈は、今も人気が高いベテラン女性歌手の持ち歌を、美声で朗々《ろうろう》と歌いあげていた。高音が特に素晴らしく、孝太郎と清香は少しの間、聞き入っていた。

「お上手ですね」

終わったとたん、清香が拍手する。

「歌手になった方がいいんじゃないですか」

孝太郎も惜しみない拍手を送った。

「とんでもない。地方ならば天才少女歌姫と絶賛されても、東京では『歌が少し上手いその他大勢』のひとりにすぎません。高校時代に厳しい現実を知りましたので、看護学校に進みました。わたしが選択した中では、一番ましな道だったかもしれませんね」

瑠奈は、苦笑まじりに答える。年は四十一、近頃人気のぽっちゃりタイプで、色が白いうえに肌が綺麗だった。おおらかそうな雰囲気は、看護師に向いているのではないだろうか。頼り甲斐がありそうな印象を受けた。

「忘年会や新年会では、引っ張りだこじゃないんですか。患者さんにも人気が高いような気がします。お子さんに好かれるのではありませんか」

清香の感想に、にこっと笑った。向日葵《ひまわり》のような笑顔だと思った。

「ありがとうございます。入退院を繰り返しているような顔馴染みの患者さんは、わたしがカラオケ好きなのを知っているんですね。たまにリクエストされたときは何曲か披露します。落ち込んでいるときは元気が出ると言っていただいたりして……元気をもらっているのは、わたしの方なんですけどね」

と、肩をすくめた。

「それはわたしも最近、感じるようになりました。助けているつもりが、助けられていたと気づいたんです。お恥ずかしい話ですが、今までは見ているようで見えていませんでした。聞いているようで聞こえていなかったんです」

清香はかなり率直に語っていた。山下次郎の一件だろうか。助けられなかったという後悔が、検屍官の心に変化をもたらしたように思えた。

「へえ、意外ですね」

瑠奈もまた、正直者のようだった。

「一柳検屍官って、もっと高慢ちきで権高な性悪女だと思っていました。噂はあてにならないなと、しみじみ実感しています」

「あ、いや、検屍官は誤解されやすいんですよ。本当の優しさを知っている人だと、自分は思っています」

孝太郎のフォローに、清香は苦笑いする。

「お褒めにあずかりまして恐悦至極ですわ。世論《よろん》が落ち着くまで、おとなしくしていることにしましたの。でも、本質的な部分は変わっておりませんのでご安心ください」

ご安心云々の話ではないと思うが、口にするのは控えた。孝太郎のフォローに皮肉が返るのではないかという不安が増してくる。

「お返しですが、うちの課に来たとたん、ハリケーンに巻き込まれた新顔の浦島巡査長は、手先が器用なのを活かして、事件現場をジオラマで再現いたします。警視庁内では３Ｄ捜査と呼ばれて密《ひそ》かに人気が高まっているんですよ。新行動科学課に来てもらえたのは幸いでした」

毒のない清香の言葉を聞き、孝太郎は逆に不気味さを覚える。次に出るのは、情け容赦ない評価なのではないだろうか。

「時々イケナイ妄想をするようですけどね。潜入看護士――シークレットナースの話が出たときも、ひとりで頬を染めたりしていました」

やはり、と、思うような話を口にする。だが、どこかで安堵している自分に気づき、もはや、苦労性と貧乏性の業《ごう》だなと納得してもいた。

瑠奈は興味を覚えたのか、

「どんな妄想ですか」

上目遣いに問いを投げた。媚《こ》びを売るような仕草には、年下の警察官に対する好奇心がちらついているように感じられた。

「どんなと言われても」

答えるだけで頬が熱くなっていた。耳まで赤くなっていたに違いない。ふふっと瑠奈は含み笑った。

「素敵な妄想のようですね。機会があれば教えてください。３Ｄ捜査とイケナイ妄想って、面白い組み合わせだと思います。わたし、浦島巡査長に個人的な興味が湧きました」

「どうします？」

清香は揶揄するように言った。

「あ、い、いや、自分は」

馬鹿正直にまた、赤くなっていた。検屍官ひとりでも手に余るものを、瑠奈まで加わると目を合わせるのさえ恥ずかしくなる。

どうやって話を変えようかと思ったとき、

「では、本題に入りましょうか」

清香が告げた。

「はい」

瑠奈は座り直して、背筋を伸ばした。

「はじめにひとつだけ、確認しておきたいことがあります。潜入看護士に名乗りをあげていただいたのはありがたいのですが、本当によろしかったのですか」

清香はあらためて訊いた。下手をすれば看護師としてのキャリアに傷がつくのはもちろんのこと、免許まで剝奪《はくだつ》されかねない事態に陥《おちい》るかもしれない。危険な目に遭う可能性も高かった。それだけの覚悟があるのかという確認のように思えた。

「大丈夫です。よくある話かもしれませんが、わたしは十年前、医療過誤でひとり娘を喪《うしな》いました。悪いことは続くもので、その後、離婚しています。以来、なにかできないか、ずっと思い続けてきました。今回、ある知り合いから厚生労働省で潜入医士や看護士を募っている話を聞いたんです。あ、今言ったある知り合いについては明かせません」

早口で付け加えた最後の部分に、清香はすぐさま頷き返した。

「わかっております。続けてください」

「それで名乗りをあげました。一柳検屍官は、だいぶ前から厚生労働省に潜入看護士の話を提案していたそうですね」

「はい。神木さんのような被害者を、ひとりでも少なくしたいと思ったんです。わたしの相棒だった上條警視も同じ考えでした。それでまずは行動科学課を立ち上げたんですよ。いずれ検屍局を立ち上げたいとも思っているのですが、すぐには実現不可能ですので、横に置いておきます」

清香は公的な「わたくし」ではなく、最初から「わたし」を使っていた。内々の話だからなのか、瑠奈に好感を持ったのか。孝太郎は両方のように感じていた。

「提案はしましたが、のらりくらりとかわされ続けて、今に至っております。腰が重いですからね、国の機関は」

「それが今回は急にオーケーが出ました。どういう心境の変化でしょうか」

瑠奈の質問に、清香は少しだけ唇の端を上げた。

「ご存じだと思いますが、わたしの父は警視総監でした。そして、母は美容関係の会社を経営するセレブ。ところが父は警視総監の座を退き、母は会社更生法を申請しています。警視総監の娘は簡単に切り捨てられませんからね。のらりくらりと先延ばししていたのでしょう。ところが」

「すでに一柳検屍官の父上は警視総監ではない。厚生労働省は、簡単に切り捨てられると考えて、かねてより申し出のあった内偵捜査に着手した」

継いだ瑠奈を、清香は受ける。

「そうだと思います。潜入医士や看護士が必要なのは、厚生労働省もわかっているんですよ。医療過誤や介護施設での変死事案が続発していますからね。本音を言えば内部告発があった時点ですぐに潜入させたい。でも、なにかあったとき、自分たちが責任を取らされるのは困る。人身御供《ごくう》はいないかと探したとき」

「いるじゃないか、ほら、以前から騒いでいたあの派手な美人検屍官が」

またまた瑠奈が継いだ。派手な、の部分で気を悪くするのではないかと思ったが、美人と表現したのが奏功《そうこう》したのか。清香は特に表情を変えなかった。

「ええ」

微笑しながら答えた。

「選ばれた人身御供と言いますか。簡単に蜥蜴《とかげ》の尻尾《しっぽ》切りができる課を、厚生労働省は探していた。それが新行動科学課だったわけです。遅きに失した感がなきにしもあらず。痛ましい事件は、次から次へと起きていますからね。似たような事件なので先日の話だろうと勘違いしそうになるんですが、別の事件なんですよ。医療や介護関係の事案は、日常的になってきたような気がしています」

「同感です。今回はさっそく調べてみました」

瑠奈は、置いてあったバッグからファイルケースを出し、中に入れていた書類の束を清香に渡した。

「東華大学病院では、四年前と去年、産婦人科で医療過誤が起きていたようです。院内の看護師の間では、公然の秘密と言いますか。知らないのは新人だけで、内情を知りつくしている看護師たちは『見ざる言わざる聞かざる』を貫いているようです」

「四年前も去年も、亡くなられたのは無痛分娩で出産中の女性ですか。無痛分娩をめぐる事故は、各地で報告されているんですよ」

清香の横で孝太郎は書類を覗き込んでいる。が、死亡診断書であるため、わからない単語などが多かった。

「死因はなんですか。いや、死因の前に無痛分娩だな。どんなものなのか、教えてください」

手帳を出して、訊いた。

「麻酔の方法には、いくつかあると思いますが、東華大学病院で行われたのは硬膜外《こうまくがい》麻酔ですね。脊髄《せきずい》を保護する硬膜の外側に細い針を入れて、麻酔薬を注入する方法です。最初の被害者の方はこの処置を受けた後、『息が苦しい』と訴えていた」

清香は答えながら、死亡診断書に自分なりの意見を赤で書き込んでいる。

「おそらく麻酔が効きすぎたのでしょう。担当医や現場の指揮官である部長は、患者さんに人工呼吸器を装着して強制的に肺に酸素を送り込む『強制換気』をするべきでした」

「強制換気の説明を、もう少し具体的にお願いします」

孝太郎の申し出を受ける。

「強制換気は、患者さんが自発呼吸できなくなった際に医師が施す一般的な処置です。施すのは産婦人科に限りません。他の科でも行う処置です」

「去年の被害者、敢えてこう呼びますが、同じ過ちを繰り返したらしいんですよ。驚いたことに同じ担当医でした」

瑠奈は横から手を出して、次の死亡診断書を取り出した。目を通していた清香の表情は、皓々《こうこう》と輝く満月に雲がかかったかのように翳《かげ》る。

「許せない」

囁くように呟いた。かすかな声だが、強い気持ちが込められているように感じられた。この場に担当医がいたら震え上がったかもしれない。

「この二件は、間違いなく医療過誤だと思います。去年の事故の遺族は、民事訴訟を検討中のようです」

「最初の遺族は訴えていないのですか」

清香の問いに、瑠奈は唇をゆがめた。

「担当医と部長は『病院としては、できる限りのことをやった』と説明したそうです。たまたま麻酔が合わない体質だった、我々のミスではない、と。帝王切開してお子さんは助かったらしいんですよ。それで運が悪かったと諦めたのではないでしょうか」

「ところが去年、二度目の事故が起きてしまった」

「はい。それから産婦人科ではないのですが、外科でもよからぬ噂を耳にしました。こちらは現在、調査中です」

「そして、お願いした別件の調査結果がこれですね」

清香は、一番下の調査報告書を上に持ってくる。孝太郎にも読みやすいように、少し傾けてくれた。

「そうです」

瑠奈は名前の部分を指さしていた。

「臨床心理士だったらしいですね。医療用麻薬は依存性が高いと聞いています。わたしが以前いた病院でも男性内科医が常用していたらしくて、退職させられました。多すぎて新聞ネタにもならないんじゃないでしょうか」

これで終わりかという雰囲気になったとき、孝太郎と清香の携帯が同時にヴァイブレーションする。

「本間さんですね」

清香は、立ち上がろうとした孝太郎を素早く制した。

「わたしが受けます」

急いで廊下に出て行く。残された孝太郎は間がもたなくて、曖昧な笑顔でごまかした。

「今度一緒に食事でも、どうですか」

瑠奈の誘いには素直に驚きを返した。

「え、いや、あの」

「はい、わかりました。お断りですね」

「浦島巡査長。行きましょうか」

清香が戻って来た。

「神木さん、それでは失礼します。くれぐれも無理はしないでください。怪しまれたり、危ないと思ったときはすぐに退《ひ》くのがコツです。深追いしないこと。あと囮《おとり》情報で正体を見極めようとする輩《やから》が現れるかもしれません。気をつけてください」

ソファに座り直して、瑠奈と目を合わせる。

「わかりました」

「なにかあったときは助けに向かいます。必ず助けに行きます。いつでも遠慮なく連絡してください」

二度、助けに行くと告げた言葉に、蜥蜴の尻尾にはさせないという想いが込められているように感じた。

「ありがとうございます」

瑠奈の答えはそれだけだったが、両目や表情に感謝の気持ちが表れているように思えた。

一緒にいられるところを見られたくないので、二人は先にカラオケ店を出る。

「優美ちゃんからの連絡でした。神木さんの報告書にもあった人物の、任意同行の準備が調ったようです」

面パトの助手席で、清香は会話の内容を告げた。真犯人を任意同行する場に立ち会うべく、孝太郎は墨田区に向かった。

2

墨田区のスーパー銭湯には、いつもと変わらない光景が広がっているように見えた。

平日の午後だからなのか、週末よりは駐車している車の数が少なかった。施設から出て来る者、これから入る者、カップルや親子連れなどなど、それなりに人が動いているように思える。

しかし、スーパー銭湯の表玄関や裏口を固めているのは、すべて私服警官だった。あらたに訪れた客に対しては、本日定休日の札を見せて、お引き取りいただいている。館内の大掃除のためという説明を加えるのも忘れなかった。

「一柳検屍官」

駐車場にいた所轄の福井課長が、到着した孝太郎と清香に気づき、小走りに近づいて来た。『花本達也犯人説』を唱える本庁の池内課長の姿は見えないが、来ているに違いないと思い、孝太郎は油断なく周囲に目を走らせていた。

同じ疑問をいだいたのだろう、

「池内課長はいないのですか」

清香が開口一番、訊いた。

「裏口に陣取っています。細川課長も一緒ですが、池内課長は花本達也犯人説を今も唱えていますからね。所轄にまかせる形を取りつつ、こいつは間違いないとなったときには、自分が手錠を掛けるつもりなんでしょう。かなり早い時間から来ていますよ」

福井は苦笑いしながら答えた。新行動科学課と顔を合わせるのが、池内はいやなのかもしれない。ここに来ているのはすなわち、検屍官の推理が正しいと認めることになる。認めてはいないが、役目上、仕方なく応援部隊として裏口に陣取っているのかもしれなかった。

「容疑者の自宅で任意同行できなかったのですか」

と、清香は銭湯の建物を見やる。一般人が出入りする施設での連行騒ぎを、案じているに違いない。表情がくもっていた。

「うちも自宅で身柄を確保したかったのですが、なにかを察知したのか、容疑者はずっと銭湯に泊まり込んでいるんですよ。やむなく、ここでの任意同行に踏み切った次第です」

「すでにお聞き及びかもしれませんが」

清香は情報交換を続ける。

「殺された山下次郎さんの爪から採取された皮膚片は、自首して来た自称・犯人の鈴木幸輔のＤＮＡ型とは一致しませんでした。鈴木幸輔の自宅は現在家宅捜索中のようです。鈴木は実行犯ではないようですが、真犯人でもないと思います」

「その件は、わたしの携帯にもメールで知らせが来ました。わたしも鈴木幸輔は、一連の事件に無関係だと考えています。葛飾区の所轄の進藤課長からも連絡が来たんですよ」

福井は手帳を広げた。

「事件が起きた駐車場の隣家の庭から、いくつかの足跡が発見された。浦島巡査長が採取していた駐車場前の道路にあった足跡と比較したところ、同じスニーカーのものと判明。おそらく真犯人の足跡と思われる」

目を上げて、二人を交互に見やる。

「現場近くのコンビニの防犯カメラには、犯人のものと思しき乗用車が映っていたようですね。浦島巡査長のジオラマが記憶に焼きついていたんじゃないですか。本間係長が知らせてくれましたが、ここの現場同様」

と、肩越しに建物を振り返って、視線を戻した。

「葛飾区の事件現場も、本当によくできていました。あそこのコンビニに、あの乗用車をぽんと置いてやればいい」

今度は押収予定の白い小型乗用車を目で指している。すぐに出たいからなのか、駐車場の入り口付近に停められていた。むろん車の近くにも私服警官がついている。カップルを装った男女が、さりげなく見張っていた。

「被疑者の裏付け捜査は、いかがでしたか。犯人像に近いですか」

清香の問いに、福井は大きく頷き返した。

「非常に近いですね。年齢は四十五歳、髪型などはいくらでも変えられるため、あまり気にしませんが、ボサボサ髪にできる程度の長さです。出身地は東北で、慌てると訛《なま》りが出るらしいですよ。訛りを指摘されると怒り出すこともあったとか。あとは、そう、『オセロ症候群』ですか」

手帳を目から離し気味にしている。

「配偶者や交際相手の不貞を妄想的に確信し、凄《すさ》まじい嫉妬感情を剝《む》き出しにする心の病気です。被疑者には、その傾向があったんですか」

孝太郎は素早く補足して、確認した。『オセロ症候群』の話は、『介護ヘルパー変死事件』の実行犯、渡部洋子と検屍官が話したときに出ていた。そういった他の部署の情報も清香は隠すことなく伝えている。

本庁の池内がやらなければならない合同捜査を、新行動科学課が担っていた。

「あったようです。おそらく、それが原因でしょう。二度、離婚しているんですよ。最初の妻には、暴言やモラルハラスメントだけでなく、暴力もふるったらしいですね。反省して二度目はＤＶを我慢したんでしょうが、二年足らずで離婚に至っています。子供はいません」

こまめに情報交換していたが、念のためという感じで福井は口にした。清香は来る途中に、神木瑠奈の調査結果もメールで送っていた。

「実家の家族とは、どうなんですか。今も行き来しているんでしょうか」

孝太郎の質問には頭を振る。

「ほとんど行き来していないと聞きました。二人の姉の後に生まれた待望の跡継ぎだったからでしょうね。両親はもちろんですが、年の離れた二人の姉にも可愛がられていた。ええと、行動科学課では面白い表現を使っていましたよね」

ふたたび手帳を目から離したため、孝太郎が継いだ。

「『甘えん坊将軍』ですか」

「そうそう、うまい異名だなと思いました。しかし、驚きましたよ。臨床心理士の職に就きながら医療用麻薬に溺《おぼ》れていたとは……本人は医者をめざしていたようですが、試験に三度落ちて諦めたんでしょう。臨床心理士になったのは、本人にしてみれば不本意だったのかもしれません」

福井は言い、続けた。

「しかし、これで殺された山下次郎さんの証言は、正しかったことがはっきりしました。腕に残っていた注射の痕は覚せい剤ではなくて、医療用麻薬の注射痕だったわけですよ。日常的に注射器を持ち歩いていたのは確かでしょう。使い慣れてもいた」

「ええ。過去に起きたさまざまな事件の犯人たちは、おとなしく真面目な性格で、幼少期から思春期にかけて問題行動を起こしたことがないという特徴がありました。今回の被疑者はどうだったんですか」

清香の問いに唇をゆがめた。

「家族の話では、そのとおりでした。非常におとなしくて、反抗期がなかったらしいですからね。新しくひとつ加えるなら、杜撰《ずさん》な性格かもしれませんが、これは薬の影響だと思います。実家にいたときは几帳面《きちょうめん》な性格だったらしいですから。仕事に関しては大雑把でいい加減な感じがするものの、犯行計画は緻密《ちみつ》に練った感じがします」

緻密という表現には、強い抵抗感を覚えた。

「ですが、山下次郎さんの事件では、緻密とは言えない動きをしています。自分の車で現場近くへ行き、足跡を残した。一件目や二件目のやり方とは異なります。これは、なぜでしょうか」

孝太郎の疑問を、清香が受けた。

「注射器をうまく扱える者が、いなかったのではないでしょうか。順番どおりにいくと、空気を注入して殺さなければならなかったわけですからね。もっとも裏には、どうしても自分で人を殺したくなってしまったという欲望が隠れているような気がしますが」

話の途中で、なんとなく空気がざわめいた。孝太郎は叫び声が聞こえたように思い、駐車場の入り口から出て裏口の方を見る。目の端に表玄関へ走る福井課長の姿が見えた。ジオラマを作るときに何度か訪れていたため、孝太郎は初老の警備員とは顔馴染みになっていた。

「今日は開店休業らしいけど、なんの騒ぎなんですか」

怪訝そうに訊いた。いささか的外れな質問は当然かもしれない。被疑者に逃げられないようにするため、警備員や従業員にはよけいな話をしていなかった。

「館内の大掃除をすると聞きました。じきに業者が来ると思いますよ。我々は先日の事件のことで、再調査しているんです。ご迷惑かもしれませんが、しばらくの間、車を停めさせてください」

うまくごまかしたが、初老の警備員は相変わらず怪訝な表情をしていた。

「支配人は知っているんですか」

探るような目を向ける。

「もちろんです」

「なんだか、おかしいんですよね。つい今し方、支配人は電話して来たんですが、警察官がいるかどうか訊いたんですよ。いると言ったら、すぐに切れてしまって」

「え」

孝太郎は一瞬、言葉を失った。隣に来ていた清香は、携帯の画面を見ている。細川からメールが来たのかもしれない。

「被疑者が逃げたっ」

福井が表玄関の前で叫んだ。

「支配人の深津《ふかつ》幸生《さちお》が裏口から出たぞ！」

他の私服警官も大声を上げる。清香は大きなバッグを抱え直して、裏口の方に足を向けた。孝太郎は追いかける。

「捜索に加わるんですか」

「もちろんです。深津のアパートに……」

「ドクター、一柳ドクター」

細川が裏口の方から走って来た。冷静沈着な課長にしては珍しく、険《けわ》しい表情になっていた。

「怪我人がいます。来てください」

踵《きびす》を返して、走る。孝太郎はとっさに清香のバッグを持ち、少しでも速く走れるようにした。途中にいた中年の私服警官に急いで状況を確かめる。

「被疑者は裏口から逃げたんですか」

「いや、館内に戻った」

池内の部下だろう。顔に見憶えがあった。

「ですが、表玄関に張り込み中の警官は、逃げたと思っています。すみませんが、知らせてもらえますか。出入り口を固めて、外へ逃げられないようにした方がいいと思うんです。所轄の福井課長がいますので伝えてください」

丁重な態度になにか感じたのかもしれない。

「わかりました」

中年警官も言葉遣いをあらためた。

「浦島巡査長」

清香に呼ばれて、走った。

「はい」

孝太郎が持つバッグには、医者の七つ道具が入っている。これがなければ手当てできない。いったい、だれが怪我をしたのか。

現場には、黒い不安が渦巻いているように思えた。

3

「退《と》いてください、ドクターを連れて来ました」

細川は、裏口付近に集まっていた私服警官を押しのけるようにして、清香を怪我人のもとに連れて行った。

「池内課長」

検屍官は、俯せに倒れたままの池内の傍らに膝を突いた。施設のゴミ置き場の近くという不潔な場所だった。孝太郎は持っていた大きなバッグを彼女の横に置く。池内は呻き声を上げるだけで返事はしなかった。痛みで気を失いかけているのかもしれない。

「救急車の手配は？」

「連絡しました」

部下の答えを聞き、清香は孝太郎を呼んだ。

「手伝ってください」

素早く手袋を嵌《は》めている。

「は、はい」

孝太郎も渡された手袋を急いで嵌めながら、現状を再確認した。

「深津は館内ですか？」

「そうです。池内課長を刺した後、中に戻りました」

池内の部下の答えを聞き、清香は告げた。

「池内さんの部下は、二名だけ残ってください。それで充分です。他の方は深津の捜索に加わってください」

「わかりました」

池内の相棒の中年警官が、本庁の私服警官たちに小声で指示を与えた。みな青ざめていたが、上司の仇《かたき》を討ちたいという思いはだれの胸にもあるだろう。素早く散って行った。

清香はバッグにあったビニール製の簡易手術着を着け、プラスチック製のゴーグルも装着する。物々しい雰囲気になったが、孝太郎や池内の部下たちも、細川から渡されたマスクやゴーグルを着けた。

「服を脱がせます」

言うが早いか清香は、メスで手早く背広を切り、ワイシャツや下着を切り裂いた。肌には一筋の傷もつけていない。見事なメス捌《さば》きだった。

「池内さん、わかりますか。一柳清香です。わたくしの声が聞こえますか」

何度か呼びかけたが、池内は呻いているだけだった。

「脱がせてください、早く!」

「はい」

孝太郎は細川と一緒に、池内の背広とワイシャツを脱がせる。池内の部下たちにも手伝ってもらいながら、脱がせた服は身体の下に敷き、地面と素肌が直接触れないようにした。細川は館内から真新しいバスタオルやタオルを持って来る。池内の身体を動かさないように気をつけながら、タオル類も敷いた。

池内は後ろの右脇あたりが、ざっくりと裂けていた。むろん出血していたが、傷の割には少ないように思えた。

「まずい事態です」

清香は緊張した面持ちで告げた。

「おそらく肝臓を刺されたのだと思いますが、ほとんどの血は体内に流れてしまっているのでしょう。それで出血が少ないのだと思います。早く処置しないと」

鋭い目を細川に向ける。

「こちらに向かっている救急隊に連絡してください。リンゲル液とナトリウム溶液を持っているかどうか確認を。現場に到着したら、すぐに点滴できるように準備しておいてくださいという伝言をお願いします」

「わかりました」

「面パトで直接病院に運んだ方が早くないですか」

池内の部下のひとりが訴えた。焦れたに違いない。

「ストレッチャーで運ばないと危険です。下手に動かすと大量出血してしまうかもしれません。運ぶのは救急車でなければ、だめです」

「検屍官に従います。自分たちにできることがあれば言ってください」

相棒の部下は悲痛な声音で申し出た。もうひとりはなにをしたらいいのか、わからないのかもしれない。宙に目を泳がせていた。

「助かります」

清香は答えて、バッグから金属製のケースを出した。中にはさまざまな大きさのメスや鋏《はさみ》、金属製のストローのような奇妙な用具も並んでいる。消毒済みなのだろう。すべてビニール袋に真空パックされていた。

「救急車のサイレンが聞こえたら教えてください」

清香はじっと池内を見つめている。だれに言ったのかはわからないが、孝太郎と細川は同時に返事をした。

「はい」

「いつ、やるか。遅くても早くても、だめ。体内に流れているであろう血を、外に出した瞬間、救急車が来ていないと危険です」

呟きながら段取りを考えているような感じだった。額には脂汗が浮かんでいる。心を落ち着かせるためなのか、そのときを見極めようとしているのか。静かに深呼吸していた。

「なにか容器を用意してください」

清香の申し出に、細川が動いた。すぐさま洗面器を持って来る。その間に清香は、麻酔注射の準備をしていた。

「池内さん、これから麻酔を打ちます。大丈夫ですよ、必ず助かりますからね。わたくしは日本一の医者ですから、おまかせください」

池内の右腕を消毒綿で拭き、まずは麻酔を注射する。これで痛い思いをすることはないはずだ。とそのとき、遠くの方からサイレンの音が聞こえてきた。その場にいた全員が、口々に叫んだ。

「来ましたっ」

「救急車です！」

「救急隊員をここに案内してください。巡査長、メスと金属ストローを袋から出してください」

清香は言い、メスと金属ストローが入ったビニール袋を孝太郎に渡した。震える手を叱りつけるようにして、ビニール袋を鋏で切る。細川が敷いたタオルの上に、メスと金属ストローを並べた。

スーパー銭湯の裏口付近が、臨時の手術室になっていた。

「すぐに血が止まってくれればいいのですが」

手袋を着けた清香の細い指が、傷口に深く潜り込む。肝臓の傷口を探り当てたのか、金属ストローを傷口に差し入れた。なにをするか細川は察したに違いない。持って来た洗面器を近くに置いた。

金属ストローは、片側が切り裂かれた身体の中、片方が外に出ている。どういう作りなのかはわからないが、まさにストローのごとく途中で曲がるようになっていた。

検屍官はまるで飲み物を吸うように、金属ストローの外に出ている部分を口に咥《くわ》えた。すっと吸い込んだのは一瞬だけ、すぐに清香は金属ストローの端を、細川が持っていた洗面器に移した。

「う」

孝太郎の呻き声と同時に、血液が洗面器にあふれ出して来る。池内の部下たちが、到着した救急隊員を連れて来た。

「まずは点滴です。リンゲル液をお願いします」

清香は指示しながら、池内の左腕に点滴用のテフロン針を刺している。鍋やフライパンに利用されるテフロンと同じもので、錆《さ》びにくいため、腕に刺したままにしておけるのだ。点滴用の薬品袋から伸びるチューブを繋げば、その都度、違う薬品を点滴できるようになっている。

「リンゲル液です」

救急隊員は用意してきた点滴袋のチューブを検屍官に渡した。清香は手際よくチューブとテフロン針を繋ぐ。点滴袋は孝太郎が持ち、まだ血が流れ続けている洗面器を持つ役目は細川が引き受けていた。

「ストレッチャーで救急車へ」

清香が立ち上がったのを見て、二人の救急隊員はストレッチャーに池内を移し始める。当然のことながら、控えていた池内の部下も手伝った。救急隊員は下手に傷口を圧迫しない方がいいと考えたに違いない。顔は横向き、身体は俯せのまま、池内はようやくストレッチャーに乗せられた。

「よかった」

清香が安堵したように呟いた。

「血はほぼ止まりましたね。細川さん、洗面器ごと救急隊員に渡してください。どれぐらい出血したかを、担当医に確認していただかないと」

「わかりました」

救急車に運び込まれた池内に、孝太郎と細川はついている。ストレッチャーが中に落ち着いた時点で、孝太郎はリンゲル液の点滴袋を救急隊員に渡した。細川は大きなビニール袋に、血が満ちた洗面器を入れる。

「池内さんの部下のうち、ひとりの方は付き添いをお願いします。家族や警視庁に連絡してください」

完全に清香が指揮権を握っていた。もっとも今、指揮権を口にする愚か者はいないだろう。

「よろしくお願いします」

孝太郎は細川と一緒に救急車を降りた。清香は搬送先に電話をした後、救急隊員に受け入れ先の病院名を伝える。幸いにも近くの総合病院が受け入れるのを了承したようだ。救急車に乗り込む直前、付き添い役の部下が深々と清香に一礼した。

さまざまな意味の謝罪が込められていたように思えた。救急車はサイレンを鳴らして、走り出した。

「池内課長、あんなに出血して大丈夫なんでしょうか」

孝太郎は訊いた。まだ深津幸生は確保されていないようだが、凄まじい緊張感から解放されて、脱力状態になっていた。

「そのためにリンゲル液とナトリウム液――生理用食塩水ですね。これを用意しておいてもらいました。輸血は不要という説もあるぐらいなんですよ。アメリカの国防総省のデータですが、輸血はけっこうリスクが大きくて、手術中に死亡する兵士が多かったことから、さまざまな研究がなされたようです」

「そうか。アメリカは多くの国に兵士を派遣《はけん》していることから、そういった研究が必要だったんでしょうね。池内課長は助かりますか」

「できるだけのことはしました。あとは、池内さんの生きる力に賭けるしかありません。以前、助けられなかった経験が、あのチタンストローを生んだんですよ」

「あの金属ストローは、チタン製なんですか。それにしても……」

「浦島巡査長」

細川が呼びかけた。

「ドクターとのんびり話している暇はありませんよ。まだ深津は館内に潜んでいるんです。我々も捜査に加わります」

「はい」

着けていた手袋やマスクを取って、孝太郎は細川とともに裏口から館内へ入る。ほんの少し前の生死を分けた戦いから気持ちを切り替えた。

スーパー銭湯の館内には、不気味なほどの静寂が満ちていた。

4

かなりの数の警察官が投入されているのだが、客のいない広い館内では、たまに私服警官に出会うぐらいだった。従業員は会った時点で外へ行くよう促している。孝太郎はもう一度、見取り図を確かめた。

（ここはデパートで言えば、レストラン街だな）

一階の広々とした廊下の両側には、居酒屋やうどん屋、ラーメンや鉄板焼き、本格的な和食の店といった店舗が連なっていた。大浴場へ行く通路を見ながら通り過ぎると、次はデザートやスイーツを中心にした小さな店や太鼓橋などが見えてくる。さらに進むと待合処に出て、その先が土産物屋や更衣室を配したフロントという造りだった。

「二階の休み処に行ってみましょうか」

「はい」

細川に従い、孝太郎は階段を昇り始める。二階の東のA棟には普通に泊まれる宿泊施設があり、西のB棟にはリクライニング式の椅子が置かれた男女別の休み処が設けられていた。若手と四十前後の私服警官が、頭を振りながら降りて来る。

「上にはいないようです。やつのテリトリー内ですからね。見取り図にも載っていない物置のような部屋があるのかもしれません」

四十前後の私服警官が報告した。

「外に逃げた可能性はないのですか」

細川が問いかける。私服警官の二人は、張り詰めた表情をしており、油断なく周囲に目を走らせていた。

「逃げたという報告は聞いていません。まだ館内にいると思います」

「二階の南端にマッサージルームがありますよね」

孝太郎は見取り図を示して、訊いた。

「ここは確認しましたか」

「覗いてみましたが、従業員はすでに避難したんでしょう。だれもいませんでした」

「休み処はどうでしたか」

今度は細川が訊ねる。

「男性用の休み処に男性従業員がいたので、避難するように言いました。我々と一緒に降りて来ると思ったんですが」

と、四十前後の私服警官は階段を見上げる。この返事で孝太郎は、二階へ行くことを決めた。

「もう一度、自分たちが確認してみます」

細川には確かめなかったが、上司は同意するように頷き返した。降りて行く二人に会釈して、二階に上がる。北側の端が女性用、階段に近い手前が男性用の休み処だった。二人は最初に南端のマッサージルームへ向かった。

「どこかに物置があるかもしれない、ですか。気になりますね」

細川は言い、見取り図を再確認している。アロマオイルと思しき薫りが広がるマッサージルームには、何台かの治療台が並んでいた。施術する度に手を洗うのか、洗面室もあったが、カーテンの向こうに人は隠れていなかった。

「カーテンを開けるとき、少し緊張しました」

正直な感想に、細川は笑顔を返した。

「わたしもです」

笑うと少年のような表情になる。確か五十歳のはずだが、十歳は若く見えた。なにかと話題の美人検屍官と交際を続けるには、若さを維持しなければならないのかもしれない。マッサージルームから廊下に出るときも緊張したが、人影は見当たらなかった。二人は男性用の休み処を覗いてみる。

広さは三十畳ほどだろうか。リクライニング式の椅子が、左右に五台ずつ並んでいる。電気は消されていたため、孝太郎は電気を点け、椅子の下も確かめていった。細川は奥の扉付きの棚を開けていた。

思わず小さな吐息が出る。

「いませんね」

いなかった安堵感と、では、どこにいるのかという不安が綯《な》い交《ま》ぜになっていた。先程、中年警官が言っていた従業員は、二人がマッサージルームを見ている間に階下へ行ったのだろうか。あるいはまだ女性用の休み処にいるのか。

「女性用の方も確認してみましょう」

細川に言われて、孝太郎は先に廊下へ出た。

次の瞬間、後ろの首筋が急に冷たくなったように感じた。素早く振り返ったその目に、サバイバルナイフを振り上げた深津が飛び込んで来る。第一撃はかろうじてかわしたが、身体をひねった拍子に大きくバランスをくずしてしまった。

「あっ」

尻もちをつくように座り込む。

「巡査長!?」

後から出て来た細川が深津の腕を摑《つか》むのと、だれかが深津を後ろから羽交い締めにするのが同時だった。深津の右手から落ちたサバイバルナイフを、孝太郎は素早く取る。深津はがっちり後ろから摑まれたため、動けなくなっていた。

「くそっ、離せっ」

「離すもんか。江崎さんを殺したのは、やっぱり、おまえだったんだな。隠れても必ず現れると思って待っていたんだよ」

おそらく警察官が言っていた男性従業員だろう。年は五十前後、銭湯の制服を着た腕は袖をまくりあげていたが、驚くほど太かった。

「確保!」

細川が携帯で連絡しながら言った。

「深津幸生を確保しました。応援をお願いします」

「なんの罪ですか、わたしはなにもやっていませんよ。任意同行でしょう。逮捕するのであれば令状を……」

深津の訴えを、細川が仕草で遮る。

「君はついさっき本庁の課長を、そのナイフで刺したじゃありませんか」

孝太郎が持っていたサバイバルナイフを目顔で示した。刃には池内の血が、生々しく残っている。孝太郎は吐き気を覚えたが必死にこらえた。

「立派な傷害事件であり、銃刀法違反容疑です。目撃者は複数の警察官ですからね。言いのがれはできませんよ」

細川は腰ポケットから手錠を取り出して、嵌《は》める。従業員と思しき男は、腰が抜けたように座り込んだ。

「か、仇《かたき》は討ったぞ、江崎さん」

天井を仰ぎ見ていた。

「江崎さんのお知り合いなんですか」

孝太郎の問いに涙目で答える。

「よく飲みに連れて行ってもらいました。最初は常連客と従業員の付き合いでしたが、最近では、マンションにも遊びに行くようになっていたんです。江崎さんは息子のように可愛がってくれて」

階下から何人かの私服警官が上がって来た。清香も一緒だった。細川は、深津を立たせて訊いた。

「どこに隠れていたんですか」

「用具入れです」

ふてくされたように、マッサージルームの方を顎で指した。連れて行って場所を訊くと、廊下の壁にしか見えないところに用具入れが造られていた。壁の一部を押すと開く仕掛けになっていた。旧行動科学課のスタイリッシュなオフィスに設《しつら》えられていた、冷蔵庫の扉と同じような感じだった。

「言われなければ、わかりませんでしたね」

清香は、冷ややかに深津を睨みつける。

「深津幸生。池内範夫課長への傷害容疑及び銃刀法違反で現行犯逮捕します」

申し渡して、事件は終わりを告げた。

犯人逮捕に協力した市井の英雄は、涙をこらえて唇を嚙みしめていた。

5

「行動科学課が解決した事件を真似ました」

深津は簡単に認めた。

「警察の情報を漏らす不届き者がいるんでしょう。ネットに詳しく出ていましたよ。花本達也に盗み癖があるのは、清掃係の後藤さんから相談されていたんです。彼女も盗まれたらしくて、けっこう怒っていました」

供述の様子を、孝太郎と清香は所轄の取調室で見守っている。福井が事情聴取をしているのだが、まるで他人事《ひとごと》のように淡々と語る様子が、よけい深津の異常さを表しているように思えた。常用していた医療用麻薬の影響かもしれない。どんよりと濁《にご》った目に生気は感じられなかった。

そして、彼の右手首には、山下次郎に引っ掻かれた傷跡がはっきり残っている。山下の爪にあった皮膚片についても、深津のＤＮＡ型であることが確認されていた。

（医療用麻薬の影響で、山下次郎さんの殺害は、緻密さに欠ける犯行になったのかもしれないな。集中力が続かないいんだろう）

孝太郎は手帳に記している。

「それを聞いて、脅せば思いどおりに動くと考えたわけか」

福井は溜息まじりに言った。瀕死の重傷を負った池内は、今も意識が戻らず、集中治療室にいた。

「まあ、そんなところですね」

「確認するぞ。江崎富男さんに関しては、青酸入りカプセルを渡して、殺害した。ふだんからサプリメントを安く分けていたようだな」

「はい。あの世代って、インターネットを使えない人が多いじゃないですか。安くサプリメントを買えると言ったら、向こうからお願いしたいと頼まれました。最後に渡したやつの中身を替えておいたんですが、かなり雑な感じでカプセルを戻しておいたんですけどね。よく見れば開けたのがわかったと思うんですが」

気がつくように細工しておいたと言わんばかりだった。目や記憶力が鈍くなった年配者は、気がついたとしても自分がカプセルの中身を出したと勘違いしたかもしれない。また、それを狙った可能性も否定できなかった。

「栄養ドリンクの瓶の欠片を、大浴場にばらまいておけと花本達也に言ったのは、警察の目を栄養ドリンクに向けるためか」

「そうです。毒入りカプセルだとわかれば、インターネットを調べられるじゃないですか。江崎さんは栄養ドリンクが大好きで、いつも飲んでいましたからね。あれを利用してやれと思ったんです」

「つまらない小細工をしたもんだ」

福井は吐き捨てるように言った。

「江崎さんは、青酸入りカプセルを大好きな栄養ドリンクで飲んだ。おまえはその空き瓶や蓋を、花本達也に回収して処分しろと指示した。江崎さんの携帯や財布、免許証といった身分を証明する物に関しても同じように処分命令を与えた」

「認めます」

「なぜ、手の込んだ真似をしたのか。行動科学課の事件を真似るために、江崎さんの身許がわからないようにしたかったのか？」

「はい」

淡々と答えた。あまりにも緊張感がなくて、気がぬけるほどだった。

「行動科学課になにか怨みでもあったのか？」

問いかける福井の方が躊躇いがちのように感じられた。もっと早く出てもいい質問だったが、後ろに立つ二人を慮《おもんぱか》るがゆえではないだろうか。

「目立ったから、かな」

深津は笑っていた。

「おれ、検屍官たちが乗っていた面パトを見たことあるんですよ。オリーブ色のポルシェ911カレラでした。恰好いいと思う反面、自分たちだけ目立ちやがってと妙に腹が立ったんです。今回、警察と勝負するにあたって、どうせならと思いました。行動科学課の事件を真似てやろうって」

「二件目の『介護ヘルパー変死事件』だが」

福井は次の事件に話を進めた。

「おまえは、臨床心理士として勤めていた病院を辞めた後、実行犯の渡部洋子が以前勤めていた介護施設に、介護ヘルパーとして勤めたことがあるようだな」

「え、もう次にいっちゃうんですか」

深津はさも不満そうに眉をひそめる。机に身を乗り出すようにして言った。

「ちょっと調べたんですが、花本の親、かなり危ないことをやっているみたいじゃないですか。『極楽島事件』の重要参考人なんでしょ。人身売買も殺人と同じぐらいに、重要事件じゃないんですかね。いや、数が多い分、罪が重いかも……」

「どうなんだ？」

福井は相手にしなかった。今の発言から推測できるのは、やはり、意図的に花本達也を処分役に選んだのではないかということだ。人身売買事件に警察の目を引きつけておけば、逃げきれると考えたのなら愚かとしか言えなかった。

「質問に答えろ」

促されて、そっぽを向いた。

「はい。渡部洋子と同じ介護施設に勤めたことがあります。いやな女でしたよ、女王様気取りでね。文句ばかり言っていたので『このやろう』と思っていました。今に見てろよ、みたいな感じですね」

ふてくされていたが、綺麗な標準語を話していた。慌てると訛《なま》りが出るらしいので、今は落ち着いているように見えた。

（渡部洋子は実行犯だ。今は関与を認めても、後々、深津は否認するかもしれない）

注意事項として書き入れた。

「『介護ヘルパー変死事件』は、個人的な怨みか」

「まあ、そうかな」

必ず語尾に自問するようなひびきが残る。唇をゆがめた顔は、四十五という年齢の割には稚《おさな》く思えた。若いというよりは、やはり、稚い印象を受ける。脂気《あぶらけ》のないボサボサの髪は、三件目の事件をいやでも思い出させる。深津は眼鏡を使用していないが、変装に使ったと思しき黒縁眼鏡とマスクが、家宅捜索で発見されていた。

「渡部洋子は、内心、してやったりかもしれませんよ。嫉妬心が強いんだ、あの女はさ。被害者は美人で幸せな結婚生活を満喫していましたからね。日々、怒りと憎悪の炎を燃やしていたと思います」

「自分の話じゃないのか？」

福井は冷ややかに切り返した。

「嫉妬心が強すぎて、二度も離婚をしているじゃないか。『オセロ症候群』の疑いありと、本庁の捜査員は考えているんだよ。病的な嫉妬心を持つ『甘えん坊将軍』だ。たまたまかもしれないが、おまえと同じように花本達也も上に二人の姉がいる。甘いところは似ているかもしれないな」

「冗談じゃない。おれはやつとは違う。ちゃんと自立して、ひとり暮らしをしていた。あいつは……」

「山下次郎さんだが、なぜ、殺した？」

福井は現実を突きつける。

「………」

深津は一瞬返事に詰まったが、

「要《い》らない人間だから、かな」

またもや自問のひびきとともに答えた。

「お黙り！」

清香が言った。数歩、前に出ていた。

「山下さんは、シルバー人材センターに登録して、ちゃんと地域のために働いていました。生活保護費は足りない分だけ受けていたんです。アパートで行ったお通夜には、ご近所の方も来てくれました」

さらに近づいて行く。

「あなたはどうでしょう。自分が死んだとき、身内や友人知人がお通夜や葬儀に来てくれると思いますか？」

清香の言葉と同時に、孝太郎の脳裏にはアパートのお通夜と区民会館で行われた質素な葬儀が甦っていた。草むしりや片付けなどの雑用を行っていた山下は、物静かで丁寧な仕事ぶりを思いのほか評価されていた。彼に依頼した女性たちからは惜しむ声が聞かれた。

「だれも来ねえだべな」

深津の答えに訛りが出た。引き攣るような笑いは、精一杯の虚勢に思えた。清香がさがったのを見て、福井は聴取を再開させる。

「おまえは、山下さんを殺害する前に、アパートの住人から警察が来たときの状況を聞いた。ボサボサ頭に黒縁眼鏡の『自称・山田』のことを、山下さんが教えたと知り腹を立て、殺害を計画。コンビニに行こうとした山下さんに、駐車場付近で後ろから襲いかかった。間違いないか」

すでに何度か話を聞いている。福井もまた、淡々と確認しているような感じだったが、眼前の被疑者を真っ直ぐ睨みつけていた。眼光に畏《おそ》れをなしたのか、そっぽを向いていた。

深津は姿勢を正した。

「間違いありません」

一語一語、区切るように答えた。

「後ろから押し倒した山下さんの背中に、馬乗りになって首の後ろ、盆の窪だな。急所に注射針を刺して空気を注入。山下さんを死に至らしめた。彼の爪に残された皮膚片は、深津幸生」

あらためて名前を告げる。

「はい」

「任意で採取したおまえのＤＮＡ型と判明した。他にも殺害現場や現場付近に残されていた足跡は、おまえのスニーカーのものと一致している。さらに現場近くのコンビニの防犯カメラのデータには、扉にへこみのあるおまえの白い小型乗用車が映っていた。山下次郎さんを殺害したことに、間違いないか」

皮膚片のＤＮＡ型が一致した以上、山下次郎の件は絶対に否認できない。さらに池内範夫課長への傷害容疑も大勢の警察官が目撃している。この二件に関しては、立件可能だった。

「はい。自分がやりました」

「最後にもうひとつ。インターネットに事件の詳細をアップしたのは、自分が犯人だと名乗りをあげる『自称・英雄』が現れるのを期待したからか？」

「そうです」

深津は認めた。緊張のためなのか、犯した罪の重さをようやく実感したからなのか。

顔が青ざめている。

逮捕に協力した従業員はもちろんだが、必死に抵抗した山下次郎もまた、名も無き市井の英雄だった。

孝太郎は清香とともに取調室を後にした。

6

二週間後。

「おはようございます」

孝太郎は、地下のオフィスの扉を開けた。次の瞬間、耳をつんざくような電動ノコギリの音が聞こえた。

「ヒャッホー」

清香が電動ノコギリを巧みに操っている。朝からテンションが高かった。昨日まではジーパン姿だったが、今日はピンクの作業服にプラスチック製のゴーグルを着けていた。時間があるとＤＩＹに勤しんだため、オフィスは見違えるほど様変わりしていた。

机や棚はわざと古さを残しつつ、頑丈な造りの高級品仕様になっている。天井や壁、床はベージュ系統、床には防音効果のあるクッションフロアを敷いていた。孝太郎は地下室なのに床に防音が必要なのかと思ったが、よけいな口出しはしなかったので、クッションフロアのやわらかさを確かめる毎日になっていた。

(信じられないほど早く新しい環境に馴染《なじ》んでいる)

周囲の心配など、どこ吹く風。

「おはようございます、浦島巡査長」

清香は電動ノコギリを止めて、ゴーグルの前面部分を上げた。

「吃驚《びっくり》したんですが、今は作業服の専門店があるんですね。しかも安いんです。どうですか、似合っていますか。色が可愛らしいでしょう？」

くるりとターンする。靴はＤＩＹ中の両足を守るため、重くて無骨な安全靴だが、Ｇを踏み潰すときに効果的らしく、清香はオフィスで愛用していた。ひ弱な孝太郎は、履くとオフィス内を歩くのすら辛くていやなのだが、清香は平気らしかった。

「はい。可愛い……」

と言いかけた瞬間、首の後ろがヒヤリと冷たくなる。

「可愛いと思った瞬間、蟻地獄」

細川が耳元に囁いた。

「うわぁっ」

驚きのあまりさがった瞬間、工具入れに踵《かかと》をぶつけた。当たったとき無意識に避けようとしたのだろう。身体が半回転したものの、踏みとどまれずに座り込む。細川が上から覗き込んだ。

「大丈夫ですか」

服装は清香と色違いの水色の作業服で、プラスチック製のゴーグルは前面を上げていた。縁なし眼鏡の端正な顔は、近頃、やけに落ち着いているように見えた。清香とうまくいっている証なのか、余裕さえ感じられる。

「ちょっと踵をぶつけましたが大丈夫です」

上司の手を借りて、立ち上がる。

「今の転び方、深津に襲いかかられたときと似ていました。あのとき、浦島巡査長は先に休み処から廊下へ出たんです。わたしは少し遅れたんですが、すでに深津が襲いかかるところでした。にもかかわらず」

ひときわ声を大きくして、続けた。

「素早く振り向いて第一撃をかわしました。失礼ながら決して敏速《びんそく》とは言えない巡査長にしては、非常に早い動きだったのが頭に残っています。気配や匂いがしたんですか。それで間一髪、避けられたんですか」

「なんというのか、妹は縄文人的機能とか言うんですが、簡単に言うと霊感でしょうか。首筋の後ろが急に冷たくなるんですよ。『縄文人にはおそらくそういう能力がそなわっていたはず』というのが妹の持論でして」

「なるほど。霊感と考えれば、あの素早い動きも納得できますね」

「細川さんの話を聞いていると、まるで巡査長が鈍いみたいに聞こえます。確かに素早くはないかもしれませんが、決して鈍いわけでは……」

「あ、もういいです。おじさんを繰り返さないでくださいと言った課長の言葉を今、実感しています」

制して、鞄を自分の椅子に置き、コートをコート掛けに掛けた。むろんコート掛けも清香と細川の力作である。

「昨夜は、これを造りましたの」

検屍官は、片隅に置かれたソファに優雅な仕草で腰をおろした。よく見ると三脚の無骨な木製椅子を繋げて、量販店の背もたれやクッションを置いた長椅子だった。

「へえ、言われなければわかりませんでした。オフィスにはじめからあったかのごとく、しっくり馴染んでいたので。検屍官がこんなに器用だとは思いませんでした。特に電動ノコギリの扱いが、上手いですよね」

「ストライカーを使い慣れていますもの。ほら、骨を切るあれですわ。憶えていないかしら。あなたが気を失ったとき、近くに置いてあったじゃありませんか。言うなれば解剖用の電動ノコギリです」

「詳しい説明はそれぐらいでいいです。なんだか、また、目眩《めまい》を覚えました」

しみじみ呟いた孝太郎に、清香はにっこり微笑んだ。

「疲れたときは、このソファで仮眠もオーケーですわ」

「そうですね」

答えた後、モヤモヤと妄想が湧いてくる。もしかしたら、昨夜、検屍官と細川はこの長椅子で……。

「なぜ、赤くなっているんですか」

からかうように清香は言った。

「え」

とたんに、よけい頬が熱くなる。

「い、いや、別にイケナイ妄想をしたわけじゃ、本当です。検屍官と課長が仲睦《なかむつ》まじいのはいいことだなと思っただけで」

「おはようございます」

優美が元気よく入って来た。が、孝太郎の赤い顔を見た瞬間、

「ふーん」

双《ふた》つの目はまず長椅子に座る清香に向き、次いで細川に移る。最後にまた、孝太郎に戻ったが、

「そういえば、テレビのニュースで山下次郎さんの事件の功労者に、感謝状を授与していましたよ。うちが言うところの『市井の英雄』によると、深津幸生が怪しいと本庁の池内課長に話していたらしいですね。ところが、まったく相手にしてもらえなかった。それならば自分が捕まえてやると思ったそうです」

と、中古テレビのスイッチを入れた。リサイクルショップで買い求めた格安品である。

「本間さん、しらじらしいです。急に話と視線を逸らさないでください。逆に不自然ですよ。ぼくは決して、イケナイ妄想をしたわけでは……」

「おや、花本邦子と夫が、逮捕されたらしいですね」

細川がテレビの音を大きくする。ニュース番組で夫妻の逮捕を伝えていた。『極楽島事件』の氷山の一角にすぎないだろうが、まずは第一歩なのかもしれなかった。

「マンションの住人に暴力を振るったようです。別件逮捕ですか」

細川の言葉が終わらないうちに扉がノックされた。重々しく四回、叩かれた後、優美がいち早く扉を開ける。驚いた顔で肩越しに振り向いた。

「一柳先生」

目顔で訪問客を指している。噂をすればだろうか。

「どうも」

訪問客――池内範夫課長が、会釈した。黒の礼服姿で、両腕にはピンクと深紅の薔薇の花束を抱えている。退院したとは聞いていたが、まだ自宅で療養中のはずだった。孝太郎も言葉が出なかったが、清香は立ち上がって淑《しと》やかに歩み寄る。作業服姿なのに、礼服を着ているようだった。

「具合はいかがですか」

問いかけに、池内は小さく頷いた。

「お陰様で順調です。一柳検屍官の素早い処置のお陰だと、担当医や部下に言われました。とにかくお礼をと思いまして、これを」

不似合いな薔薇の花束を差し出した。ぎこちない動きやゆるめの礼服が、刺された後遺症を表しているように思えた。数日、ベッドに拘束されただけでも、恐ろしいほど筋肉は衰える。約二週間、入院していた池内は、傍目《はため》に見ても筋肉が落ちていた。

おれが、おれがと指揮権にこだわっていた強面が、別人のようにおとなしくなっている。鎌を振り上げた蟷螂のようだった好戦的な言動は遠い昔のこと、表情にも覇気《はき》が戻っていなかった。

「まあ、ありがとうございます」

対する清香は元気溌剌《はつらつ》、礼を言い、目を合わせた。

「すみません。なにかお礼をと訊かれましたので、我儘《わがまま》を申しました。そのお姿、本庁中に映し出されていますわ。明日には噂が広まっているでしょうね」

「えっ」

池内はキョロキョロと周囲を確かめる。どこにカメラがあるのかと探しているようだったが、パソコンに気づいたに違いない。

「別にかまいませんよ。助けていただいたことには、心から感謝しています。いい腕をしておられるのは、よくわかりました。日本一の医者という自慢話は、事実だったんだと実感した次第です。ありがとうございました」

深々と一礼して、踵を返した。廊下にひびく足音が、階段に移ったのがわかる。いつしか聞こえなくなっていた。

「優美ちゃん、塩でお浄《きよ》めを」

清香の言葉に従った。

「はい」

優美が扉付近に塩を撒《ま》き始める。

「ちょっと、ひどすぎないですか」

たまりかねて、孝太郎は言った。

「なにも本庁中にあの姿を広めなくてもいいでしょう。池内課長、小さくなっていましたよ。気の毒な感じがしました」

「嘘ですよ」

優美は笑っている。

「先生は、そこまでひどいことはしません。見てください。今、携帯でメールを送っている相手は」

池内課長と口パクで伝えた。

「優美ちゃん、よけいなことは言わないでください。モーニングティーをお願いします。ついでに軽食を買って来ていただけると嬉しいんですが」

慣れというのは本当に恐ろしい。清香は話しながら、安全靴で無情にもGを踏み潰している。細川が死んだGの始末役を務めていた。

「朝食は買って来ました。お茶、淹れますね」

有能な調査係は、いくつもの役目を平然とこなしている。リフォームが一番大変だった小さなキッチンで湯を沸かしながら、お礼の花束を清香が持参していた美しい花瓶に活け、素早く電話を受けていた。

「ここに飾ってあげましょう」

清香は、写真立てを薔薇が活けられた花瓶の前に置いた。亡くなった山下次郎とのツーショット写真だった。

「山下さんは、わたしの家族です。あなたのお陰で犯人を特定できました。もうひとりの市井の英雄ですわ。この薔薇が感謝状の代わりです」

「一柳先生への臨場要請です」

優美が言った。オフィスの空気が緊張する。

「わかりました」

清香は答えて、デスクの電話を取った。

「はい。わたくしが一柳清香です。ええ、日本一の医者なんです」

朗《ほが》らかな声が地下のオフィスに響き渡っている。

最後の瞬間まで犯人と戦った山下次郎。薔薇の前で写真の山下は、幸せそうに微笑んでいた。

〈参考文献〉

『死体鑑定医の告白』上野正彦　東京書籍
『知らぬは恥だが役に立つ法律知識』萩谷麻衣子　小学館
『迷宮入り事件』古瀬俊和　同朋舎出版
『見えない不祥事　北海道の警察官は、ひき逃げしてもクビにならない』小笠原淳　リーダーズノート
『ケースで学ぶ犯罪心理学』越智啓太　北大路書房
『死体は今日も泣いている　日本の「死因」はウソだらけ』岩瀬博太郎　光文社
『警視庁検死官』芹沢常行・斎藤充功　同朋舎出版
『老人の壁』養老孟司・南伸坊　毎日新聞出版
『男性漂流　男たちは何におびえているか』奥田祥子　講談社
『焼かれる前に語れ　司法解剖医が聴いた、哀しき「遺体の声」』岩瀬博太郎・柳原三佳　WAVE出版
『死刑でいいです　孤立が生んだ二つの殺人』池谷孝司　新潮社
『殺人者はいかに誕生したか「十大凶悪事件」を獄中対話で読み解く』長谷川博一　新潮社
『法医学者、死者と語る　解剖室で聴く異状死体、最期の声』岩瀬博太郎　WAVE出版

『女という病』中村うさぎ　新潮社
『沈みゆく大国アメリカ』堤未果　集英社
『凶悪　ある死刑囚の告発』「新潮45」編集部　新潮社
『痕跡は訴える』柳原三佳　情報センター出版局
『医者が裁かれるとき　神経内科医が語る医と法のドラマ』ハロルド・L・クローアンズ（著）・長谷川成海（訳）　白揚社
『血痕は語る』坂井活子　時事通信社
『図解　検死解剖マニュアル』佐久間哲　同文書院
『死体格差　解剖台の上の「声なき声」より』西尾元　双葉社
『血液の闇』船瀬俊介・内海聡　三五館
『フィギュアの教科書　原型入門編』模型の王国　新紀元社
『「海洋堂」半世紀フィギュア大図鑑』海洋堂（監修）　学研パブリッシング

あとがき

新行動科学課です。

一柳清香の新しい相棒は（清香はまだ、相棒と認めていないようですが）、二十七歳の男性警察官で、犯罪心理学とジオラマ作製という3D捜査を得意にしています。フィギュア作りが趣味という点でもわかるように、オタク。さて、あの雰囲気の中に入って大丈夫だろうか、やっていけるだろうか、と、まるで母親のように心配していたのですが……懸念に終わりました！

マイペースですが、なかなかいい持ち味を出していると思います。苦労性で貧乏性なところは、かつて書いた時代小説の主人公に似ていますが、やはり、現代の若者となれば違ってくる。イケナイ妄想がウリのひとつと言えなくもないですが、まあ、ご愛敬でしょう。笑いを添えてくれているのではないでしょうか。

今回、フィギュアが趣味のオタク青年ということで、海洋堂さんの本や、たまたま衛星放送で放映された海洋堂さんの番組などを見ました。まさに好きな趣味を活かして、道を究めている感じなんですね、海洋堂さんの社長は。

ドイツだったかどこかの戦車まで買い込み、倉庫に置いてあったのには吃驚。買い求めた金額は確か一千万円ぐらいだったと思いますが、輸送費用が半端じゃなかったでしょうね。その戦車と装甲車かなにかだったかしら。もう一台、倉庫に並べてありました。

うーん、すごい！

それしかないでしょう、なにも言えません。阿修羅像なども作っていたと知り、ああ、やっぱり買っておけばよかったと今更ながら後悔しました。兜のレプリカまで作ってしまうんですね。もう、なんでも屋。ものづくりはうちにまかせておけ、みたいな感じでしょうか。

そういったことを参考にしているうちに、浦島孝太郎が誕生しました。若輩者ですが、上條麗子同様、可愛がっていただければ幸いです。

ちなみに、前シリーズは光文社文庫から『警視庁行動科学課』として六冊、刊行されています。女刑事と美人検死官の漫才のような掛け合いが面白いコンビですね。興味を持たれた方は、ご一読くださいませ。

さて、この後は六月頃に朝日文庫の『警視庁特別取締官（3）』が刊行予定。『医療捜査官』の二巻目は、九月頃に刊行予定です。イケナイ妄想マンの次のジオラマは、どんなものでしょうか。私も楽しみです。

この作品は徳間文庫のために書下されました。
なお、本作品はフィクションであり実在の個人・団体などとは一切関係がありません。

徳間文庫

医《い》療《りょう》捜《そう》査《さ》官《かん》 一柳《ひとつやなぎ》清《さや》香《か》

2018年3月15日 初刷
2018年4月30日 2刷

著者 六《りく》道《どう》慧《けい》
発行者 平野健一
発行所 東京都品川区上大崎三—一—一 目黒セントラルスクエア 〒141—8202 株式会社 徳間書店
電話 編集〇三(五四〇三)四三四九 販売〇四八(四五一)五九六〇
振替 〇〇一四〇—〇—四四三九二
印刷 本郷印刷株式会社
製本 ナショナル製本協同組合

ISBN978-4-19-894324-0 （乱丁、落丁本はお取りかえいたします）